DON PENDLETON

W0266048

L'EXÉCUTEUR

OPÉRATION OISEAU NOIR

Cet ouvrage a été publié en langue anglaise
sous le titre
BORDER OFFENSIVE

Traduction française de
ALAIN CHARTIER

La loi du 11 mars 1957 n'autorisant aux termes des alinéas 2 et 3 de l'article 41, d'une part, que *les copies ou reproductions strictement rés*ervées à l'usage privé du copiste et non destinées à une utilisation collective, et, d'autre part, que les analyses et les courtes citations dans un but d'exemple ou d'illustration, *toute représentation ou reproduction intégrale ou partielle faite sans le consentement de l'auteur, ou de ses ayants droit ou ayants cause, est illicite* (alinéa 1er de l'article 40). Cette représentation ou reproduction, par quelque procédé que ce soit, constituerait donc une contrefaçon sanctionnée par les articles 425 et suivants du Code pénal.

Photo de couverture
© GETTY IMAGES/OJO IMAGES/ ROYALTY FREE

© 2012, Worldwide Library.
2012, Traduction française : GECEP/HUNTER
ISBN 978-2-2801-9563-8 — ISSN 0337-1182

CHAPITRE PREMIER

Frontière mexicaine

Le camion provenait apparemment d'un surplus militaire quelconque, mais le soleil brûlant du Mexique avait depuis longtemps effacé toutes les marques qui auraient pu laisser deviner son origine. Dans le camion, protégé par une bâche armée, il y avait une bonne quantité de mort en poudre, de l'héroïne Black Tar. Au-dessus du camion, une silhouette, tout aussi mortelle, était cramponnée à l'épaisse bâche. Mack Bolan, car c'était lui, cligna des yeux. Il essuya le sable de son visage et pour la centième fois tenta de trouver une position plus confortable.

La chaleur, la poussière et l'inconfort de sa position diminuaient sévèrement le stoïcisme avec lequel il accueillait habituellement ce genre de désagréments. Sous son treillis, la poussière le démangeait et son gilet pare-balles le gênait de plus en plus. Au cours de la guerre longue et sanglante qui l'avait opposé à toutes les mafias du monde, il avait récolté des dizaines de blessures. Et, à ce moment précis, il avait l'impression que toutes ses blessures se rouvraient en même temps.

Il leva la tête et inspecta prudemment les environs. Quelques bâtiments retournaient lentement à la poussière. Les bardeaux arrachés, les fenêtres crasseuses, montraient qu'ils n'étaient plus habités depuis longtemps.

D'une certaine manière, c'était parfait.

Une ville morte, perdue au fin fond du désert de Sonoran, oubliée dans un no man's land entre le Mexique et les States. Il y en avait des centaines comme ça tout le long de la frontière. Fantômes invisibles et oubliés. Certaines étaient désertes, d'autres non. Des planques parfaites pour les trafiquants de drogues de toutes les nationalités. A cause d'eux, la drogue envahissait le Texas, l'Arizona et la Californie, comme de l'eau qui s'écoule à travers les fissures d'une digue.

Bolan traquait ce chargement de Black Tar depuis plusieurs jours. Il espérait bien colmater au moins cette fissure-là.

Le camion passa une fondrière en grinçant et le Guerrier serra les dents comme si on lui avait broyé tous les os. Il essaya de détendre ses muscles ankylosés. Il savait qu'il allait avoir besoin de toute son agilité. Quand on vous tire dessus, le moindre centimètre peut faire la différence entre la vie et la mort.

D'après ses informateurs, il n'y aurait pas plus d'une douzaine d'hommes au rendez-vous. Et c'était largement assez. Quand on dépassait la dizaine, les probabilités étaient toujours les mêmes. A savoir : mauvaises.

Il sourit, découvrant ses dents. Mais de mauvaises

probabilités signifiaient simplement qu'il devrait agir vite. Et il était justement en mode rapide.

Le camion poussa un grognement dépressif et s'arrêta à côté d'un bâtiment de deux étages qui avait connu des jours meilleurs. Des voix s'élevèrent. L'Exécuteur se tendit et se prépara à jouer sa partition. Il affirma sa prise sur la poignée du Heckler & Koch UMP-45 qu'il portait en bandoulière et se redressa un peu. Il y avait un van stationné juste à côté du camion. Autrefois, il avait été blanc, mais maintenant il était couleur vieille chique. En plus, il était habité. Bolan compta huit têtes, plus l'homme assis au volant. Les probabilités étaient meilleures que ce qu'il avait craint.

La porte du van claqua.

— T'es putain en retard, Ernesto. J'ai pas que ça à foutre.

Bolan recula lentement de l'autre côté du camion.

Une voix répondit. Sans doute Ernesto, se dit Bolan.

— Oh ? Des choses plus importantes qu'ici ? Ça me fend le cœur.

— Parce que tu as un cœur ?

— Oui, enfin, ce n'est pas le mien !

Rires.

Bolan se pencha. Son doigt vint se poser sur la détente de son P.-M.

— Très drôle, dit Jorge d'un ton qui suggérait le contraire. Vas-y, envoie le chargement. J'ai à faire.

— C'est un truc que je devrais savoir ? demanda Ernesto avant d'aboyer des ordres en espagnol.

Bolan entendit le haillon arrière du camion s'ouvrir.

— Django Sweets cherche des chauffeurs.

Le camion se balança légèrement quand quelqu'un, et sans doute plusieurs quelques-uns, montèrent à bord. Bolan respira et attrapa un câble qui sortait de la bâche. Un peu plus tôt, pendant que le camion roulait, il s'était servi du poignard KA-BAR qui était fixé à sa jambe, pour y faire un trou. Il y avait glissé une grenade fumigène — le câble qu'il tenait fermement était relié à la goupille — qu'il avait ensuite fixée avec du scotch antireflet. Les hommes assis à l'arrière n'avaient rien remarqué. Ça n'allait pas tarder à changer.

Agrippant le câble, il se prépara à bondir.

— Des chauffeurs ? Et pourquoi ? Il fait de la sous-traitance maintenant ? demanda Ernesto.

— Pas vraiment. Il doit faire passer la frontière à une centaine de mecs.

Bolan fronça les sourcils. Une centaine d'unités ? De quoi parlaient-ils ? D'armes ? De drogue ? Il tendit l'oreille.

— Une centaine ! Waouh ! C'est plus que d'habitude, grogna Ernesto.

— Tu sais ce qu'il dit ?

— Django ?

— Ouais. Il dit, l'argent peut venir à bout de la plus opiniâtre des vagues.

Ernesto se racla la gorge et finit par cracher :

— Peut-être que c'est mon anglais, mais je n'y comprends rien.

— Ecoute, je parle parfaitement anglais… et je

n'y comprends rien non plus. Putain de salopard de cow-boy zen.

Bolan sentait le camion tanguer pendant qu'on déchargeait la cargaison. Il devait passer à l'action pendant que la plupart des trafiquants étaient à l'intérieur. Mais il voulait aussi entendre la fin de la conversation.

Toujours le choix !

Un instant plus tard, le destin se chargea de décider à sa place. Il entendit une voix étouffée poser une question en espagnol et sentit le câble se tendre. Bolan réagit instinctivement. Il se laissa tomber en tirant sur le câble. Quelque chose heurta le sol du camion avec un bruit métallique.

Avec un sifflement de serpent, le fumigène vomit immédiatement une épaisse fumée noire. Des cris retentirent. Bolan balança une rafale à travers la bâche et se précipita vers l'arrière du camion. Un des trafiquants, gigantesque et vêtu d'un treillis, les yeux rougis, vacillait à l'entrée de la remorque. Bolan appuya sur la détente et renvoya le corps de l'homme rebondir au fond du camion.

— Putain ! Qu'est-ce…

Un grand Mexicain, sans doute Ernesto, essayait de dégainer un revolver planqué sous son aisselle. Il était habillé avec élégance d'un costume léger. Sa chemise noire était ouverte jusqu'au nombril. Bolan aperçut un tatouage aux couleurs criardes juste avant que l'homme ne plonge de l'autre côté du camion.

Une mitrailleuse aboya, déchirant la bâche et obligeant Bolan à s'abriter. L'Exécuteur fit un mouvement mortellement gracieux. Il bondit et glissa derrière le camion. De la fumée noire s'en échappait en bouillonnant. Il lâcha une courte rafale à l'intérieur. Il pivota sur ses talons, son arme crépitait. Un autre trafiquant s'effondra dans un nuage de sang. L'UMP claqua à vide. Bolan s'empara d'un nouveau chargeur.

Un homme se précipitait vers lui, sa machette sifflant dans l'air. Bolan lâcha son UMP et s'écarta. Du plat de la main, il détourna la lame, la dirigea vers le sol et balaya les pieds de son propriétaire. L'homme tomba et l'Exécuteur repoussa son arme d'un coup de pied.

Une épaisse colonne de fumée montait dans l'air. Le Guerrier perçut le bruit de pas dans la poussière. Il décocha un violent coup droit en plein dans le visage de son adversaire. L'homme se mit à se tordre en se tenant le nez. Le grand Américain lui envoya un violent coup de poing dans la gorge. Les cartilages cédèrent. Suffoqué, le pourri s'effondra. Bolan s'empara de la machette. Il la fit tournoyer d'un mouvement du poignet avant de la plonger dans le crâne du trafiquant avec un crissement spongieux.

Des balles vinrent s'écraser à ses pieds et il se précipita vers le van. Jorge, le conducteur, était un homme à la peau claire, solidement charpenté. Malgré le pistolet qui pendait à sa ceinture, quand Bolan émergea du nuage de fumée noire, il se mit à reculer, les mains en l'air.

— Attends ! cria-t-il.

Bolan le percuta de plein fouet. Les deux hommes tombèrent au sol, mais seul Bolan se releva. Il l'empoigna par sa chemise et le plaqua contre le van.

— Putain, attends ! hurla Jorge.

Bolan le projeta au sol.

— Tiens-toi tranquille et tu survivras peut-être à tout ça.

Ernesto et deux de ses hommes, armés d'AK-47, émergeaient du nuage de fumée. Ils inspectaient furieusement le champ de bataille. Bolan écrasa son pied sur la gorge de Jorge et jeta un coup d'œil par-dessus le bord du camion. Il prit son UMP et enclencha un nouveau chargeur.

— Hey ! *Gringo,* qu'est-ce que tu…, commença Ernesto.

L'UMP aboya. Ernesto hurla et s'effondra en déchargeant son arme vers le ciel. Ses deux compagnons s'écroulèrent lentement. Bolan attendit une minute, puis deux. Il se détendit un peu. Aucun mouvement dans le camion.

L'échauffourée n'avait duré que quelques secondes. Comme à la parade.

Bolan retira son pied de la gorge de Jorge et le mit en joue avec son arme.

— Bonjour, dit-il. Jorge, je présume ?

Il s'empara de l'arme de l'homme et la jeta au loin.

— Jimmy-Jorge James, pour être exact, répondit l'homme d'une voix rauque. Et toi, t'es qui, nom de Dieu ?

Bolan ignora la question.

— C'est un nom original.

— C'est la faute de mes parents, répondit Jimmy-Jorge James. Tu as tué Ernesto ?

— Oui.

— Et merde. Je vais fouiller dans mes poches, il y a quelque chose que je dois te montrer.

James attendit que Bolan lui donne son accord d'un mouvement de la tête. Il fouilla dans sa poche et en ressortit un portefeuille qu'il lança à Bolan. Celui-ci l'ouvrit et ses yeux s'écarquillèrent de surprise.

— Tu fais partie de la police des frontières ?

— C'est ce qui est marqué sur ma plaque, *hombre*.

James se massa la nuque.

— Et toi, t'es qui, bordel ?

— Si on te demande…, répondit Bolan. Qu'est-ce que tu fous ici ?

— Je suis en mission d'infiltration, dit l'autre en désignant le corps du pauvre Ernesto. Ça te pose un problème ? ajouta-t-il agressivement.

Il entreprit de se relever, mais Bolan lui fit signe de rester assis.

— Pas encore, dit-il aimablement. Pas avant que je sois sûr que tu es bien ce que tu prétends être.

— Parfait.

D'un geste du bras il désigna les cadavres qui gisaient tout autour.

— De toute façon, il faudra bien que tu me fasses confiance.

— Un peu de parano c'est bon pour l'esprit, répliqua calmement Bolan.

Il inspecta la plaque, mais elle semblait authentique. Il prit son téléphone cellulaire dans une poche de son gilet. Il n'aurait aucun mal à trouver quelqu'un qui pourrait contrôler le numéro de cette plaque.

Mais James ne semblait pas avoir l'intention d'attendre calmement. Pendant que Bolan composait un numéro sur son clavier, le jeune homme roula sur lui-même avec la rapidité d'un serpent à sonnette et s'empara de son revolver. Le Guerrier jura et leva son P.-M. d'une main. James saisit le pistolet, roula sur lui-même et pointa le canon vers le sol.

Bolan fit un saut de côté au moment où James tirait. Il entendit un cri derrière lui. Il se retourna et tira une courte rafale dans le cadavre d'Ernesto. La balle de James avait foré un trou parfaitement circulaire dans le crâne du dealer, l'expédiant dans les ténèbres. Baissant son arme fumante, Bolan se retourna vers James qui souriait doucement.

— Désolé, mec, c'est l'instinct.

Il tendit son arme à Bolan, la crosse en avant.

— Tu peux le récupérer, maintenant.

— Garde-le, répondit simplement Bolan.

CHAPITRE II

— Il est réglo.

Au téléphone, la voix d'Hal Brognola résonnait bizarrement.

— Il est membre de la police des frontières depuis qu'il est sorti de l'école de police, il y a une dizaine d'années. C'est un bon, Striker.

— Il a aussi parlé d'Interpol, répondit Bolan.

— Il est en détachement, dit Hal. Lui et son équipier.

— Son équipier ?

Bolan regarda James qui fouillait le corps d'Ernesto.

— Il n'a pas parlé d'un équipier.

— Et pourquoi est-ce qu'il l'aurait fait ? Il ne pouvait pas savoir que tu étais réglo, répondit Brognola.

Il avait l'air de s'amuser. Bolan grogna. Ce n'était pas faux.

Brognola se racla la gorge.

— Tout ce que je peux te dire, c'est que tu as déboulé dans un truc prévu de longue date.

— Et ça ne va pas me plaire, c'est ça ? demanda Bolan.

— Non, pas vraiment. C'est un vrai bordel, et ça

ne risque pas de s'arranger. Interpol est impliqué, la police des frontières veut la peau de tous ces Coyotes. Et toutes les autres agences fédérales hurlent parce qu'elles sont maintenues à l'écart. Personne ne sait exactement ce qui se passe.

— Y compris nous, dit Bolan.

— Ce n'est pas nouveau, fit remarquer Brognola.

— Non, répondit Bolan. Quoi qu'il en soit, je crois que je vais mettre mon grain de sel.

— Pourquoi est-ce que je savais que tu allais dire ça ? soupira Brognola. Ecoute, je vais voir ce que je peux trouver de mon côté. Striker, un conseil, tant qu'on ne sait pas quelles plates-bandes on est en train de piétiner, essaye de ne pas tout casser.

— Tu peux y compter, répondit Bolan avant de raccrocher.

Il rangea son téléphone et se tourna vers James.

— Tu ne m'as pas dit que tu avais un équipier.

Le policier se redressa.

— Il fallait d'abord que je sache qui tu es, Cooper.

Bolan lui avait donné son nom de couverture au ministère de la Justice : agent Matt Cooper. Il s'était dit que c'était le meilleur moyen de gagner sa confiance. Apparemment, ça avait marché.

— Et qui est ton partenaire ?

— C'est une partenaire. Elle s'appelle Amira Tanzir, d'Interpol.

Il fronça les sourcils en voyant Bolan s'agenouiller et attraper le cadavre d'Ernesto par les jambes.

— Qu'est-ce que tu fais ?

— Je vais mettre les corps dans le camion, dit le Guerrier en le hissant sur le plateau.

Il se frotta les mains et se dirigea vers un autre cadavre.

A en croire Brognola, Jimmy-Jorge James était un vétéran de la police des frontières. Il s'était fait les dents en traquant les triades chinoises en Californie avant de rejoindre la frontière mexicaine.

Actuellement, il faisait le larbin pour Interpol. Bolan se doutait bien que ça devait le faire chier. L'Exécuteur sourit. Il connaissait bien ce sentiment. Il avait l'habitude de travailler seul, d'être son propre maître. Il aurait du mal à se plier de nouveau à une quelconque autorité quand il le faudrait. C'est pour cette raison, entre autres, qu'il ne supportait le Ranch qu'à petites doses. Pour cela, mais aussi parce que le Guerrier sentait qu'il était plus efficace de cette manière. Il poussa le dernier corps dans le camion.

— Ça fait combien de temps que tu es dans le coin ? demanda-t-il.

Il fit le tour du camion, prit son KA-BAR et perfora le réservoir. Il se retourna vers James.

— Quelques mois, pas plus, répondit le jeune policier. Il y a eu de rumeurs, les cartels utiliseraient des Coyotes pour se fournir héroïne.

L'essence du camion se frayait un chemin dans la poussière.

— Recule-toi !

— Tu es sûr de ce que tu fais ? dit James en reculant jusqu'à son van.

— Tu préférerais que je le laisse ici ?

— Je préférerais appeler mes chefs pour qu'ils puissent le récupérer. Tu as déjà entendu parler de pièces à conviction ?

— Je n'ai aucune garantie qu'ils arriveront les premiers. Je détesterais voir toute cette merde retourner à ses anciens propriétaires, continua Bolan en sortant une boîte d'allumettes de sa poche.

— C'est sûr, reconnut James. Mais c'est quand même le bordel. Vous auriez pu nous prévenir que vous alliez venir jouer dans notre cour.

— Pas eu le temps, dit Bolan.

— C'est toujours la même merde, répondit James. Je me suis infiltré chez les Coyotes, je me suis fait quelques amis, la routine quoi.

Il s'appuya contre le van et croisa les bras.

— J'ai aussi rencontré les Sweets.

— Qui sont les Sweets ? demanda Bolan en grattant une allumette.

Il la laissa tomber et recula. Le filet d'essence s'enflamma.

— Django Sweets, le boss des Coyotes. Il trempe dans tous les trafics. Armes, drogues, pièces détachées et même des êtres humains. Tout ce que tu veux, où tu veux. Crois-moi, ces Coyotes ont une sacrée bonne organisation.

Bolan le croyait sans difficulté. Il l'avait souvent constaté dans tous les types d'organisations criminelles. Comme il restait muet, James continua.

— Depuis quelques mois, Sweets est devenu un personnage de premier plan. Il est en cheville avec les cartels. Il s'occupe de trouver des mules, des immigrants illégaux qui transportent la drogue jusqu'à Tucson. Il a été la cible d'au moins deux opérations spéciales.

— Et tu es en train de me dire qu'il y a eu des fuites ? demanda Bolan.

Le camion était envahi par les flammes. Elles se chargeraient de faire disparaître l'héroïne et les cadavres.

— Pire. Nous pensons que Django Sweets et son frère ont des gens qui les couvrent. Mais nous ne savons pas qui. Nous espérions pouvoir les repérer.

— Pourtant, dit Bolan, tous mes contacts m'ont assuré que c'était une petite équipe de branques…

— Il y a quelques semaines, Sweets a été contacté par un certain Tuerto, répondit James. N'a-qu'un-œil, comme Sweets l'appelle.

Il hocha la tête.

— Nous ne savons pas qui il est vraiment, mais son nom a provoqué une véritable panique à Interpol.

— Terroriste ?

— Pire. Un mercenaire, un des meilleurs. Il a laissé sa signature un peu partout sur la planète.

James grogna.

— En tout cas, c'est ce que prétend Interpol. Ils doivent savoir ce qu'ils disent, ils sont après lui depuis au moins trois ans.

— C'est ton équipière, fit remarquer Bolan qui comprenait entre les lignes.

James acquiesça :

— Ouais. D'après son patron, elle est toujours là

où ça barde. Infiltrations, opérations spéciales et tout le toutim.

— Où est-elle ? demanda Bolan.

Cette Tanzir avait l'air intéressant.

James se taisait. Bolan pouvait pratiquement voir les rouages de son cerveau s'activer. Il répondit finalement en choisissant ses mots avec soin.

— Elle est… très impliquée. Tuerto…

Il s'interrompit.

— Tu as déjà lu Melville ?

Bolan comprit immédiatement l'allusion.

— Tuerto est sa baleine blanche, acheva-t-il.

James grogna, visiblement mal à l'aise.

— C'est à peu près ça. Ce n'est pas vraiment une obsession, mais elle est très impliquée.

James fit un geste vague.

— Tu vois ce que je veux dire, c'est comme si elle avait des œillères.

— Ouais.

Bolan sentit son cœur se serrer. C'était une chose qu'on lui avait souvent reprochée au cours des années. Il désirait ardemment rencontrer cette Tanzir.

James le fixa.

— Je ne l'ai rencontrée qu'une fois. Elle n'avait pas l'air très heureuse de la situation. Pas plus que moi d'ailleurs.

— Je l'aurais parié, dit Bolan.

— Pas plus que son ami, ajouta James en riant sous cape.

— Son ami ? demanda Bolan, intrigué. Tu veux dire son petit ami ?

— C'est cela, ajouta James. Un des gros bonnets d'Interpol. Un Français. En tout cas, le type n'avait pas l'air heureux qu'elle soit impliquée dans tout ça.

— Il s'inquiétait pour elle ?

— Honnêtement, je ne pourrais pas dire. Pour elle ou pour la mission. Peut-être pour les deux.

Le policier secoua la tête.

— Le type avait l'air très ennuyé par le rôle qu'elle allait jouer dans cette affaire.

— Et alors, toi, tu es ici. Et elle, elle est où ? En infiltration ?

James bougonna.

— Interpol a aidé le gouvernement mexicain à infiltrer les cartels. Ils ont envoyé des agents, comme la D.E.A. et les Services Secrets.

— Pour ce que j'en sais, les cartels sont très prudents, dit Bolan. Ce n'est pas facile de les infiltrer.

— Normalement. Mais les liens entre Interpol et le gouvernement mexicain ont été bien cachés, et elle n'a pas été démasquée. Les cartels sont en train d'acheminer un grand nombre de mules à deux pattes vers la frontière…

— Et elle en fait partie, compléta Bolan.

Il devait reconnaître que le plan n'était pas mauvais. Deux agents infiltrés donnaient une meilleure chance de réussite, spécialement dans une situation aussi embrouillée que celle-ci.

— Ce Tuerto, ils l'ont pourchassé jusqu'ici ?

— Pas seulement lui. Les autorités mexicaines pensent avoir identifié six autres terroristes.

— Ensuite, demanda Bolan.

— Les *Federales* infiltrés ont pris une photo de Django Sweets avec un homme, sans doute Tuerto, à Mexico City. Ils étaient en train de monter un coup.

— Et comme tu étais déjà dans la place…

— D'une pierre deux coups, dit James en levant deux doigts.

D'un regard, Bolan l'invita à poursuivre.

— Quoi qu'il en soit, Sweets m'a contacté hier. Il avait besoin de chauffeurs pour un chargement. Il m'a promis un bon paquet. Je n'ai pas posé de questions. J'ai accepté.

— Et c'était ça, dit Bolan en désignant le camion qui brûlait.

— Ça me permettait de sauver les apparences, grommela James. Je m'étais imaginé que ça ne pouvait pas faire de mal, juste dans le cas où notre informateur aurait décidé de me donner. Un bon coyote est toujours affamé. Bordel, j'ai passé trop de temps à chercher où Ernesto pouvait bien s'approvisionner.

— Dans le Sinaloa… je m'en suis déjà occupé, répondit l'Exécuteur distraitement.

Le policier le regarda, bouche bée.

— Tu as fait quoi ? s'exclama-t-il.

— Je m'en suis occupé hier. Pas la peine de me remercier.

Le Guerrier se tut un moment. Il examinait l'homme qui se tenait devant lui. James était jeune, mais il avait dans le regard cette étincelle des vrais professionnels. Une détermination à faire les choses et à les faire bien. En une seconde, sa décision fut prise. Il espérait qu'il n'aurait pas à le regretter.

— Et maintenant ? demanda-t-il.

— *Maintenant ?*, répéta James. Agent Cooper, je vais essayer de sauver ce qui peut encore l'être. Je vais aller à ce putain de rendez-vous, faire comme d'habitude, essayer de faire bouger les lignes. J'espère que ma partenaire est déjà dans la place. Nous verrons alors comment toute cette merde tourne. Tu piges ?

— Ce qui signifie ?

— Le plan, c'était de découvrir où nous devions aller, quelle était notre destination, et de monter une embuscade. Je les aurais arrêtés avec Tanzir en soutien. Ensuite, on aurait bouclé le reste de la bande.

James se passa une main sur le visage.

— Plus facile à dire qu'à faire.

— Tu vas faire exactement ce que tu as dit, suggéra Bolan.

James sourit.

— Je suis bon dans ma partie. Un des meilleurs.

— Mais tu ne cracherais pas sur un coup de main ? demanda l'Exécuteur.

— Hein ! s'exclama James en fronçant les sourcils.

— Je vais avec toi, dit Bolan.

Normalement, il aurait laissé tomber, mais les enjeux étaient trop importants. Bolan estimait qu'il y avait trop d'incertitudes. Plus un plan est complexe, plus il a de chances de foirer au pire moment.

Il suffisait qu'un seul des hommes de Tuerto arrive à s'en sortir, et ça serait un désastre absolu.

— Holà ! Arrête ton char, mec !

James leva les mains.

— Je ne pense pas que ce soit une bonne idée.

Il désigna le camion qui brûlait.

— Tu ne fais pas exactement dans la dentelle. Si je m'en occupe, ça sera sans foin ni tintouin.

— A ma manière, ils ne parviendront pas jusqu'à la frontière.

Il leva son UMP pour souligner ses propos.

James resta silencieux un moment et finit par sourire.

— Agent Cooper, nous allons être les meilleurs amis du monde.

CHAPITRE III

La ville n'existait pas. Elle n'était pas sur les cartes et les routes qui y menaient n'étaient rien de plus que des pistes. Il y en avait des centaines comme elle dans le désert du Sonoran, agrippées à la frontière. Invisibles, oubliées par les deux nations.

Elle n'avait pas de nom, elle n'en avait pas besoin. On disait simplement « la ville ».

Tariq Ibn Tumart — alias Tuerto — avait passé sa vie dans des endroits comme ça, sur toute la planète. Ils étaient faciles à trouver, quand on savait où chercher.

Calé sur le siège du passager d'une vieille Jeep de l'armée qui se frayait un chemin dans le désert, Tumart repensait aux raisons qui l'avaient conduit jusqu'ici. L'argent, comme d'habitude. Il massa le bandeau qui recouvrait son œil droit, essayant de calmer la démangeaison de son œil perdu.

— C'est là ?

Tariq remit son bandeau en place avec soin.

— Non. Pas encore. Mais j'ai pensé que nous pourrions faire un peu de tourisme. Il paraît qu'on trouve là les plus grands cactus saguero au monde.

— Quoi !

Tumart soupira.

— Bien sûr, c'est là ! Calme-toi.

— Pourquoi tu me parles de cactus ?

— C'est juste une blague, mon ami.

— Tu plaisantes trop, *Berbère*. Tu oublies que nous agissons au nom de Dieu.

— Excuse-moi, Abbas. Maintenant, si tu ne fermes pas gentiment ta gueule d'*Arabe*, je te descends, et tu ne verras jamais la fin de notre mission, sainte ou pas.

Tumart se retourna, et, comme par magie, un automatique H & K USP apparut dans sa main. Il le braqua sur l'homme qui était assis derrière lui. Les yeux d'Abbas, un Saoudien athlétique avec un nez en bec d'aigle, s'écarquillèrent. Tumart sourit aimablement. Du canon de son arme, il tapota son bandeau en une parodie de salut militaire.

— Je te remercie, dit-il avant de se retourner et de se replonger dans ses pensées.

Comment était-il arrivé là… Ah, oui… l'argent, se souvint-il.

Il sourit amèrement et regarda le conducteur. Il avait cru comprendre qu'il s'appelait Fahd. Il était moins enclin au bavardage qu'Abbas, mais il était aussi beaucoup plus sale.

— Tu devrais te tailler la barbe, lança Tumart.

Fahd grommela sans quitter la piste du regard. Tumart

passa la main sur son crâne soigneusement rasé et se concentra sur leur destination.

Cette ville était la première étape de leur mission qui consisterait à faire régner la terreur. Un but éphémère, mais connaissant ses employeurs il n'était pas surpris.

Il se considérait comme un bon Musulman, mais il n'était pas vraiment attiré par le fanatisme religieux. Abbas et les autres, par contre…

— Quand nous serons là-bas, essayez de la fermer, ajouta Tumart en regardant ses compagnons. Ces hommes ne sont pas des croyants. Ils ne seront pas sensibles aux menaces.

— Je sais me taire, répliqua Abbas. Mais s'ils essayent de nous rouler…

— Ils essaieront.

Tumart fit une mine faussement contrite.

— Mon plan…

— Notre plan, le coupa Abbas.

Tumart ignora sa remarque.

— Notre plan repose sur ce qui va se passer. Nous n'aurons pas d'autre occasion.

— Alors, tu as intérêt à réussir.

— C'est pour ça que vous me payez, conclut Tumart.

Dans la ville, un homme surveillait la Jeep qui s'approchait.

— Django ! les voilà ! s'exclama une voix.

L'homme qu'on appelait Django Sweets releva le bord du Stetson qui couvrait son visage et sourit.

Il était maigre comme un chat et, de loin, il avait l'air d'un véritable cow-boy de western. Il se redressa et les talons usés de ses Santiags claquèrent sur le sol. Il rajusta le holster qu'il portait sous sa veste en jean et se dirigea vers la porte de la *cantina* déserte.

— Combien ? demanda-t-il.

— Trois.

L'homme qui se tenait à côté de lui se retourna et renifla avec mépris.

— Putains de bougnoules.

— Ta gueule, dit Sweets. N'insulte pas nos invités. Nous avons tous besoin de ce deal.

— Si tu le dis, répondit Franco.

— C'est mon compte en banque qui le dit. Et le tien dit pareil, ajouta Django. Où est Digger ?

Franco hésitait.

— Ton frangin ? Il est là-haut… Avec la nana qu'il a ramassée.

— Va lui dire de se magner le cul. Il doit avoir fini ses petites affaires.

Franco était devenu pâle.

— Mec…

— Grouille-toi, grogna Sweets.

Franco rentra dans le saloon. Sweets le regarda puis sortit à grands pas, les mains dans les poches de sa veste. Il avança jusqu'au milieu de la rue et attendit que la Jeep s'arrête à quelques mètres de lui. Le moteur cliquetait.

Tumart se leva et s'appuya sur le pare-brise.

— Et alors ? Où est le comité de bienvenue ?

— J'ai pensé que vous préféreriez un peu de discrétion, dit Sweets en écartant les bras. Cela dit, j'ai de quoi vous désaltérer à l'intérieur.

— Nous ne buvons pas d'alcool, dit Abbas en descendant de la Jeep.

Sweets le dévisagea et retourna vers Tumart.

— Ça en fera plus pour les autres. Donnez-moi vos armes.

— Mais…

Abbas commença à protester. Sa main se dirigea vers le Glock qui pendait à sa hanche. Fahd aboya quelque chose en arabe et le Saoudien se figea. Sans lui laisser le temps de protester, Tumart prit son arme et la jeta sur le plancher de la Jeep.

— Notre chauffeur restera à l'extérieur, dit Tumart en tendant son arme à Fahd.

— A votre guise, Mister Tuerto, dit Sweets en utilisant le surnom de Tumart.

Celui-ci sourit.

— A votre guise ! reprit Tumart. Il faut que j'ajoute cette expression à mon répertoire.

— Messieurs, si vous voulez bien vous donner la peine…

Django Sweets se retourna en leur montrant le saloon.

— Nous devons parler affaires.

Au premier étage, Franco avançait très prudemment vers la chambre de Digger Sweets.

— Digger ? Tu m'entends ? demanda-t-il en grattant à la porte.

Le saloon avait un étage avec quatre chambres. Un peu plus tôt dans la journée, le dénommé Digger avait investi l'une des quatre.

Comme toutes les organisations criminelles, les trafiquants d'êtres humains comme les Coyotes ont une hiérarchie. Il y a les hommes comme Django Sweets, qui ont du charisme et le sens de l'organisation, et il y a ceux comme Franco, qui ferment leur gueule et se tapent le sale boulot.

Et il y a les hommes comme Digger.

Son vrai nom était Philo Sweets, mais jamais personne ne l'avait appelé ainsi. On disait juste Digger. Pas le Fossoyeur, ce qui aurait pu donner corps à certaines rumeurs. Juste Digger. Un Coyote comme les autres sauf que c'était le petit frère de Django et que parfois ses réactions étaient imprévisibles. Il se produisait alors des « accidents » auxquels personne ne voulait penser. Et surtout pas un second couteau comme Franco. Sweets n'aurait pas toléré la moindre critique sur son frère et il aurait descendu quiconque aurait tenté de s'en prendre à lui. Même s'il était le premier à penser que son frangin était totalement cinglé.

La porte s'entrebâilla avec un grincement. Franco hésitait. Il sentit une odeur étrange de viande avariée. Il entendait un chuchotement.

— Digger ?

Le sommier grinça, des pieds nus heurtèrent le sol. Franco recula d'un pas. Digger ouvrit la porte. Dans le genre trapu, il était plutôt pas mal. Juste un peu trop enveloppé. Mais on sentait les muscles sous la graisse.

Un sacré paquet de muscles même. Il arborait un sourire enfantin, ses yeux étaient perdus dans le vague.

— Salut, Franco, dit-il.

Sa voix était haut perchée, presque comme celle d'un enfant. Ses joues étaient couvertes de traces sombres.

— Sweets veut que tu descendes, dit Franco précipitamment.

Digger fronça les sourcils.

— Je suis occupé.

— Maintenant, ajouta Franco en essayant de faire preuve d'un peu d'autorité.

La lèvre de Digger se mit à trembler. Ses doigts, agrippés à la porte, étaient rouges.

— Mais je suis occupé, répéta-t-il. Django a dit que je pourrais rester en haut. Et je suis occupé.

— Ouais, je sais, mais il veut que tu descendes, ajouta Franco, en essayant d'ignorer les traces rouges qui commençaient à dégouliner le long de la porte. Les bougnoules sont arrivés.

Digger secoua la tête, comme pour remettre ses idées en place.

— Heu…

Il respira fortement.

— O.K. j'arrive. Je fais juste un brin de toilette.

Il referma la porte sans attendre la réponse de Franco.

Pendant que celui-ci redescendait, Digger inspecta la pièce. Il n'y avait qu'un lit, une table et un lavabo cabossé et rouillé. Et la femme, bien sûr. Il y avait toujours une femme.

Mais pas d'Oiseau Noir.

Digger regarda ses mains. Il y avait comme une croûte sous ses ongles et son bras était rouge jusqu'au coude. Ses pensées étaient embrouillées. C'était un sentiment qu'il connaissait bien. Il passa sa main sur son visage.

— Je suis désolé, dit-il à la femme allongée sur le lit. Je voulais juste voir.

La femme ne répondit pas. Cela n'avait rien d'étonnant vu qu'elle était morte depuis une heure. La forme allongée sur le lit ne ressemblait plus vraiment à une femme.

Digger contempla son ouvrage. Il était submergé par la honte.

— Je ne voulais pas.

Il sanglotait en rassemblant ses outils. Il les jeta dans le lavabo et entreprit de les nettoyer.

— Je voulais juste voir l'Oiseau Noir, murmura-t-il. Je veux revoir l'Oiseau Noir.

Il rassembla son matériel, ses couteaux et ses crochets, et les rangea soigneusement dans un sac. Il le contempla avec un sentiment de culpabilité et commença à se laver.

— L'Oiseau Noir. C'est ma mère qui me l'a fait voir la première fois. Il me murmurait des choses. Mais je n'arrive pas à me souvenir. Tu comprends ?

Il jeta un coup d'œil au tas de chairs sanguinolentes qui gisait sur le lit.

— J'essaye, mais je n'y arrive pas.

Il se tut quelques instants.

— Peut-être je ne cherche pas au bon endroit.

Une fois nettoyé et habillé, il sortit et referma soigneusement la porte.

En bas, Franco s'était assis au bar. Digger s'approcha du bar, l'œil vif et le poil brillant. Django Sweets entra dans la taverne suivi de ses hôtes. Il fit un signe à son frère et se dirigea vers une table.

Deux hommes étaient assis à une autre table dans un coin. Un fusil Mossberg était posé en face de l'un d'entre eux. Le second faisait tourner le barillet d'un .38. Ils dévisagèrent les nouveaux venus sans montrer aucune réaction.

— Alors ? dit Sweets en s'asseyant.

Tumart prit place en face de lui.

— Alors ?

Sweets se pencha vers lui.

— J'ai discuté avec mes… associés. Ils sont intéressés.

Sweets se renversa, croisa les mains derrière la tête et posa ses bottes sur la table. Abbas émit un grognement désapprobateur. Tumart l'ignora et continua.

— C'est une bonne nouvelle. Combien ?

— Dix. Moi, Franco. Henshaw et Morris.

Il désigna les deux hommes assis dans le coin.

— Mon petit frère. Et quatre autres qui arriveront demain.

— Dix. Et dix hommes chacun.

Tumart se retourna vers Abbas qui acquiesça.

— Ça devrait aller.

Il se retourna vers Sweets.

— Tes hommes savent ce qu'ils ont à faire ? Ce que nous attendons d'eux ?

L'homme qui jouait avec son .38 prit la parole.

— Vous voulez qu'on fasse passer la frontière à vos hommes, dissimulés au milieu des wetbacks.

Il fit claquer le barillet de son flingue et gratta sa joue mal rasée avec le canon.

— Fastoche !

— C'est ça, dit Tumart en se tournant vers le pourri qui venait de parler.

Celui-ci ne lui inspirait pas vraiment confiance.

— Vous serez payés quand tous les groupes seront arrivés à bon port.

— Pas question, dit Franco. Vous payez tout de suite, sinon, on ne va nulle part.

Abbas se leva.

— Toi…

Il tendit la main vers son holster vide. Tumart agrippa son bras et l'obligea à se rasseoir.

— Et voilà pourquoi nous ne vous avons pas laissé vos flingues, dit Django Sweets.

Tumart hocha la tête.

— J'ai entendu dire que les mecs comme vous aiment marchander, ajouta Sweets.

— Les mecs comme nous ? demanda Tumart.

— Les bougnoules, précisa Franco.

Tumart le dévisagea.

— Toi, tu commences à me courir sur le haricot.

— Je pense que je survivrai, grogna Franco.

— La journée est loin d'être terminée, ajouta Tumart. Pas de marchandage. On s'en tient à ce qu'on a dit.

— Peut-être que nous aimerions renégocier, releva Sweets.

Tumart acquiesça, comme s'il comprenait la remarque. Puis, brusquement, il se leva, et avant que quiconque puisse réagir, il contourna la table. Une lame jaillit de sa manche comme par magie. Il en plaça la pointe sur la pomme d'Adam de Sweets. Une goutte de sang apparut. Les autres Coyotes levèrent leurs armes sans précipitation.

— Tu aurais dû me fouiller. Les négociations sont terminées, dit Tumart en accentuant la pression.

— Peut-être, dit Sweets.

Tumart baissa les yeux. Un M-9 Parabellum était pointé sur son entrejambe.

— Ah ! s'exclama Tumart. La situation est embarrassante.

— Tu as tout compris, répondit Sweets.

Tumart relâcha la pression et s'écarta de la table.

— Qu'est-ce que tu dirais de cinquante-cinquante ?

— Ça me semble correct.

CHAPITRE IV

James conduisait. Mack Bolan en profitait pour admirer les paysages sauvages du désert du Sonoran. Il était toujours stupéfait de constater que le même monde pouvait abriter à la fois les hommes qu'il combattait sans relâche et des paysages comme celui-ci.

— Ça m'étonne que tu n'aies pas voulu parler aux tiens, dit l'Exécuteur sans se retourner.

— Hein ?

James s'arracha à ses pensées.

— Leur parler de moi, ajouta Bolan en se tournant vers lui.

James éclata de rire.

— Et pour quoi faire ? dit-il sèchement.

— Je peux être n'importe qui.

— Ton visage respire l'honnêteté, mon ami.

James sourit en haussant les épaules.

— Va savoir ? Je suis peut-être trop naïf.

— Peut-être, dit Bolan en épiant ses réactions.

James était comme lui, le genre de flic qui prenait ses décisions sans trop s'inquiéter des procédures. Même si ça pouvait se révéler dangereux. C'est pour ça que Bolan avait décidé de s'associer avec lui. Si les choses tournaient mal, il serait là. Peut-être pourrait-il sauver la mise de ce fougueux jeune homme.

— Tes supérieurs ne vont pas être contents.

— Oh ! Greaves est un chic type, mais il est un peu dépassé. Jim Greaves, mon agent. Il est tellement serré du cul qu'il doit chier des diamants.

Il hésita.

— Au figuré, bien sûr.

— Je vois, dit le Guerrier.

Il avait eu jadis sa dose de ronds-de-cuir bornés qui ne connaissaient rien du terrain. Il avait eu son lot de mecs désignés pour commander et qui en étaient incapables.

— Et les mecs d'Interpol ?

James émit un bruit impoli. Bolan éclata de rire.

— A ce point ?

— Rittermark, il se fait appeler *Control*, est aussi cul serré que Greaves, mais en moins souriant. Le type même de l'Allemand, boulot-boulot. Il doit être bon dans sa partie, sinon il ne serait pas là. Hein ?

— J'imagine, dit Bolan.

Mais il en doutait quelque peu.

— Et l'autre, le Français ?

— L'homme de Tanzir ? Chantecoq, répondit James. L'élite des enquêteurs, avec des yeux comme des billes de loto.

— Tu as l'air de l'apprécier, s'étonna Bolan.

— Ouais, répondit James, embarrassé. Plus que son chef en tout cas.

— Django Sweets, dit Bolan en changeant de sujet. Qu'est-ce que tu peux me dire sur lui ?

James s'éclaircit la gorge.

— Comme je te l'ai dit, c'est le boss des Coyotes. On dit qu'il a été gâchette pour un cartel sur la frontière avant de virer trafiquant. En tout cas, c'est un mec à la coule. On a fait venir une de ces équipes de psy à la con que les féds affectionnent. Ils ont dit que c'était un « psychopathe antisocial ». Pour ce que ça vaut…

— Ça veut dire qu'il est dangereux.

James siffla.

— Ah ça, il l'est ! Je n'ai pas besoin d'une thèse pour le savoir. Je l'ai côtoyé un mois. Le plus long de ma vie.

Il gara le van et tapa sur le volant.

— C'est un bavard. Il adore parler, brancher les gens. Le mieux c'est de laisser couler et de ne pas la ramener.

— C'est pas mon fort, j'en ai peur, dit Bolan.

— Faudra essayer. Ce mec est un serpent à sonnette. Aussi vicieux.

Bolan sourit tristement.

— Je ferai de mon mieux. Parole de scout.

— T'as pas l'air du scout type, Cooper, répondit James.

Il grimaça comiquement.

— Parce qu'il n'y a pas que Django. Y a aussi Digger.

— Digger, drôle de nom.

— Ouais. C'est le petit frère de Django. Et quand je dis petit… Il mesure un mètre quatre-vingt-dix, tout en muscles. On dirait un éléphant. Django, c'est de la glace, mais lui c'est… un truc de fou, et pas un fou chantant. Les histoires qu'on raconte sur lui…

Il secoua la tête.

— Un fou furieux. En tout cas, c'est le chien de garde de son frère. Si tu t'attaques à Django, il te mordra les fesses.

— Je m'en souviendrai, dit Bolan.

Il leva la tête et aperçut au loin une forme squelettique. Comme un dragon mort.

— La ville sans nom, dit James. En tout cas, c'est comme ça que Django Sweets l'appelle. C'était une halte pour le bétail. Elle a été emportée par le temps comme toutes les autres.

— Les autres ?

— Il y en a des dizaines. Et Sweets les connaît toutes, tu peux me croire. Ça lui sert de planques. Lui et Digger ne recherchent pas vraiment la foule. Si tu vois ce que je veux dire.

Bolan voyait parfaitement.

Le van progressait lentement dans les rues poussiéreuses, longeant des bâtiments poitrinaires. Là où un homme normal n'aurait vu que des fenêtres éventrées, Bolan suspectait des nids de snipers.

— C'est marrant, fit-il en calculant les angles de tir potentiels, je parie que ton Sweets est fan de western.

Il avait retiré son treillis et son gilet pare-balles. Il portait maintenant une large chemise à fleurs et un jean, tenue plus appropriée au rôle qu'il allait jouer.

— Dans le coin c'est pratiquement obligatoire, fit James en se penchant pour ouvrir la boîte à gants.

Il en ressortit un paquet enveloppé de chiffons qu'il laissa tomber sur les genoux de Bolan.

— Prends ça.

— C'est quoi ? demanda Bolan en dénouant les chiffons.

C'était un .38 trapu avec du chatterton autour de la crosse.

— Merci, mais je crois que je préfère le mien.

— Mec, moi aussi je préférerais le tien. Mais chez nous, personne ne se promène harnaché comme toi, dit James. Du matos comme le tien, ça attire trop l'attention. Alors messieurs H & K et Desert Eagle restent ici.

Bolan comprit immédiatement le point de vue du jeune homme et fut impressionné par sa capacité à envisager le moindre détail. Il fit basculer le barillet du .38. Il était déjà chargé. Il sortit une balle et l'inspecta.

— Bien, on va la jouer à ta manière.

— Il y a une trappe sous tes pieds. C'est là que je cache mon badge et des conneries. Mets-y ton barda.

Bolan souleva la trappe et écarquilla les yeux en voyant le matériel qui se trouvait sous ses pieds. Des grenades, deux pistolets de fort calibre, et ce qui ressemblait à une mitrailleuse démontée. Il y avait aussi des rations et un téléphone. Il regarda James qui souriait benoîtement.

— Un homme averti en vaut deux, Cooper.

Bolan se marra et rangea son matériel.

— Il ne faut pas confondre prudence et paranoïa, agent James, dit Bolan en engageant le .38 dans un holster rapé que James lui avait dégotté.

— Ça doit être ce qui arrive aux taupes, sans doute,

dit James. Au fait, appelle-moi Jimmy ou Jorge. Et tant qu'on y est, comment je t'appelle ?

— LaMancha, dit Bolan en extirpant un vieux pseudo de sa mémoire. Frank LaMancha.

Il n'avait pas utilisé cette identité depuis des années. Certaines fois, il se sentait un peu trop proche de Don Quichotte.

— Parfait, dit James. Tu peux retenir un conseil ou deux ?

— Je vais essayer.

— Règle numéro un : tu la joues simple, limite stupide.

— C'est une bonne règle générale.

— Ensuite, tu es mon cousin, tu as besoin d'argent et tu veux faire un ou deux voyages avec moi pour voir si ça te plaît.

— Ça roule.

— Cool. Maintenant, permettez que je vous présente à toute l'équipe.

Ils sortirent du van. Le vent soufflait et le sable vous griffait un maximum.

Ils se dirigèrent vers le saloon délabré en plissant les yeux.

— Vous êtes enfin là, fit une voix alors qu'ils montaient les marches du saloon.

Bolan se retourna et vit un homme assis dans un fauteuil de bois déglingué.

— Salut, Franco, fit James.

Le dégoût du gus était perceptible.

Bolan l'observa discrètement. L'homme était bâti

comme une borne à incendie. Ses bras nus et son cou étaient couverts de tatouages. Une svastika trônait sur sa mâchoire, en dessous de l'oreille.

— Est-ce que Sweets est là ?

— Ouais, et maintenant que vous êtes là, on va pouvoir commencer. Le temps, c'est de l'argent.

Il se tourna vers Bolan.

— C'est qui lui ?

— Mon cousin, dit James.

— Il est bien grand pour un bouseux.

— C'est parce que j'ai bien mangé mes épinards, dit Bolan doucement.

— Frank, je te présente Franco, dit James. Ce n'est pas son vrai nom. Il l'a sans doute dégotté dans un de ces livres sur la guerre de 39-45. Franco, fais un sourire à mon cousin, Frank LaMancha.

— Hello, cousin Frank. Qu'est-ce qui nous vaut l'honneur de votre présence ? ironisa Franco.

Il s'était levé, se balançait sur les talons de ses Santiags en faisant craquer ses poings massifs. Bolan l'examina : un roquet, prêt à mordre.

— Il a besoin d'argent, dit James. Et ça ne te regarde pas, Franco.

— Tu amènes quelqu'un de nouveau, putain oui, ça me regarde. Je ne le connais pas, Sweets non plus. Pourquoi on lui ferait confiance ?

— Je me porte garant, dit James.

— Dans ce cas…, grogna Franco.

Vif comme l'éclair, son poing jaillit, cueillant James en plein foie. Puis, il balança un coup de savate dans les genoux de Bolan. Celui-ci para le coup de la main. Il résista à l'envie de sortir son arme. La foule des putes et des dealers s'amassait pour profiter du spectacle. Franco recula et leva ses poings couverts de tatouages.

— T'as de bons réflexes, pour un Mex.

— Je le prends comme un compliment, rétorqua Bolan.

L'Exécuteur balança une droite plutôt molle que l'autre détourna facilement et la fit immédiatement suivre par un violent coup dans les reins.

Franco poussa un rugissement et se rua sur lui. Bolan sut immédiatement qu'il ne devait à aucun prix laisser le petit homme le ceinturer. Les muscles de ses bras avaient l'air de câbles d'acier. Il l'évita et le fit tomber au sol d'un coup de coude sur la nuque. Le truand gémissait, à genoux. D'un coup de bottes entre les épaules, Bolan le plaqua au sol. Il sortit son .38.

— Reste tranquille, je déteste tuer les gens que je viens de rencontrer.

— Tout comme moi, fit une voix derrière son épaule.

Bolan entendit le bruit d'un chien qu'on arme.

— Et si on reprenait tout de zéro ? Mon ami ?

CHAPITRE V

— Vos hommes se battent, dit Tumart en laissant retomber le rideau râpé.

— Ça arrive, répondit Django Sweets. J'interviendrai quand il faudra.

— Cette chambre empeste la fornication, dit Abbas.

— Sans doute, c'était un claque ici, fit Sweets lentement.

Abbas rougit et se tourna vers Tumart.

— Il nous insulte.

— Non, il t'insulte toi. Je n'ai pas le nez aussi sensible. Par contre, je sais reconnaître l'odeur du sang.

— Du sang ? demanda Sweets en se redressant.

Tumart eut l'impression que le Coyotte avait pâli.

— Dans la chambre en face de la nôtre. C'est celle d'un de vos hommes ?

— C'est Digger, mon frère, dit Sweets.

— Il est blessé ?

— Non, répondit Sweets, juste un peu étrange. Je m'occupe de lui depuis que notre mère a rejoint Jésus.

Il se leva et se dirigea vers la fenêtre.

— Est-ce que tous vos chauffeurs sont arrivés ?, interrogea Tumart. Le temps presse.

— Ils sont là. Il faut juste que je voie ce qu'ils ont dans le ventre.

— Je croyais que vous étiez sûr d'eux, dit Abbas aigrement.

Sweets sourit.

— Ça va ça vient, ça dépend du moment.

— Quelle sagesse, fit Tumart, mais ça ne suffit pas. Que se passe-t-il s'ils ne sont pas bien lunés ?

Sweets lui jeta un regard qui en disait long.

— Je vois, conclut Tumart, il n'y a que les faibles qui font du sentiment.

— Les affaires sont les affaires. Maintenant, si vous voulez bien m'excuser, je dois arrêter un combat.

Il quitta la pièce et Tumart referma la porte. Il se tourna vers les autres.

— Je crois que nous avons fait le bon choix, dit-il.

— C'est un porc, grogna Abbas.

— C'est vrai, mais ces porcs sont dangereux, ajouta Tumart en s'asseyant sur le lit. Ils mordent avec entrain la main qui les nourrit. Je dirai à nos gars de rester vigilants.

— Et quand ils auront fait leur job ? demanda Abbas.

— Alors, nous massacrerons ces gros porcs, dit Tumart doucement. Maintenant, Abbas, tu devrais prendre exemple sur Fahd et la fermer. Je voudrais me reposer pendant que c'est possible.

*
* *

— Et si on reprenait tout de zéro, mon ami ?

Bolan se figea. Il abaissa son arme et s'écarta de Franco qui gémissait.

Sweets fit un signe avec son M-9. Il donna un coup de pied dans les côtes de Franco pendant que Bolan reculait.

— Bouge ton cul de là.

Il se tourna vers James.

— Salut, Jorge. Tu t'es dégotté un partenaire !

— C'est mon cousin, dit James en reprenant sa respiration.

Sweets passa le canon de son arme sur sa mâchoire en examinant Bolan.

L'espace d'un instant, celui-ci eut l'impression d'être en face d'une vipère prête à mordre.

— Jorge, tu te portes garant pour lui ?

— C'est mon cousin, répéta James.

— La famille, dit Sweets en souriant. Je comprends ça.

Il se tourna vers Bolan.

— Django Sweets.

— Frank LaMancha.

— Salut, mec, dit Sweets en tendant la main.

Sa paume était comme du cuir. Il attira brusquement Bolan vers lui. L'Exécuteur ne résista pas.

— Ne t'en prends plus à mes hommes, j'ai besoin de toute mon équipe.

— C'est Franco qui l'a attaqué, dit James.

Il lâcha la main de Bolan et recula.

— Vous êtes les derniers. Nous pouvons commencer.

Il se dirigea vers le saloon. Franco le suivit en râlant.

Bolan regarda James.

— Tu viens de rencontrer Sweets, dit celui-ci.

— J'avais deviné, répliqua l'Exécuteur.

La description de James était très fidèle. Bolan avait rencontré toutes sortes d'hommes et il savait reconnaître un salopard quand il en croisait un. Il ne faudrait jamais lui tourner le dos, à celui-là.

Il y avait neuf autres hommes dans le saloon, en comptant Sweets et Franco. Ils avaient tous l'air de loups affamés, obsédés par la satisfaction de leurs appétits.

James se dirigea vers une des tables avec Bolan. Les deux hommes qui s'y tenaient se turent quand ils s'assirent.

— Henshaw, Eddie, fit James en désignant les deux hommes.

Henshaw était un homme maigre, avec des yeux de fouine et un .38 comme celui de Bolan sous l'aisselle. Eddie était nettement plus baraqué. Il souriait largement.

Sweets, debout derrière le bar, frappa le comptoir avec la crosse de son flingue.

— Gentlemen, si vous voulez bien m'accorder votre attention.

Les conversations se turent. Sweets reprit.

— Nous savons tous pourquoi nous sommes réunis…

— Parce que nous sommes tous des enfoirés de rapaces, fit Eddie.

Quelques rires fusèrent.

— C'est vrai, dit Sweets. Mais c'est aussi parce que vous êtes les meilleurs. Vous avez l'habitude de tous les trafics.

Il se servit lentement un bourbon.

— Cette fois, c'est différent…

Le Guerrier se raidit. Django Sweets souriait.

— Les types que nous convoyons veulent être largués à des endroits précis. Ils seront mélangés aux clandestins et vous les conduirez à différents points de la frontière. Ils ont un timing à respecter et sont pointilleux sur la ponctualité.

— C'est qui ces types ? Des touristes ? demanda une voix.

— Des bougnoules, cracha Franco.

— Des clients, corrigea Sweets en s'accoudant sur le bar. Nous sommes dix et ils sont une centaine. Chacun de nous en prend en charge une dizaine.

— Une centaine ? s'exclama James. Sweets, bordel, ça fait une putain d'armée !

— Et alors ? dit le boss. Ce n'est pas très différent de d'habitude.

— Si, aboya Henshaw.

Ses doigts couraient nerveusement sur la crosse de son arme.

— C'est vrai ce qu'a dit Franco ? Ce sont des Islamistes ?

— On s'en fout, s'exclama Eddie. Leurs dollars sont aussi verts que les autres.

— Mes amis, reprit Sweets, soyons réalistes. Est-ce de trahison dont nous sommes en train de parler ? Ce n'est pas si différent de faire passer des clandestins ou des tueurs nicaraguayens. Et si ça chatouille votre fibre patriotique, souvenez-vous que tous les péquenauds à cent bornes de la frontière ont tous un véritable arsenal dans leurs caves. Ce n'est pas exactement comme si on lâchait ces mecs dans le jardin d'Eden. Ils vont attaquer un supermarché, peut-être une école maternelle, et ils se feront immédiatement cribler de plomb, comme tous les autres salopards. Et nous, on se sera fait un joli paquet.

— C'est vrai, dit James. Mais après ? La frontière sera aussi fermée qu'un coffre-fort.

— Pas longtemps, répondit Sweets. Les gens ont la mémoire courte.

Bolan regardait Sweets. Il y aurait toujours des trous dans une frontière, mais si son plan marchait, il n'y aurait pas de pitié pour des hommes comme lui. Il regarda les autres. Ils ne semblaient pas conscients des risques. L'argent transformait le plomb en acier, comme toujours.

— Bon, je ne force personne. Buvons un coup, on verra après.

Deux ou trois hommes se levèrent, allumèrent des clopes et sortirent. Bolan resta.

— Les toilettes ?

Eddie lui sourit.

— Nerveux ?

— Quelque chose comme ça.

— En haut, dit Henshaw.

Bolan le remercia et jeta un œil à James qui lui fit un signe de la tête. Il se leva et se dirigea vers l'escalier. Heureusement le jeune flic comprenait vite. Il avait besoin de lui pour surveiller la salle.

Son instinct envoyait des signaux d'alarme. Les

terroristes n'attendaient qu'un signe pour se pointer. Et l'homme qui devait faire ce signe, Bolan en était sûr, c'était Tuerto. Il n'était pas question pour l'Exécuteur de laisser une centaine de terroristes en arme s'approcher de la frontière américaine. Opération d'infiltration ou pas.

En haut de l'escalier, il dégagea son .38. La situation n'était pas idéale, mais il ne pouvait laisser passer cette occasion de couper la tête du serpent.

Il y avait quatre portes de chambre dans le couloir. Plus des toilettes, reconnaissables à l'odeur. Il s'arrêta et écouta.

D'une des portes lui parvenaient des murmures. De l'autre… Bolan fronça les sourcils. Du sang, beaucoup de sang. Il sortit son arme et se dirigea vers la porte. Son instinct hurlait. Il ouvrit et entra, la pièce était noire. Il lui fallut quelques secondes pour s'habituer. L'odeur d'abattoir dominait tout.

— T'es qui ?

Bolan se retourna, vif comme un chat. Ce ne fut pas assez. Une main se referma sur son poignet et la seconde d'après il volait dans le couloir.

CHAPITRE VI

L'Exécuteur vola à travers la porte et rebondit sur le mur du couloir. Il était désarmé et complètement sonné. Une silhouette monstrueuse remplissait tout le chambranle. Deux mains grosses comme des jambons se tendirent vers son cou. Bolan les évita.

— Qui t'a permis d'entrer ici ? piailla l'homme-montagne.

Sa voix ressemblait à celle d'un enfant.

— Je cherche les toilettes, dit Bolan. J'ai dû me tromper.

— C'est ma chambre ! Personne n'entre là-dedans !

Un énorme poing jaillit et transperça la cloison, couvrant Bolan de plâtre. Il en profita pour balancer un coup juste en dessous du sternum de son adversaire. Le géant grogna et envoya Bolan valdinguer dans l'escalier. Cela faisait longtemps qu'il n'avait pas reçu un coup pareil. L'homme était un peu plus grand que lui, bâti comme une armoire à glace et gras comme un angelot. Et rapide. Pas autant que Bolan, mais très agile. Sa bouche s'agitait en silence. Il se déplaça vers

Bolan qui s'empara de son poignard et visa l'estomac. Une main se referma sur la sienne et détourna la lame. L'homme poussa un petit cri et jeta Bolan par-dessus la balustrade comme une balle de foin.

Bolan atterrit sur une table qui explosa. Il était complètement sonné et ne put que rouler sur lui-même pour récupérer son KA-BAR qui s'était planté dans le plancher. Il s'immobilisa, les doigts sur le manche, en entendant le bruit d'un chien qu'on arme. Il leva les yeux. Le gros homme pointait un Glock quelque part entre ses deux yeux. Bolan se tendit.

Il y eut un second clic. Le gros homme se figea, les yeux écarquillés. Un homme avec un bandeau sur l'œil pointait le .38 de Bolan sur sa mâchoire.

— J'essaye de dormir ! grogna le borgne.

Django arriva et dégagea les débris en gueulant.

— C'est quoi ce bordel !

Il examina la scène, atterré.

— Nom de Dieu, Digger, qu'est-ce que tu as fait !

— Il a voulu rentrer dans ma chambre ! Personne a le droit.

— Je cherchais les toilettes, plaida Bolan, le poignard à la main.

— Encore toi, cousin Frank ? Toujours dans les mauvais coups !

— C'est un tic, fit Bolan pour détendre l'atmosphère.

Sweets s'esclaffa.

— Mister Tuerto, je vous serais reconnaissant de bien vouloir enlever ce flingue du visage de mon frère.

Le borgne sourit et descendit l'escalier. Il tendit le revolver à Bolan.

— C'est le vôtre ?

— Il lui ressemble, répondit Bolan en prenant l'arme.

Tuerto se tourna vers Sweets.

— Vos hommes sont un peu remuants.

— Ils ont trop de temps libre, fit le boss. Va ranger ta chambre, Digger. On s'en va aussitôt que le reste de la cargaison est là.

Digger se détourna sans un mot.

Sweets pointa son index sur la poitrine de Bolan.

— Et toi, LaMancha, reste loin de Digger. Sinon il fera sauter ta tête comme un bouchon. Et si c'est pas lui, ce sera moi.

— Compris, dit le Guerrier.

— Tu viens avec moi, Eddy, et James aussi. Nous devons nous occuper de ce chargement.

Il se tourna vers les autres avec agacement.

— Qui veut vient.

— Je viens aussi, dit Tuerto.

— Ce n'est pas nécessaire.

— Comment dites-vous déjà ? Le client est roi ?

— C'est une affirmation très globale, répondit Sweets. Mais faites comme vous voulez.

Bolan observait l'homme le plus recherché d'Interpol. Il portait un jean usé et un T-shirt quelconque. On aurait pu le prendre pour un travailleur agricole, sans le pentacle vert sur son bandeau. Son œil valide se posa sur Bolan.

— Tu te défends pas mal, dit-il en souriant. Qu'est-ce que tu faisais là-haut ?

— Je cherchais les toilettes, répéta Bolan.

— Pourtant, il me semble que c'était difficile de les rater.

Bolan le dévisagea. L'homme était futé. Il choisit l'attaque.

— Tu m'accuses de quelque chose ?

— Au contraire, Mister LaMancha.

— Frank, dit Bolan.

— Bonjour, Frank. Avez-vous senti l'odeur du sang, Frank ?

— Oui.

— Ha. Oui. Et moi aussi. Qu'avez-vous vu ?

— Rien, juste quelques draps rougis.

Tuerto soupira.

— Merci, Mister La Mancha… merci, Frank.

Bolan sentait sa déception. Qu'avait-il espéré ?

— Où allons-nous ?, demanda-t-il en essayant d'avoir simplement l'air curieux.

— Chercher notre cargaison, répondit Sweets. Cousin Frank, quand on fait de la contrebande, il faut se cacher. C'est parce que tu ne sais pas cela que tu as besoin d'argent.

— C'est juste, dit Bolan, se souvenant des conseils de James.

Sweets grimaça.

— Vous m'avez peut-être menti. Hein, Jorge ? Cousin Frank a misé sur le mauvais cheval ?

James essayait d'avoir l'air cool, mais Bolan voyait à quel point il était tendu. Il espérait être le seul à le voir.

Amira Tanzir était assise à l'arrière du semi-remorque et essayait de se faire aussi discrète que possible. Ce n'était pas très difficile. Il suffisait de baisser les épaules et de rogner les ailes à sa dignité, jusqu'à perdre toute fierté.

Née d'un père portugais et d'une mère africaine, Tanzir était une professionnelle de la défense de la loi. Elle parlait cinq langues, dont quatre couramment, et quatre dialectes. Elle avait traqué des Basques dans les neiges des Pyrénées et affronté les bombes humaines qui cherchaient le Paradis. Cette mission, c'était la traque la plus importante de sa carrière. Le plus dangereux des terroristes, El Tuerto. Les yeux fermés, elle passait en revue tout ce qu'elle savait sur lui.

Il agissait pour une faction d'Al Qaeda, les « cent saints », dont le but n'était pas la prière, mais bien d'arroser de sang le paradis d'Allah. Cela signifiait qu'il ne projetait pas seulement de faire exploser une bombe dans un centre commercial. Ces hommes voulaient provoquer un autre 11 septembre. Et ça, Tanzir était prête à tout pour l'empêcher.

Mais le plus important, c'était d'empêcher Tuerto de s'en tirer. A la différence de ses associés, ce n'était pas un fanatique, mais un mercenaire. Un idéaliste en location. D'après Interpol, après, il avait l'intention de passer au Canada pour gagner l'Algérie. C'était son M.O. habituel.

« Arrête de gamberger. »

Une voix en allemand avait retenti dans son oreille. Surprise, elle faillit toucher le micro émetteur qui y était dissimulé.

— Comment ça se présente ? murmura-t-elle.

« Confus », répondit la voix.

Elle se retourna. Dans le pire des cas, les autres autour d'elle croiraient qu'elle priait.

Elle pensa à Eugène. A son sourire. Elle était toujours furieuse après lui d'avoir voulu s'opposer à son affectation sur cette mission. Il l'aimait, elle le savait, elle l'aimait aussi. Malgré cela il ne comprenait pas ses motivations. Malgré toute sa perspicacité, Eugène Chantecoq ne comprenait pas pourquoi Tanzir devait capturer Tuerto.

Comment lui expliquer ? Comment expliquer les mois de travail épuisants, les échecs à répétition ? C'était presque futile de vouloir attraper un type aussi veinard. Pourtant, elle s'accrochait, pas pour un gouvernement quelconque, mais pour elle, pour elle seule.

— Bordel, murmura-t-elle.

« Quoi ? » dit la voix.

— Rien, grogna-t-elle. Ces contacts m'épuisent.

Ses lentilles étaient équipées de caméras dernier cri qui retransmettaient tout ce qu'elle voyait au QG d'Interpol.

— Est-ce que l'agent James s'est manifesté ? demanda-t-elle.

— Non, mais nos associés garantissent qu'il sera en place au bon moment.

Tanzir fronça les sourcils. Les Américains avaient insisté pour qu'un de leurs hommes participe aux opérations. Mais c'était sa mission. Sa mission depuis trois ans. Des années passées à chasser ce bâtard de pays en pays pour toujours arriver cinq minutes trop tard. Ses poings se serrèrent.

— Quel est ton statut ? murmura la voix.

Elle inspecta les gens qui étaient avec elle dans le camion. Ils avaient tous la même expression résignée et inquiète.

— Nous sommes bientôt arrivés.

— Je voulais dire ton statut à toi.

Malgré ses défauts, Control était un homme observateur. L'Allemand savait comment elle se sentait, il connaissait son obsession et pensait que cela la rendait plus efficace sur le terrain.

— Je vais bien, Control, je vais bien.

Elle se calma. Elle chassait depuis qu'elle était petite, avec son père, dans les montagnes de Cadix. C'était les mêmes sensations aujourd'hui. Le frisson de la chasse qui coulait dans ses veines.

Tuerto était sa proie.

CHAPITRE VII

— Etre un Coyote, cousin Frank, c'est tout un art, affirma Django Sweets.

L'atmosphère du van était étouffante, Bolan sentait la sueur dégouliner dans son dos. Assis en face de lui, Tuerto n'avait pas l'air incommodé. Ils étaient assis sur des caisses qui sentaient l'huile et la paille. Bolan aurait parié sa chemise qu'elles contenaient des armes.

— Tu m'écoutes, LaMancha. Parce que j'essaye de faire ton éducation.

— Fous-lui la paix, dit Eddie.

Il était assis à l'arrière, un fusil posé sur ses genoux.

— Eddie, nous ne pouvons tolérer des *ignoramus* dans nos rangs, affirma Sweets. Et le cousin Frank a l'air assez obtus. Sans vouloir t'offenser, Jorge.

— Y a pas de mal, répondit James.

Bolan réprima un sourire. Le jeune homme était pâle comme un linge. Il faisait tous ses efforts pour se contrôler et ne pas étrangler le roi des Coyotes. Sweets n'avait pas arrêté de les brancher depuis qu'ils étaient partis. Bolan se disait qu'il essayait de le tester et qu'il aimait simplement se montrer désagréable.

— Comment s'est passée ta rencontre avec Ernesto ? demanda Eddie, de l'air de celui qui veut changer de conversation.

— Je ne l'ai pas vu, dit James après réflexion. Il a eu des problèmes dans le Sinaloa.

— Merde, dit Eddie tristement. On aurait pu se faire encore plus de fric.

— Pas la peine, dit Sweets. Je suis sûr que nos amis du cartel auront rempli les camions de bonne dope.

— Il n'a jamais été question de drogue ! s'exclama Tuerto.

— Non ? J'aurais oublié de vous en parler ? Toutes mes excuses. Ça fait partie de nos conventions avec nos associés.

— Nous n'avons pas besoin de complications supplémentaires.

— Calme-toi, Mister Borgne. L'aura de martyr de tes hommes n'a rien à craindre.

— C'est plutôt tes hommes qui m'inquiètent !

— Nous sommes avides, mais pas fous, répliqua Eddie. Nous avons tout organisé.

— Eddie a raison, d'ailleurs nous sommes arrivés.

— Nom de Dieu, murmura James d'une voix rauque lorsqu'ils aperçurent les camions. Regardez-moi ça.

Bolan retint un juron. Les clandestins étaient tellement nombreux qu'on aurait dit une petite mer. La moitié d'entre eux étaient évanouis et les autres avaient l'air complètement déshydratés.

— Une fois, il y a un type qui s'est planté lors d'une livraison, continua Eddie pendant que Sweets garait le van. Il a largué son camion au milieu de nulle part, sans penser à ouvrir la remorque. Les cent cinquante clandestins ont littéralement cuit à mort.

Bolan serra les poings et rejoignit les autres. Sweets éclata de rire comme si Eddie en avait raconté une bien bonne. Il s'adressa à Tuerto.

— Est-ce que vos hommes sont en route ?

— Ils doivent arriver en même temps que nous. Vous êtes sûrs que tout ce monde va tenir dans nos véhicules ?

— Pas de problème. Une fois j'ai fait rentrer trente-quatre clandos dans un break... Alors..., dit-il en souriant.

Bolan regardait la foule des clandestins. Ils devaient être au moins quatre-vingts. Il sentit son estomac se nouer en pensant à ce qui les attendait. Des centaines de clandestins mouraient chaque année en essayant de franchir la frontière. Il les dévisageait, se demandant lesquels allaient y passer. Il regarda Tuerto et Sweets. Est-ce qu'ils avaient l'intention de laisser des témoins ? Bolan était réaliste. Il savait que ce serait difficile de les sauver. C'est pour cela qu'il allait essayer.

Il prit sa décision sans réfléchir. Que les Fédés aillent se faire foutre. L'Exécuteur avait ses propres mobiles et assez de volonté pour réussir. Sans se soucier des conséquences.

Les conducteurs qui avaient transporté leur cargaison de chair humaine s'étaient regroupés autour de Sweets et parlaient tous en même temps. Sweets leva les bras.

— Calmez-vous, bande de vautours, cria-t-il. Je veux d'abord voir la marchandise.

— J'espère qu'il n'est pas en train de chipoter sur le prix, murmura Tuerto.

Bolan dévisagea le mercenaire. Etait-il déjà en train d'organiser le meurtre de ces pauvres désespérés ?

— Ça fait une putain d'armée, siffla Eddie.

Il se tourna vers Sweets.

— Cette fois, tu dépasses les bornes. Tu crois que les flics ne vont pas remarquer un million de personnes assises en rond dans le désert.

— Calme-toi, dit Tuerto. Tout est organisé. J'ai graissé toutes les pattes. Et là où les pots-de-vin ne peuvent rien, les angles morts sont bien utiles.

Il leva le pouce vers le ciel.

— Nous sommes dans un angle mort pour les satellites.

— Même un million, on ne les verrait pas, jubila Sweets. Et ils sont à peine quatre-vingts.

Eddie secoua la tête.

— C'est pas comme ça qu'on bosse, Sweets.

— Allons, Eddie, c'est LE gros coup. Il faut bien prendre quelques risques pour gagner un peu de blé.

— C'est ça que tu appelles quelques risques ? C'est trop gros, mec.

— Arrête de te plaindre. J'ai donné mon accord, on ne peut plus reculer. Bien sûr, si tu insistes…

Sa main se dirigea vers la crosse de son revolver.

Eddie pâlit et recula, les mains levées.

— Non, Sweets, c'que j'en dis…

Django Sweets monta sur le van, mit ses mains en porte-voix et commença à hurler des instructions en espagnol.

Bolan se rapprocha de James.

— Si ces gens montent dans les véhicules, ils sont morts. Tous, dit-il doucement.

— Je sais, dit James d'une voix blanche. Je ne m'attendais pas à cela.

Il secoua la tête et se tourna vers l'Exécuteur.

— Qu'est-ce qu'on fait ?

— Ça va être chaud.

Le Guerrier hésita en contemplant la foule.

S'ils devaient mettre en œuvre le plan qu'il était en train d'imaginer, certaines de ces personnes allaient être prises entre deux feux. Et il aurait leur mort sur la conscience. Il savait que c'était inévitable, mais il ne pouvait rester indifférent. Le jour où l'Exécuteur n'accorderait plus d'importance à la vie humaine, alors il aurait définitivement perdu son combat.

Mais il valait mieux quelques sacrifices plutôt qu'un massacre général quand ces gens auraient franchi la frontière.

— Il faudra agir vite. Quand nous reviendrons en ville, je récupérerai mon équipement. On verra à ce moment-là.

— Les hommes de Tuerto seront là, répondit James, dubitatif.

— J'y compte bien, dit Bolan. Tuerto ne fait pas confiance à Sweets et vice versa.

Il regarda le jeune agent discrètement.

— Je peux prévenir mes associés. Et toi ?

— J'ai mon téléphone dans le van. Nous avons établi un code.

James observa la foule qui essayait tant bien que mal de se regrouper.

— Le problème, c'est Tanzir. Elle est quelque part là-dedans.

— Hein ! Tu ne m'avais pas dit ça.

— Tu ne me l'as pas demandé, rétorqua James.

Bolan ne répondit pas. Il sentait la tension du jeune homme.

— Comment tu fais pour entrer en contact avec elle ?

— Je ne suis pas censé le faire. C'est elle qui doit me contacter. Et bordel… je ne vois pas comment…

— Elle est d'Interpol, après tout. Elle doit être capable de se débrouiller.

Ils entendirent un cri. Un des soldats du cartel venait de faire tomber un des hommes de Sweets qui transportait une caisse d'armes. L'homme du cartel donna un coup de pied dans la caisse et l'ouvrit. Il en prit une et la leva vers Sweets.

— Hoops, fit ce dernier. J'ai l'impression que mon ami Mendez a découvert le pot aux roses.

Bolan regarda l'arme et sut immédiatement ce qui clochait. Elle était vieille et en mauvais état.

— Tu essayes de nous vendre de mauvaises armes, dit l'homme en regardant Sweets.

— Les bonnes armes coûtent de l'argent, dit Sweets, nonchalamment.

Mendez, l'homme du cartel, se mit à hurler et à

gesticuler. Bolan se contracta. Il y avait de l'électricité dans l'air et les armes n'allaient pas tarder à parler.

— Allez-vous lui répondre ? demanda Tuerto sèchement.

— Pour sûr, répondit Sweets.

Il dégaina son arme et abattit Mendez.

CHAPITRE VIII

Bolan logea une balle entre les deux yeux de l'homme le plus proche. Les autres se dispersèrent, à la recherche d'un abri. Quelques-uns se réfugièrent sous un des camions.

— Putain, ça déchire, s'exclama Eddie en levant son fusil à pompe et en se jetant derrière le van.

James le rejoignit en défouraillant. Bolan et Sweets tirèrent en même temps. Les hommes du cartel étaient une douzaine. Ils n'étaient plus que huit.

Sweets éclata d'un rire dément qui faisait froid dans le dos. Le roi des Coyotes avait sauté du van et tirait sans s'arrêter. Bolan fut tenté de le laisser se faire descendre, mais ce n'était pas son plan. Il sauta dans le van le plus proche et desserra le frein à main. Le van s'ébranla en direction du camion où les hommes du cartel s'étaient abrités. L'Exécuteur s'éjecta juste avant l'impact.

Il y eut un froissement de verre et de tôle quand le van heurta le camion. Les pourris se dispersèrent. Debout dans la poussière, le Guerrier en toucha un en pleine tête.

— A terre ! hurla une voix et Bolan se jeta au sol.

Un des hommes du cartel s'écroula juste avant de tirer sur l'Exécuteur.

Celui-ci se retourna, fit un signe à James et se redressa. Un tourbillon de poussière s'était levé, enveloppant les hommes et les véhicules. Les terroristes étaient tous à terre. Django Sweets rechargea son arme et rejoignit les autres.

— Joli tir, LaMancha !

Il souriait comme un gamin.

— Bien joué avec le camion !

— Ça m'a semblé la meilleure solution, répondit sobrement Bolan.

— J'ai l'impression que l'essentiel de notre chargement s'en est tiré, ajouta Eddie. Il en reste encore une bonne cinquantaine.

— C'est suffisant, dit Sweets en rengainant son arme. Ça fera moins de travail pour les hommes de Tuerto.

— Moins de travail ? ? s'exclama Eddie en blêmissant. Mec…

— Ce n'est pas le moment d'avoir des doutes, coupa Sweets. On embarque ces corniauds et fouette cocher.

Il gloussa et se dirigea vers les émigrants.

Bolan les regardait, étonné qu'ils n'aient pas fui. James l'avait rejoint.

— Que veux-tu qu'ils fassent ? Ils ont donné tout ce qu'ils avaient pour payer leur passage. Ce n'est pas quelques coups de feu qui vont les décourager.

Bolan était au bord de la nausée.

— Bonne nouvelle, ajouta James, j'ai repéré Tanzir.

— Où est-elle ? demanda Bolan.

— Exactement là où elle est censée être.

De tous les événements imprévus que Tanzir avait envisagés, une fusillade arrivait en huitième position. Elle rejoignit le groupe qui se rassemblait autour du van, essayant de calmer les tremblements qui s'étaient emparés d'elle quand elle avait reconnu la silhouette familière. Elle ne l'avait vu d'aussi près qu'une seule fois, dans une ville d'Afrique du Nord. C'était juste après un attentat sur un marché. Il sirotait son café alors que les débris humains pleuvaient de partout. Il avait payé tranquillement et s'était volatilisé. Tuerto. Mister Borgne.

Elle pensait qu'il était berbère plutôt qu'arabe. Son crâne rasé et sa barbe bien taillée lui donnaient l'air d'un rapace. Ses yeux étaient glacés. C'est cette impassibilité qui le rendait plus dangereux que les fous fanatiques qui l'accompagnaient. Ses amis ne le comprenaient pas aussi bien qu'elle. Tuerto n'était pas un simple terroriste, c'était un monstre, et un faiseur de monstres. Il organisait tout, trouvait les explosifs, armait les martyrs, s'assurait de faire le maximum de dégâts et disparaissait. Mais lui ne croyait en rien, sinon à l'argent.

Pendant la fusillade, elle avait été soulagée d'apercevoir l'agent James.

Rassemblant son courage, elle se rapprocha de Tuerto et trébucha. Une main puissante la saisit par l'épaule et l'empêcha de tomber. Le Borgne la regarda, elle sourit.

— Excusez-moi, dit-elle en espagnol.

— Ce n'est rien. J'ai déjà été touché par des projectiles plus désagréables.

Il la soutint quelques instants avant de la lâcher.

— Vous allez aux States ?

— Si Dieu veut, dit-elle en se signant.

— Inch Allah, ajouta-t-il. Vous êtes seule ? Dans mon pays, une femme comme vous ne voyagerait pas seule.

Elle se rapprocha de lui pour laisser les autres monter dans le camion.

— Je n'ai plus de famille, dit-elle, et je n'ai nulle part où aller.

— Quel dommage, dit-il en écartant une mèche de cheveux qui masquait son visage. Et vous êtes prête à affronter la mort, ajouta-t-il en désignant les cadavres autour du camion.

— Oui, répondit-elle sans regarder les corps.

— Ha, fit-il en souriant légèrement. Dommage que nous n'ayons pas le temps…

Mais Sweets avait saisi fermement Tanzir par le poignet et la projeta dans le camion. Elle sourit intérieurement. Elle avait ferré le Berbère.

— C'est grossier, murmura Tuerto en regardant Sweets.

— Nous n'avons pas le temps de nous occuper de cette pouliche. Cette bagarre nous a retardés. Ce que vous ferez d'elle après, ça vous regarde.

Tuerto se sentit insulté.

— Je ne suis pas une bête. Et cette « bagarre », comme vous dites, est entièrement votre faute.

— C'est vrai, répondit Sweets avec arrogance. Maintenant, nous devons y aller.

Ils grimpèrent dans le van et partirent vers le centre de la ville fantôme, suivis par les camions. Tuerto était à l'arrière et pensait à cette fille. Elle n'était pas une paysanne, malgré ses vêtements. Il arrivait que des réfugiés politiques se mélangent aux travailleurs clandestins. Cela expliquerait son accent. Elle devait venir du Sud, du Guatemala ou d'Argentine. Il sourit. Elle était splendide. Et courageuse. Deux qualités que Tuerto trouvait irrésistibles.

Il y avait quelque chose de plus. Il avait l'impression de la connaître. Il ne savait pas pourquoi, mais elle lui semblait familière. Il chassa cette pensée.

Du coup, il arriverait peut-être à joindre l'utile à l'agréable. Son voyage de retour vers le Canada serait certainement plus plaisant avec une compagne. Il faudrait d'abord lui demander son nom. Il se renversa, ferma les yeux, plongé dans d'agréables rêveries.

Une pensée traversa son esprit.

— Est-ce que les cartels ne vont pas venir récupérer leurs armes ? demanda-t-il à Sweets.

— Sans doute, mais pas avant quelques jours. Et que vont-ils trouver ? Des carcasses calcinées et des cadavres. Ils ne pourront pas savoir ce qui s'est passé. Peut-être que leurs hommes se sont entre-tués.

— C'est un risque.

Sweets haussa les épaules.

— Il faut savoir prendre des risques pour gagner sa croûte. C'est ce que mon père, Dieu ait son âme, m'a enseigné.

— LaMancha a réagi au quart de tour, dit Tuerto. Bien plus vite que tout le monde.

— Oh ! c'est un type bizarre, répondit Sweets. Je l'ai à l'œil.

— Est-ce qu'il y a quelque chose que je devrais savoir ? demanda Tuerto.

— Non, répondit Sweets, sèchement.

Tuerto grogna.

— Vous croyez que c'est un espion ?

— J'en suis sûr, répliqua Sweets avec un sourire carnassier. J'ai reçu un coup de fil ce matin à propos de ce bon vieux Jorge. Il n'a pas l'air franc du collier. Une déception, vous vous en doutez.

— Ah ! fit Tuerto. Vous avez des preuves ?

— La vérité nue sort du puits. J'aurais pu laisser couler, mais le cousin Frank est venu raviver mes soupçons. Il est trop lisse, trop bon.

— C'est vrai, murmura Tuerto. Pourtant, votre frère l'a eu assez facilement.

— Ce n'est pas pareil. Mon frère est comme un éléphant. Personne ne peut l'arrêter quand il charge, dit Django Sweets. Mais n'ayez aucune crainte, Mister Borgne.

Son sourire devint carnassier.

— Aucune.

CHAPITRE IX

— C’est quoi le plan ? demanda James sur le chemin du retour.

Bolan le regarda et sourit froidement.

— Tu lis dans mon esprit ?

— Non, sur ton visage.

— Et toi ? Ton plan c’était quoi ? Attraper tout ce beau monde avec tes petites mains ? demanda Bolan en ricanant.

— Repérer tous les hommes impliqués dans cette affaire et prévenir mes patrons. Tous les services sont prêts à intervenir. Les Fédés, la police des frontières etc., répondit James.

— C’est un peu imprécis, rétorqua Bolan. Que se passe-t-il s’ils changent leurs plans ?

— Ils ne le feront pas. Non, le vrai problème, c’est la capture de Tuerto. C’est lui le gros poisson. La C.I.A., le F.B.I., Interpol, tout le monde veut l’attraper.

James dévisagea Bolan.

— Nous, on les prend par surprise, avant qu’ils

n'atteignent leurs cibles, quelles qu'elles soient. Qu'en penses-tu ?

— J'en pense qu'ils ne doivent pas sortir vivants de cette ville. Surtout Tuerto. Il ne faut pas qu'ils aient la moindre chance d'atteindre leurs objectifs. Quels qu'ils soient. On est loin de la frontière ?

— Trop loin pour intervenir. C'est pour cela que nous voulons les choper côté U.S.

— Et la police mexicaine dans tout ça ?

— Ils travaillent avec nous. Mes patrons ont prévenu leurs homologues mexicains, ajouta James en souriant.

Quelque chose dans la voix du jeune homme retint l'attention de Bolan.

— Mais ?

— J'ai mis au courant quelques flics locaux que je connais. Juste par politesse.

— Ce n'est pas très prudent, dit Bolan. Django a peut-être une taupe chez les *Federales.*

Le jeune flic sembla réaliser soudain qu'il avait fait une connerie.

— Merde, si c'est le cas, on est baisés. Mais on n'y peut plus rien.

Bolan aimait l'intrépidité du jeune homme.

— Attention, si nous avions affaire à des voyous ordinaires, ton plan aurait des chances de marcher. Mais une partie d'entre eux sont des terroristes, pas des criminels ordinaires. Ce sont des combattants en terre ennemie. Tout ce qu'ils veulent, c'est faire le plus de dégâts possible. Et ils mourront plutôt que de se rendre.

— Sweets veut partir à la nuit. Personne ne bougera

de la ville avant ça. Ça nous laisse un peu de temps. Comment on fait ?

— Simplement. On s'arrange pour que tu sois le premier à partir, avec Tanzir et Tuerto.

— Ce n'est pas si simple, fit remarquer James, pensif.

— Ça le sera, dit Bolan en tapotant son poignard. Maintenant, on va se séparer. Tu maintiens le contact avec Sweets, et moi j'ai quelques bricoles à faire avant de te rejoindre.

Sans rien dire, James continua son chemin comme s'il se baladait au hasard pendant que Bolan se glissait entre les maisons à moitié en ruine alors que le ciel virait à l'orange. Il semblait y avoir plus de monde qu'avant. L'Exécuteur se dit que les hommes de Tuerto avaient dû arriver. Des hommes étaient assis le long des maisons et observaient les véhicules qui allaient et venaient.

Bolan évita la rue principale et grimpa à travers les maisons en ruine jusqu'à un escarpement qui dominait la ville fantôme. C'était une ancienne cité minière, avant que le désert ne l'avale et chasse les habitants. Arrivé en haut de l'escarpement, il rampa dans les buissons jusqu'au bord de la falaise et étudia la situation. Django Sweets était trop confiant, il n'avait pas posté de gardes pour surveiller les camions qui devaient transporter les clandestins. Mais Tuerto était plus méfiant. Deux de ses hommes surveillaient les véhicules. L'un des deux avait un AK-47 et l'autre était armé d'un pistolet.

Bolan prit une pierre et la lança en douceur dans la pente. Les deux hommes se retournèrent.

Au bout d'un instant, celui à l'AK-47 se leva et

commença à grimper la colline en direction de Bolan qui était aplati au sol derrière un gros rocher. Quand l'homme arriva à sa hauteur, l'Exécuteur se dressa brusquement, plaqua sa main sur la bouche du garde complètement surpris, et lui enfonça son KA-BAR dans le dos, le tuant avant qu'il ait le temps de pousser le moindre cri pour alerter son compagnon. Puis Bolan tira le corps à l'écart et se remit à l'affût. Il n'eut pas à attendre bien longtemps. L'autre homme escaladait la pente en appelant doucement son compagnon.

— Farouk ?

Bolan essaya de reconnaître son accent et répondit en farsi.

— Par ici.

L'homme avait bien entendu, car il se dirigea vers lui sans inquiétude apparente. Bolan l'expédia de la même manière que Farouk. Il nettoya sa lame sur la chemise du cadavre et se dirigea prudemment vers les camions.

Ils étaient garés les uns à côté des autres, sous un filet de camouflage. Ça lui faciliterait la tâche. Arrivé sur le parking, il s'approcha du premier camion — personne en vue —, ouvrit le capot et démonta les bougies. Il les jeta au loin. Il fit la même chose avec le second. Tout était étrangement calme. Pour le troisième, il trancha les durites de frein. Pour les quatrième, cinquième et sixième, il lacéra les arrivées d'essence. Pour les numéros sept, huit et neuf, il perça les radiateurs. Le liquide de refroidissement s'écoula dans la poussière. Pour le dixième, il se contenta de couper les fils de contact. Il ne toucha pas au van de James. Il n'y avait plus que quatre véhicules en état de marche dans le village. Deux petits camions et deux camionnettes. Si ce que James lui avait dit sur Tuerto était vrai, il était sûr que le borgne s'arrangerait pour faire partie du voyage, quand la fusillade éclaterait. Il était certain que la mystérieuse Tanzir serait avec lui. Bolan sourit. Il l'avait observée quand elle s'était jetée sur Tuerto. C'était un *gambit* intéressant, bien qu'un peu démodé. Et cela donnait une bonne raison à la jeune femme d'être dans les parages quand le tueur partirait. Le Guerrier savait que cela devait lui retourner l'estomac de se montrer aimable avec l'homme qu'elle pourchassait depuis trois ans.

Il se dirigea enfin vers le van de James, que le jeune homme avait garé un peu à l'écart dans une ruelle, ouvrit le compartiment secret et récupéra son équipement. Gilet pare-balles, P.-M., H & K et téléphone. Un coup de fil à Brognola et tout serait dit.

— Il est temps d'appeler la cavalerie, murmura-t-il en escaladant la colline.

La femme avait des ailes cachées sous la peau, Digger en était sûr ! Il l'observa alors qu'elle descendait du camion avec les autres. Il avait envie de débusquer l'Oiseau Noir qui nichait dans sa poitrine. Il poussa un grognement, les narines au vent. Sweets se dirigeait vers le saloon, en époussetant ses vêtements. Digger l'attrapa par le bras.

— Je la veux, dit-il en montrant le groupe de migrants qu'on parquait dans un bâtiment.

Sweets le regarda puis revint sur la fille.

— Nous n'avons pas le temps de nous amuser, petit frère. Nous avons des choses plus importantes à faire.

— Je la veux, pleurnicha le géant.

Sweets dégagea son bras de l'étreinte de son frère.

— Tu les veux toujours, siffla-t-il. Et je te les donne ! Non ?

— Oui, mais…

Il détourna le regard. Django le prit par le menton pour l'obliger à le regarder.

— Pas de mais… Nous n'avons pas le temps, gueula-t-il. Et nettoie-moi ta putain de chambre. Tout le monde peut sentir l'odeur du sang.

Digger rougit et allait s'éloigner la tête basse, comme un enfant qu'on réprimande. Sweets soupira et lui caressa la joue.

— Je suis désolé, fais ce que tu dois faire. Mais promets-moi d'attendre qu'on ait fini le boulot. Je compte sur toi ?

Le visage de Digger s'éclaira.

— Tu peux compter sur moi, Django. Promis.

Sweets lui tapa sur l'épaule et entra dans le saloon. Digger continuait de contempler l'objet de ses désirs.

— Tout le monde est là ? demanda Tuerto. Tout le monde connaît son rôle ?

Les huit hommes présents dans la chambre acquiescèrent. Tuerto les avait choisis pour leur fanatisme absolu.

— *Ma'sa'Allah*, dit-il en levant son arme. Ne croyez pas que la bête mourra sans combattre.

— C'est pour cela que nous sommes ici ! s'exclama Abbas. Qui peut nous arrêter ?

— Plein de choses, malheureusement, dit Tuerto. C'est pour cela que j'ai demandé à Farouk et Hassid de surveiller les camions. Nous ne sommes pas encore en Amérique et il y a encore de nombreuses embûches à prévoir avant de parvenir au but.

— El les autres, les Mexicains ?

Tuerto hésita.

— On les laisse. Ils se disperseront. La police ne pourra pas les retrouver.

— Mais…

— On les laisse. Ils n'ont rien à voir avec notre guerre contre l'Amérique, ajouta-t-il férocement.

— C'est à cause de cette femme ? accusa Abbas. J'ai bien vu comment tu regardais cette putain !

Tuerto se tut, se retourna et le regarda fixement. Abbas pâlit et recula d'un pas. Mais la présence de ses camarades lui redonna du courage.

— Alors, explique-toi. Je t'ai vu tourner autour d'elle. Ce n'est pas digne d'un soldat de Dieu.

Tuerto éclata de rire.

— Un soldat de Dieu ? J'ai plutôt l'impression que vous êtes des terroristes, et moi un mercenaire, dit-il dédaigneusement. Je ne porte pas de jugement sur votre action, alors ne me fais pas la morale.

Abbas rougit et sa main se dirigea vers son arme. Tuerto fut plus rapide.

— Tes chefs m'ont donné carte blanche, dit-il en le mettant en joue. Ce qui signifie que je peux vous utiliser à ma guise. Tu n'es qu'un instrument, Abbas. Un couteau émoussé. Si tu n'es pas d'accord, prépare-toi à implorer l'infinie bonté d'Allah quand tu le rencontreras.

Tuerto sourit et arma son pistolet.

Abbas recula, les yeux fixés sur le canon de l'arme. Tuerto ressentit une vague pitié. Abbas n'était pas un couard, mais il y a une différence entre mourir pour une cause et se faire descendre parce qu'on n'a pas su tenir sa langue.

Tuerto se mit à déclamer.

— Oh ! Mes guerriers, où pourriez-vous fuir ? Derrière vous, le désert, devant vous l'ennemi. Vous ne pouvez plus compter que sur votre courage. Rappelez-vous que, dans ce pays, vous serez aussi désarmés qu'un nourrisson. Votre ennemi se dresse devant vous, protégé par une innombrable armée.

Il baissa son arme et regarda les autres hommes.

— Heureusement, nous arracherons la victoire, comme nos glorieux ancêtres.

*

Sweets rassemblait les chauffeurs et James faisait de son mieux pour cacher sa nervosité. Personne ne semblait avoir remarqué qu'il manquait un homme.

Le chef des Coyotes était devant le saloon et sirotait une bière.

— O.K., les garçons, il nous reste un gros quart d'heure avant de commencer. Alors voilà comment nous allons procéder. Quand ça sera l'heure, vous irez chercher quelques clandestins et vous les amènerez à votre véhicule. Mister Borgne s'occupera de répartir ses hommes. Après ça, vous partez et vous vous rendez aux points de largage habituels. Vous faites vite et nous serons tous de retour avec plus d'argent que Dieu lui-même.

— Qui part en premier ? demanda un des hommes.

— Moi, dit James.

Sweets le regarda.

— Tu es pressé de partir, Jorge ?

— Je suis pressé de toucher mon pognon, Django.

— Je m'en doute. Mais c'est Digger qui partira en premier.

— Pourquoi lui ? demanda Eddie.

— Parce que c'est comme ça. Ensuite ce sera Henshaw, Morris et toi. Puis Purfoy, Creasey, Jorge et Maxie. Enfin, last but not least, moi-même. Ça te va ? demanda-t-il en fixant James.

— Ouais, grogna-t-il. Quand est-ce qu'on touche le fric ?

— La moitié maintenant et le reste quand tout sera fini. J'ai déjà mis les enveloppes sous vos sièges. C'est assez rapide pour toi ?

— Ça le fait.

James enchaîna. Il avait besoin de les faire parler pour qu'ils ne s'aperçoivent pas de l'absence de Bolan.

— Qu'est-ce qu'on fait des clandestins une fois qu'on aura largué les hommes de Tuerto ?

— Les Arabes s'en occuperont, dit Franco. C'est bien ça, Sweets ?

— Tout juste, Auguste.

Il regarda ses hommes un instant.

— Pas de conneries, les gars… C'est un boulot facile et de l'argent facile, alors ne foutez pas tout en l'air. Tant qu'on y est, Jorge, où est le cousin Frank ? Aux toilettes ?

— Je ne suis pas sa nourrice, rétorqua James.

— Oh si, dit Sweets. Tu es responsable de lui. C'est ça la famille.

— Qu'est-ce que tu veux dire ?

— Ce que je veux dire, c'est que mon petit doigt m'a averti que tu pourrais bien jouer un double jeu avec nous, tes compagnons d'infortune.

Sweets souriait.

— J'ai reçu un appel d'un ami à moi chez les *Federales*.

Le sang de James se figea. Bolan ne s'était pas trompé.

— Ecoute, Sweets, je peux t'expliquer…

— Expliquer quoi ? Que tu nous as trahis ? Heureusement, les flics mexicains sont tellement mous qu'ils arriveront bien après la bataille. Et toi… tu vas les attendre. Bien sûr, tu ne pourras plus leur dire grand-chose. Attrapez-le.

James dégaina son arme et força les hommes à reculer. Sweets dégaina à son tour.

— Lâche ton arme et ça sera rapide.

— Tu as besoin de moi, cria James. Je ne suis pas un traître !

Il espérait que Cooper l'entendrait et viendrait à son secours.

— On se débrouillera sans toi, répondit Sweets. Lâche ton arme.

— Non !

— Je vais devoir faire usage de la force, alors.

Et il fit feu.

CHAPITRE X

Bolan jeta un coup d'œil à la ville. Les rayons du soleil couchant se réfléchissaient sur une surface métallique.

— Attends une minute, dit-il en écartant le téléphone de son oreille.

Il plissa les yeux. Etait-ce une arme ? Il prit ses jumelles et inspecta les bâtiments. Et soudain il vit l'agent James encerclé par des hommes armés.

— Striker ?

La voix d'Hal Brognola résonnait dans le téléphone.

Bolan s'engagea dans la pente et répondit.

— Je suis là. Tu as les coordonnées ?

— Oui, mais je ne sais pas si je pourrai organiser ce que tu demandes. Tu ne préfères pas une équipe du Ranch ?

Bolan sourit.

— Fais ce que tu peux, répondit-il avant de raccrocher brusquement.

Il prit son H & K, se glissa entre les camions et se dirigea vers le centre de la ville. Il percevait clairement la voix de James et comprit que l'homme essayait de l'alerter. Ce type était vraiment un pro.

Il repéra quelques terroristes désœuvrés et les évita en passant derrière un bâtiment. Ils étaient armés, mais leur attention était accaparée par la bagarre.

Bolan leva son arme et mit en joue l'homme le plus proche de Franco. Quand il fit feu, l'homme tournoya grotesquement avant de s'effondrer.

Franco se retourna, les yeux écarquillés. Bolan s'agenouilla au moment où les hommes de Tuerto se levaient pour inspecter les alentours.

— Putain d'Arabes ! hurla Franco. C'est une embuscade.

Il tira sur l'homme de Tuerto le plus proche. Ses compagnons levèrent aussitôt leurs armes et le truffèrent littéralement de plomb. Le Coyote s'effondra et la ville fantôme tout entière prit des allures de western et se transforma en champ de bataille.

Bolan prit deux fumigènes et les lança au milieu du chaos. La rue centrale se remplit aussitôt de fumée orange hantée par des silhouettes titubantes. Bolan mit un mouchoir sur sa bouche et son nez, et s'élança. Il devait trouver James, et vite.

La dernière fois qu'il l'avait vu, Sweets braquait son pistolet sur lui. Et Bolan ne considérait pas cette situation comme très confortable.

Derrière lui, le bruit d'une paire de bottes !

— Salut, cousin Frank, fit la voix de Django Sweets.

Le Guerrier se jeta sur le côté et le Parabellum cracha ses frelons fébriles dans la poussière.

Bolan se redressa, leva son arme et frappa le Coyote

au menton. Celui-ci se retrouva sur le cul. Il grogna et essaya de se relever. Bolan hésita, puis le bon sens reprit le dessus et il leva son arme.

Il n'eut pas le temps de faire feu. Une ombre s'abattit sur lui. Deux mains gigantesques le soulevèrent du sol et le propulsèrent dans les airs comme un boulet. Bolan fit une roulade dans la poussière de la rue. Digger chargeait, comme un éléphant, les poings en avant. Rien, pas même la mort, ne semblait pouvoir l'arrêter.

Le Guerrier fit feu, mais pas assez vite. Une énorme main détourna le canon de son arme pendant qu'un marteau-pilon emboutissait son crâne. Il réussit malgré tout à déséquilibrer le monstre et à lui faire manger la poussière. Son frère s'était relevé et se précipitait vers l'Exécuteur, l'arme au poing. Soudain, James surgit de la fumée et sécha Sweets d'un crochet au menton. Celui-ci s'effondra et James se précipita vers Bolan.

— Je crois que ta couverture est mitée, Cooper ! toussa-t-il.

Il y avait une tache rouge sur sa chemise.

— Tu as sans doute raison, dit Bolan en pivotant pour se placer entre James et les trois hommes qui venaient de surgir de la fumée orange.

Il fit feu et ordonna à James de courir. Celui-ci détala sans regarder si Bolan avait atteint ses cibles.

— Désolé pour tout ça, Cooper, dit-il en toussant.

— Ça arrive ! Nous devons prendre un camion et nous tirer vite fait…

Ils entendirent des cris, plusieurs hommes surgirent les armes à la main. Ils hésitèrent un instant, ne comprenant pas ce qui se passait. Bolan ne leur laissa pas le temps de réfléchir. D'une rafale, il les faucha comme des épis. Il aida James à enjamber les corps et ils se réfugièrent derrière un bâtiment. La tache rouge sur la chemise du jeune homme s'élargissait à vue d'œil. Bolan aida James à s'asseoir et ouvrit sa chemise pour examiner sa blessure. Il vit tout de suite que la balle n'était pas ressortie. La clavicule était fêlée sinon cassée. Il rechargea son H & K avant de s'agenouiller auprès du blessé.

Avec son KA-BAR, il élargit la plaie, juste assez pour y enfoncer le doigt et extraire la balle. Ensuite, il prit une compresse et l'appliqua sur la blessure. L'agent avait tourné de l'œil. L'Exécuteur découpa la chemise de James pour faire un bandage et immobiliser son bras. Il jeta le jeune homme sur ses épaules et courut vers les camions.

Quand ils arrivèrent au van, Bolan hissa le blessé sur le siège du passager, prit place derrière le volant et démarra.

Des voix hurlaient dans tous les sens.

Il enclencha la marche arrière et accéléra. Il y eut une secousse et un cri aigu. Satisfait, Bolan passa la première. Le van bondit, mais sa course fut aussitôt arrêtée par un camion. Les deux véhicules se percutèrent violemment. Des morceaux de verre lacérèrent le visage et les mains du Guerrier. Le van fut projeté contre un bâtiment qui ne résista pas. Bolan dégagea le pare-brise fissuré, sans faire attention à ses phalanges écorchées et sortit de l'épave. Les deux véhicules fumaient. Bolan, groggy, visa tant bien que mal le pare-brise du camion et tira deux fois.

Il essaya de repérer James mais il fut submergé par ses assaillants. Bolan n'était pas en état de se débarrasser d'adversaires aussi nombreux. On le jeta au sol et il se trouva nez à nez avec une paire de bottes trop bien connues. Il cracha du sang et leva les yeux sur Django Sweets.

— Cousin Frank, je ne te cache pas que tu m'as déçu, fit le boss des Coyotes.

Il balança la pointe de sa Santiag dans la tempe de Bolan. L'Exécuteur s'évanouit.

L'Exécuteur fut réveillé par une odeur de viande grillée. Il ressentit une brûlure et se mit à se débattre. On retira une lame de son cou. La lame de son KA-BAR, chauffée à blanc, grésillait dans l'air de la nuit mexicaine. Bolan secoua la tête et regarda autour de lui. Il était ligoté sur une chaise par une chaîne fermée par un cadenas. Il sentait une brûlure dans son cou et un filet de sang coulait sur sa poitrine nue.

— Qu'est-ce que tu vois ? demanda doucement Digger en remettant le KA-BAR dans les braises d'un petit brasero.

La chaise de Bolan se trouvait en face du lit de Digger, dans la chambre du premier étage. Le géant y avait disposé un ensemble d'outils plus sinistres les uns que les autres.

— Je vois un homme mort, répondit Bolan sèchement.

Digger cligna les yeux, hocha la tête. Il prit le couteau incandescent et appuya doucement la lame sur l'estomac de Bolan. Celui-ci contracta ses muscles et résista à l'envie de hurler.

— Et maintenant ? demanda gentiment Digger.

Par la fenêtre ouverte, Bolan entendait des voix et des bruits métalliques. Il se concentra sur les bruits extérieurs et essaya d'oublier la douleur. Il avait souvent été torturé, mais ce n'est pas une chose à laquelle on s'habitue facilement. Les yeux fermés, il se concentra sur sa respiration pendant que la lame brûlante courait sur son ventre. Il entendit un bruit de bottes et une silhouette mince se détacha du mur de la chambre.

— Ça suffit, Digger, je veux l'interroger, dit Sweets.

Digger ne s'arrêta pas pour autant.

— Tu as dit que j'avais le droit, pleurnicha-t-il.

— Et maintenant, je te dis d'arrêter, petit frère.

Digger jeta le couteau. Les deux hommes se dévisagèrent un long moment. Finalement, Digger poussa un soupir.

— Je te hais, lança-t-il à son frère.

— Mais non, répondit Sweets en lui caressant la main. Va boire un verre, je te laisserai continuer tout à l'heure.

Il poussa son frère hors de la chambre et se tourna vers Bolan.

— Ne t'inquiète pas, cousin Frank. Je vais faire les choses rapidement.

— En ce qui me concerne, je ne suis pas pressé, répondit Bolan.

Il se sentait comme une saucisse trop cuite. Tout son corps le faisait souffrir. Sweets éclata de rire.

— Toujours le sens de l'humour ! C'est bien, il faut toujours voir le bon côté des choses.

— Quel bon côté ? demanda Bolan en testant subrepticement la solidité de ses liens.

Sweets s'assit sur lit.

— En fait, tu seras bientôt mort. C'est quand même un point important.

Sweets prit le Guerrier par les cheveux et renversa sa tête en arrière.

— Maintenant, écoute-moi, j'ai quelques questions à te poser.

La porte s'ouvrit à la volée.

— Moi aussi, fit Tuerto en entrant dans la pièce, accompagné de Fahd. Ce sont peut-être les mêmes ?

— Peut-être, dit Sweets en se levant, mais je vais poser les miennes d'abord.

— Je ne crois pas, répliqua Tuerto.

Il haussa les épaules et écarta les mains.

— De toute évidence, votre opération n'est pas aussi étanche que vous me l'avez assuré. Que feriez-vous à ma place ?

— Peut-être pourriez-vous surveiller vos hommes, répondit Sweets. Pour ce que j'en sais, Interpol ne s'intéresse pas aux simples clandestins.

Tuerto vira à l'écarlate. Un muscle se contractait sur sa mâchoire. Sweets éclata de rire.

— Taisez-vous, dit Tuerto.

— Pas question, j'aime parler !

Il leva les mains en un signe de paix.

— Je souhaiterais juste remercier le cousin Frank, après il est à vous.

Il se retourna et frappa violemment Bolan du revers de la main.

— Ça, c'est pour avoir tenté de tuer mon frère, dit-il avant de sortir, abandonnant Bolan aux deux moudjahidines.

— Je suis désolé, fit Tuerto en relevant la chaise de Bolan, à moitié assommé.

Ce dernier cracha par terre et secoua la tête pour reprendre ses esprits. Il agrippa le dossier. Le bois était rongé par l'âge et la sècheresse du désert. Il ne pouvait pas briser ses chaîines, mais s'il avait un peu de temps il parviendrait sans doute à bout de la chaise. Il devait gagner du temps.

— Que pensez-vous de tout cela, monsieur LaMancha ? Ou est-ce que je dois vous appeler Cooper ? demanda Tuerto.

— Mister Borgne, c'est votre vrai nom ? demanda Bolan.

Tuerto éclata de rire.

— Non, pas exactement. Mais l'anonymat ne nous sert plus à rien maintenant. Permettez-moi de me présenter. Mon nom est Tariq Ibn Tumart.

— Un Berbère, dit Bolan. Vous êtes loin de chez vous, Tariq.

Il sentait des échardes se planter dans ses mains pendant qu'il essayait de briser le dossier.

— *Ma'sa'Allah*, fit Tuerto en baissant la tête. Si tu veux faire la guerre, fais-la chez ton ennemi.

— Abd al-Rahman, conclut Bolan. Un homme sage en son temps.

Tuerto écarquilla les yeux.

— Vous êtes un homme cultivé à ce que je vois. C'est d'autant plus regrettable que j'ai peu souvent l'occasion de parler littérature. Les combattants de la foi ne connaissent qu'un seul livre.

— Question d'époque, dit Bolan. Le Coran, rien que le Coran !

Il éleva la voix pour couvrir le bruit du bois qui cédait sous ses mains.

— Aujourd'hui, les gens croient que Cervantès est une variété de tortillas.

— Cervantès ? Vous me surprenez. Qui êtes-vous vraiment ?

— L'Homme de LaMancha, répliqua Bolan en souriant.

— Amusant, fit Tuerto. Mais j'ai du mal à vous croire. Etes-vous d'Interpol ?

— Ils n'ont pas assez de moulins à vent à mon goût, répondit Bolan.

— Je vais être obligé de me fâcher si vous continuez sur ce ton.

Bolan ne répondit pas. Il banda ses muscles, prêt à bondir.

— J'espérais que vous seriez plus raisonnable, monsieur Cooper. Mais vous me décevez beaucoup.

Il claqua des doigts et Bolan sentit un objet contondant s'écraser violemment sur son crâne.

Il bondit malgré la douleur. La chaise se brisa et Bolan tenta de saisir Tuerto à la gorge. Le mercenaire recula, ses mains jaillirent comme l'éclair. Dans son état, Bolan ne put parer les coups et il se retrouva au sol. Ses muscles refusaient de lui obéir. Tuerto s'agenouilla.

— Dans mon pays, monsieur Cooper, nous avons une méthode pour délier les langues de nos ennemis. Nous les laissons mijoter dans leurs propres péchés.

CHAPITRE XI

Amira Tanzir inspectait la pièce dans laquelle elle avait été enfermée avec les autres clandestins. C'était une ancienne salle des fêtes en partie ruinée, dont les fenêtres avaient été occultées. Quand la fusillade avait éclaté, elle s'était rapprochée d'une des fenêtres. A travers une fissure, elle avait aperçu son contact aux prises avec les hommes de Sweets.

Son premier réflexe avait été de lui venir en aide. Mais elle ne devait pas compromettre sa mission. S'écartant de la fenêtre, elle avait effleuré la perle à son oreille.

— Contrôle ? avait-elle murmuré. La couverture de l'agent James a volé en éclats.

— Et la vôtre ? demanda une voix après un silence.

— Je suis toujours dans la place.

Elle se détestait. Elle aurait dû l'aider. Mais elle devait rester concentrée sur son objectif. Il n'y avait que cela qui comptait.

— C'est bien, fit la voix. Tu es seule, maintenant. Essaye de ne pas te faire tuer.

— Et l'agent James ?

— C'est Tuerto notre objectif, pas James.

La voix se tut. C'était vrai. James n'était pas une priorité. Elle s'assit, essaya de ne penser à rien.

Au bout d'un moment, la fusillade s'arrêta. Dix minutes plus tard, la porte s'ouvrit et un homme gigantesque pénétra dans la pièce. Ses poings étaient couverts de sang. Il inspecta la foule des clandestins de ses yeux porcins.

— Restez tranquilles.

Sa voix était étrangement aiguë pour un homme de sa taille.

— Tout va bien.

Une voix d'enfant dans la bouche d'un monstre.

Ses yeux se posèrent sur Tanzir qui frissonna. Elle détourna le regard et se demanda si c'était un de ces types que la violence excitait. Elle aurait aimé avoir une arme. Le nouveau venu la contempla pendant de longues minutes puis sortit et referma la porte.

La tête de James rebondit sous la violence du coup et une traînée de sang éclaboussa le sol. Fahd saisit ses cheveux, lui redressa la tête et frappa de nouveau. La douleur brouillait ses pensées. Il aurait préféré s'évanouir de nouveau. Il était attaché sur une chaise et n'avait pas l'air au mieux de sa forme.

Tuerto était assis sur un lit défoncé. Appuyé sur le mur, il savourait une cigarette.

— Cette blessure a l'air de vous faire souffrir. Nous

pourrions vous soigner si vous acceptiez de répondre à quelques questions.

— Va te faire foutre, grogna James.

— Fahd est un professionnel. Il ne parle pas beaucoup, mais ses mains sont assez éloquentes.

Tuerto jeta sa cigarette et se leva lentement.

— Vous faites partie de la police des frontières, n'est-ce pas ? Mais pas votre ami, Cooper, non ?

— Va te faire…

Le poing de Fahd s'abattit de nouveau.

— C'est dur ! fit Tuerto. Est-ce que c'est le hasard ou est-ce qu'il y a des renforts quelque part ? Pour qui travaillez-vous ?

— Jack Bauer, grogna James.

— J'apprécie votre humour. Vas-y, Fahd.

Et Fahd se mit à cogner sans s'arrêter. Les coups pleuvaient et James sentit son visage se transformer en sac de gravier.

— Cooper est mort, dit Tuerto. Tu peux nous dire ce que nous voulons savoir. Tu ne le trahiras pas. Plus maintenant.

James détourna le regard. Tuerto soupira.

— Fahd, fais-le parler et tue-le. Adieu, Mister James.

— A la revoyure, grogna James.

Il regarda Fahd avec un regard un peu voilé.

— Maintenant, j'imagine que nous allons faire plus ample connaissance.

Fahd sourit sans rien dire. Il leva ses poings et se remit à l'ouvrage.

Tuerto ferma la porte et soupira. Django Sweets l'attendait, le sourire aux lèvres.

— Il n'a pas parlé ? Ce bon vieux James a des réserves insoupçonnées de testostérone.

Tuerto réfléchissait.

— Il n'a pas parlé, pas plus que Cooper. Tant que nous ne savons rien, nous ne pouvons pas prendre le risque de partir.

— Réfléchir avant d'agir, dit Sweets. Je comprends ça. Ça va juste vous coûter un petit supplément.

— Quoi ?

— Un petit supplément, en liquide de préférence, mais j'accepte aussi les chèques.

— Notre accord me convient parfaitement, répliqua Tuerto.

— Pas à moi. Je devrais dire pas à nous.

D'un geste de la main, il désigna ses hommes qui attendaient dans l'escalier.

— Il faut doubler la mise. Si vous essayez de me mener en bateau, on fout le camp dans le seul camion en état de marche. Arabe ou pas, le désert vous tuera plus sûrement qu'une balle.

Tuerto s'inclina.

— Bon. Il me faut une journée pour prendre mes dispositions.

— Nous avons tout notre temps, répondit Sweets. Cooper a saboté tous les camions.

— Cooper, grogna Tuerto en serrant les poings.

Sweets éclata de rire.

— On devrait le confier à Digger. Vous pourriez apprendre un ou deux trucs en le regardant opérer.

— Non, nous avons nos propres méthodes, répliqua le borgne.

— Vous êtes délicat ? demanda Sweets.

— Non, efficace, répliqua Tuerto. Maintenant, si vous voulez bien m'excuser.

Il se dirigea vers la porte.

— Où allez-vous ?

— Accompagner M. Cooper jusqu'à sa dernière demeure, répondit Tuerto sans se retourner. Après tout, il est annoncé comme mort, non ?

CHAPITRE XII

Quand il rouvrit les yeux, Bolan sut qu'il était resté évanoui longtemps. Tout son corps le faisait souffrir. Il passa la langue sur ses lèvres sèches. On aurait dit un morceau de paille de fer. Il testa les cordes de Nylon qui lui liaient les mains et les pieds. Il était attaché sur le toit de la carcasse d'une voiture.

Il ne savait pas depuis combien de temps il était là, au milieu du désert. Il ne savait pas non plus comment il était arrivé là. Tout ce dont il se souvenait, c'était une pluie de coups qui s'était abattue sur lui quand Tuerto avait quitté la chambre. Coups de pied, de poing, de crosse. Comme si un boucher débordant d'énergie avait voulu attendrir un morceau de barbaque. Il se demanda combien de temps il était resté inconscient.

Crucifié sur le toit de cette carcasse, il était à la merci des éléments. Le sable d'abord, sa gorge était aussi sèche que la poussière du sol. Sa poitrine était couverte de bleus et d'ecchymoses et il avait du mal à respirer.

Il ferma les yeux, repoussa la douleur et essaya

d'organiser ses idées. Le soleil qui tapait sur son crâne comme un marteau ne lui facilitait pas les choses.

— Bon, coassa-t-il, t'as encore trouvé un joli merdier où te fourrer.

Le désert avala ses paroles et il n'eut pour toute réponse que le cri d'un urubu à tête rouge.

S'il avait cru aux présages, Bolan aurait pu méditer celui-ci. Mais il avait autre chose en tête. Par exemple, le fait que le toit en tôle chauffait et qu'il commençait à cuire.

Il essaya de garder son calme et testa ses liens les uns après les autres. Le Nylon mordit sa chair. Ses paupières le brûlaient mais il les garda fermées, ignorant les taches jaunes qui dansaient devant ses yeux.

Grognant sous l'effort, il tordit son épaule jusqu'à ce qu'elle craque. Il pivota son poignet droit pour que ses doigts ankylosés puissent agripper le sommet de la portière. Les cordes étaient passées à travers les fenêtres.

S'il pouvait trouver un éclat de verre, un bout de métal, n'importe quoi de coupant, il pourrait se libérer. Mais son épaule le faisait trop souffrir, il dut se reposer une minute.

— Cette fois-ci, tu as tiré le gros lot, murmura-t-il.

Il eut un haut-le-cœur et sa bouche se remplit de bile. Il imagina les sucs gastriques de son estomac qui entraient en ébullition à cause de la chaleur.

Ses doigts effleurèrent un objet pointu qui lui arracha un cri. Sans doute un éclat de métal tordu. Malheureusement, il ne pouvait l'atteindre. Il prit une inspiration, tordit son autre épaule qui se déboîta avec un bruit déplaisant. Bolan ne put retenir un cri. Il avait gagné un peu d'amplitude et il réussit à s'emparer du fragment de métal. Grimaçant de douleur, il commença à scier la corde.

Il travaillait le plus vite possible, entaillant ses doigts et son poignet à de nombreuses reprises. Les fibres du Nylon commençaient à céder. Le toit chauffait de plus en plus et il avait l'impression de sentir une odeur de barbecue.

Il avait souvent côtoyé la mort. Les balles, les lames, les mains des étrangleurs avaient souvent voulu lui faire franchir le Styx. Sans succès. Mais il n'avait jamais été aussi proche de la rive qu'à cet instant. Il voulait bien être damné si ça devait se terminer de cette façon.

Soudain, ses doigts ensanglantés laissèrent glisser le morceau d'acier. Il faillit hurler. Toute sa peau brûlait sur la tôle surchauffée. Il se mit à tirer sur la corde. Il espérait qu'il l'avait suffisamment entamée.

Il y eut un craquement et Bolan réalisa que les dernières fibres venaient de céder. Son bras gauche fut aussitôt libéré et, quelques secondes plus tard, il put s'asseoir.

Il vint à bout des liens qui retenaient ses chevilles après de trop longues minutes. Il se leva enfin pour s'effondrer aussitôt sur le capot de la voiture. Il hurla lorsque son bras disloqué heurta le métal. Après quelques instants, il se laissa glisser sur le sol. Il resta allongé, reprenant sa respiration. Son sang formait une flaque autour de lui. Ses pensées s'affolaient comme des éclats de verre.

Au bout d'un moment, il agrippa la calandre de la voiture de sa main valide. Puis, lentement, douloureusement, il se mit à genoux. Il appuya son épaule contre ce capot et poussa. Il lui fallut trois tentatives pour la remettre en place. Et chaque tentative lui arracha un gémissement. Mais ça y était !

Il se redressa, tout son corps tremblait. Son regard se posa sur le morceau de métal qui lui avait permis de couper ses liens. Il regarda autour de lui et vit un cactus saguero.

Il avait besoin d'eau. Il inspecta la voiture et dénicha un démonte-pneu. S'il pouvait attaquer le cactus, il trouverait de l'eau. C'était un crime d'abîmer un aussi beau spécimen, mais il y penserait une fois qu'il aurait repoussé le spectre de la déshydratation.

Il commença à avancer vers le cactus.

Mais, soudain, tout devint noir.

CHAPITRE XIII

Tanzir ouvrit les yeux en entendant un bruit de chaînes. Il faisait jour, on sentait le soleil à travers les vitres aveugles. Elle se leva et s'étira discrètement, muscle après muscle.

Les portes s'ouvrirent et on leur apporta de la nourriture. Les clandestins se regroupèrent sans oser poser de questions. Django Sweets leva la main et éclata d'un rire d'enfant sadique.

— Mes amis, je vous dois des excuses pour ce retard indépendant de notre volonté. Mais, rassurez-vous, nous partirons aujourd'hui, si rien ne nous en empêche.

Il regarda Tanzir avec un regard lubrique.

— Même si je dois admettre que certains partiront avant les autres.

Le cœur de la jeune femme se mit à battre très fort. Est-ce que James avait craché le morceau ? L'adrénaline se ruait dans ses veines et elle lutta contre la panique. Sweets s'approcha d'elle. Elle se prépara à l'affronter.

— Si c'est pas joli ! dit-il en se plantant devant elle.

Il lui prit le menton.

— Je comprends pourquoi il t'apprécie.

Tuerto ! Il devait parler de Tuerto. Elle se détendit.

— Après cette nuit, il doit évacuer un peu de frustration. Lève-toi, femme ! ajouta-t-il en espagnol.

Il claqua des doigts et elle se leva docilement. Il eut un sourire satisfait et toisa les clandestins qui détournèrent le regard.

Sweets et Tanzir sortirent dans la rue. Sous la lumière du soleil, la ville fantôme semblait encore plus lamentable. Des taches inquiétantes coagulaient dans la poussière. Çà et là, des corps étaient dissimulés sous des bâches déchirées. Au milieu des décombres d'un immeuble, un camion et un van ressemblaient à deux amants enlacés.

Sweets poussa Tanzir vers le saloon.

— Ce n'est pas le moment de rêvasser ! Nous avons une grosse journée devant nous.

Elle se retint d'attraper sa main pour lui casser les doigts, l'un après l'autre.

L'endroit, jadis, avait été un bar. Ce n'était plus qu'une tanière pour charognards à deux pattes, les hommes de Tuerto. Ils s'y terraient, à l'abri du soleil. Ils la regardèrent passer avec convoitise.

— Monte, ma jolie ! dit Sweets en lui claquant le derrière. Il t'attend, et je pense qu'il est à point.

Elle monta lentement, comme si elle était effrayée. Il ne fallait pas qu'elle ait l'air trop sûre d'elle-même, quand elle serait face à Tuerto. Ses mains étaient moites et les marches tanguaient sous ses pieds.

Il l'attendait en haut de l'escalier. Mais ce n'était pas Tuerto. Elle l'entendit haleter et ses poils se dressèrent.

— Hello, fit-il de sa voix aiguë de petit garçon pervers.

Elle s'arrêta. Sans un mot, elle se retourna. Sweets lui barrait le passage. Elle vit dans ses yeux qu'il savait, et elle se sentit comme l'agneau qu'on donne en pâture au lion. Elle se tourna vers Digger et essaya de sourire.

Il tendit la main. Elle la prit prudemment. Il transpirait, elle sentait son excitation.

— Tu es jolie, murmura-t-il en lui caressant les cheveux.

Elle continua de sourire malgré son dégoût.

— Viens, je vais te montrer quelque chose de joli, dit-il en la poussant vers la porte de sa main puissante. Vraiment très joli.

La pièce était presque vide, avec un lit qui avait connu des jours meilleurs. La poussière recouvrait tout. Elle remarqua une tache qui ressemblait à du sang sur le parquet. Elle avait l'air fraîche.

— Je ne l'ai vu qu'une seule fois, dit-il en l'asseyant sur le lit. Depuis, je le cherche. Partout. Django m'aide quand il peut… Mais il ne l'a jamais vu, alors il ne sait pas. Je voudrais lui montrer.

Il la regardait, honteux.

— Lui montrer quoi ?

Sa main énorme caressait ses cheveux.

— On ne sait jamais. Tu es peut-être la bonne.

Tanzir le dévisagea, consciente de la force de ses bras. Elle se leva et prit sa main. Digger frissonna et recula. Il se cacha les mains derrière le dos. Il souriait comme un enfant pris en faute.

— Celle qui me montrera l'Oiseau Noir ! murmura-t-il en sortant le KA-BAR qu'il cachait derrière son dos.

Tariq sauta de la Jeep qui s'était arrêtée dans un nuage de poussière. Il passa sa main sur le capot brûlant et éclata de rire.

— Qu'est-ce qui te rend si joyeux ? demanda Abbas. Nous ne savons toujours rien sur lui !

— Et alors ? Le temps que ses amis le retrouvent, M. Cooper ressemblera à un steak bien cuit. C'est un châtiment juste, pour qui insulte le prophète.

— Nous aurions dû le tuer, insista Abbas. Et pareil pour l'autre.

— Abbas, il faudrait avoir un peu plus d'imagination. Tu es un homme de tradition. Tu devrais apprécier mes efforts.

Il écarta ses mains largement, comme en signe de paix.

— Mais je ne peux pas imaginer une mort plus fondamentale.

— Moi je peux ! Avec des balles ! dit l'autre en se caressant la barbe. Et nous devons partir aujourd'hui.

— Comment ? Tu sais comment passer la frontière ? Nous ne savons même pas où elle est !

Abbas se tut, Tuerto soupira.

— Tu peux râler tant que tu veux, mon plan reste le seul valable.

Abbas lui tourna le dos en marmonnant. Le mercenaire

le regarda s'éloigner et secoua la tête. Abbas devenait un problème. Il devait faire quelque chose, et vite.

— *Feh*, murmura-t-il, monsieur Cooper. Vous étiez rapide, mais pas assez.

Il contempla le désert et se demanda si l'Américain s'était réveillé et comment il se sentait... Etait-il effrayé ? Est-ce qu'il essayait de se libérer ? Etait-il déjà mort ?

— Inch Allah, dit-il, pour lui-même.

Tout en souriant, il se dirigea vers le bâtiment où leur « couverture » était séquestrée. Il s'était assuré qu'on avait donné à boire et à manger aux prisonniers. Il n'y avait aucune raison de les traiter comme du bétail. En fait, il éprouvait même pour eux une certaine sympathie.

Comme tous les paysans du monde, ils ne souhaitaient qu'une vie meilleure. Il n'y avait pas de mal à ça. Il avait demandé à ce qu'ils soient épargnés, mais il savait que ses hommes n'en tiendraient pas compte. Abbas le premier. La vie de quelques infidèles ne pèserait pas bien lourd sur leur conscience. Pourtant, c'était l'Amérique leur ennemi, pas ces misérables paysans.

Soudain, il se rappela le regard de la femme. Son visage lui apparut. Il avait l'impression de l'avoir déjà vue, mais où ? Elle avait l'air plus éveillée que les autres. Qui pouvait dire ce qui poussait ces gens à s'exiler ? Ils pouvaient être médecins ou avocats, aussi bien que travailleurs agricoles ou journaliers. Qui était-elle ? Le mieux était de le lui demander.

Il se dirigea vers le bâtiment. Décidément, il était un incorrigible romantique. Une fille dans chaque port.

Il aimait trop les femmes, il le savait, mais il trouvait leur compagnie préférable à celle de bien des hommes.

Un des Coyotes était assis devant le bâtiment, une bière chaude à la main.

— Elle n'est plus ici, répondit-il à la question de Tuerto. Elle est partie.

— Partie ! Où ? Avec qui ?

Il eut une sinistre intuition.

— Sweets, s'exclama-t-il avant que l'homme ait pu répondre.

— L'un des deux, confirma le soldat.

L'homme se leva et vida sa bière.

— J'espère que tu n'y tenais pas trop.

Tuerto fit demi-tour et se précipita vers le saloon.

Le couteau n'était pas une surprise. Tanzir avait vu les rapports d'experts et elle savait lire entre les lignes. Ce genre d'activité attirait les sadiques de tout poil, tortionnaires, prédateurs sexuels… Non, le couteau n'était pas une surprise.

La rapidité de Digger par contre…

Elle bloqua la main qui tentait de la saisir, et, de son pouce, fit pression sur les nerfs de son poignet. Digger poussa un cri de surprise Le couteau jaillit, si rapide qu'elle ne put rien faire. La lame effleura sa joue comme une caresse. Tanzir se laissa tomber sur le lit et lui décocha un coup de pied dans les parties. Ses cris de souris se transformèrent en gargouillis.

Elle en profita pour se relever et se précipiter vers la porte.

Mais une main saisit ses cheveux et la tira en arrière avec une force incroyable. Digger l'avait déjà rejointe et la traîna sur le sol, puis la projeta violemment contre le mur.

Le souffle court, il la regarda avec une ferveur mystique.

— L'Oiseau Noir, il ne veut pas sortir ! Mais je vais le voir, c'est sûr !

Il haletait, le couteau en avant.

— Je l'entends, il se débat dans ta poitrine.

Il plongea dans sa direction, le couteau pointé sur son cœur. Elle pivota et la lame se planta dans le mur. Elle lui décocha un coup de pied qui l'atteignit à l'oreille et le renversa.

Elle savait que, s'il parvenait à l'attraper, elle était morte. Elle devait sortir avant qu'il n'arrive à poser ses mains sur elle. Il fallait détourner son attention…

Soudain, ils entendirent des cris et des bruits de pas qui se précipitaient dans l'escalier. Digger se figea, comme un animal aux abois. Elle se tendit, prête à bondir.

La porte s'ouvrit avec fracas. Tuerto apparut, le pistolet à la main. Il tira et le KA-BAR s'envola dans une gerbe de sang. Digger hurla comme un enfant et s'effondra en serrant son poignet.

Tanzir profita de l'occasion et se précipita sur le palier. Elle n'avait aucun mal à jouer son rôle de lapin effrayé. Tuerto la regarda puis reporta son attention sur Digger. Le géant saignait, mais sa blessure était superficielle. Il secoua la tête comme un taureau en colère et se ramassa pour bondir.

— Stop ! cria Tuerto. Si je tire une seconde fois, ce sera la dernière.

— Pose ce flingue, cria Sweets qui avait monté l'escalier derrière lui, et se présentait, l'arme au poing. Je jure devant Dieu Tout-Puissant que je t'expédie en enfer si tu bouges.

— Alors, ton petit frère sera là pour m'accueillir, répondit Tuerto d'un air glacial.

Sweets changea immédiatement d'attitude et leva les mains.

— Du calme, du calme. Nous nous sommes sans doute emportés. Baissons les armes, nous devrions pouvoir trouver un accord.

— Le prix de départ, répondit Tuerto.

— Quoi ?

— Je refuse de te payer double, dit Tuerto sans le regarder. On revient au marché de départ, O.K. ?

— Je…, commença Sweets.

— Personnellement, je n'ai pas peur de mourir ! Mais ton frère ? demanda Tuerto.

— O.K. ! fit l'aîné des Sweets.

— J'emmène la fille, bien sûr, ajouta Tuerto.

Tanzir ne savait pas si elle devait se sentir soulagée ou insultée. Il recula sans même la regarder.

— Ah non ! cria Digger.

— C'est bon, fit Sweets en faisant signe à son frère de se taire.

Il se tourna vers le borgne.

— Je le tiendrai serré tant que nous serons ici. Mais je te trouve bien délicat pour quelqu'un qui envisage de faire sauter des écoles maternelles.

— Il y a une différence entre la guerre et le meurtre, Mister Sweets. Elle est ténue mais elle existe.

CHAPITRE XIV

Quand Bolan se réveilla, la lumière éclatante du soleil avait laissé la place à la froideur des néons d'une chambre d'hôpital. Il essaya de se redresser mais son bras se déroba sous lui.

— Doucement, mon gars, fit une voix.

Des mains puissantes l'aidèrent à s'asseoir. Bolan leva les yeux et examina leur propriétaire. Il découvrit un sourire éclatant, niché au milieu d'un visage rouge brique. L'homme était robuste, bâti en athlète. Ses cheveux poivre et sel étaient coupés court, presque ras. Il portait une chemise beige et un jean noir poussiéreux.

— Qu'est-ce qui m'est arrivé ? demanda Bolan.

— J'allais vous poser la même question. Je vous ai trouvé évanoui au beau milieu du désert. Je suis Joel Watts, chef de la police de Tapowo. J'ai quelques questions à vous poser, si vous vous sentez en état.

Watts sortit un carnet et un crayon de la poche de sa chemise et les jeta sur le lit.

— Et si je ne suis pas en état ?

— Je les poserai quand même, mais ça sera moins

agréable, répondit Watts en souriant. Voyez-vous, par ici, nous trouvons rarement des gugusses ligotés sur des carcasses de bagnoles. Or, si j'en crois ce que j'ai vu, c'est ce qui vous est arrivé.

— Content d'apprendre que je suis un cas spécial. Où se trouve Tapowo ?

— Peu importe, fit Watts, je vous ai amené jusqu'ici. C'est une clinique, une clinique vétérinaire, ajouta-t-il, gêné. Tapowo est trop petite pour avoir un hôpital. Il faut aller à Tucson. Maintenant, est-ce que vous pouvez m'expliquer ce que vous faisiez sur notre territoire ?

— *Notre* territoire ? demanda Bolan.

Il avait l'impression de s'être réveillé dans un film.

— Vous êtes au pays des Tohono O'odham, mon ami.

Le nom disait vaguement quelque chose à Bolan. Une tribu d'Indiens dont la réserve se trouvait des deux côtés de la frontière.

Watts revint à la charge :

— Vous ne voulez pas me dire ce que vous faisiez sur notre territoire ?

— C'est compliqué.

— Quel dommage. J'aurais dû vous laisser dans le désert. Il y a des bandes de coyotes qui vous auraient croqué tout cru. Que faites-vous chez nous ?

Bolan ignora la question.

— Combien de temps suis-je resté dans les vapes ?

— Environ six heures. Vous avez pris une sacrée raclée. Comment vous appelez-vous ?

— Cooper. Matt Cooper. Je travaille pour le département de la Justice américain.

Des sombres pensées l'assaillirent. Dieu seul savait ce qui avait pu se passer en six heures. C'était peut-être déjà trop tard. Il essaya de se lever.

— Je dois partir.

— Vous n'irez nulle part, pas avant d'avoir répondu à mes questions.

Watts l'obligea fermement à se rallonger.

— Restez tranquille.

— Non, s'exclama Bolan. Je n'ai pas le temps.

Il essaya de se dégager et s'aperçut qu'il était menotté à son lit.

— Je n'ai pas l'habitude de prendre des risques, rigola Watts.

Bolan le regarda droit dans les yeux.

— Chef, il faut me laisser partir. Dehors il y a des méchants qui retiennent prisonniers deux amis à moi.

Il tira sur les menottes.

— Mister Cooper, je vous ai trouvé presque mort et je manquerais à tous mes devoirs si je vous laissais partir maintenant.

Watts prit son carnet et un crayon à papier.

— Maintenant, vous allez me dire ce qui se passe. Ensuite, j'en référerai au conseil des sages.

— Je préférerais que vous appeliez mes patrons.

— Je m'en doute. Mais ici vous êtes chez les Tohono O'odham et nous n'interférons pas avec l'Etat fédéral quand nous pouvons l'éviter. Il faut parler, Cooper. Que fabriquez-vous dans le coin ?

Bolan se rassit péniblement.

— Appelez mes patrons.

Visiblement déçu, Watts rangea son carnet dans sa poche.

— C'est comme ça que vous voulez la jouer ?

— C'est ma seule bonne carte, chef.

Et il lui donna le numéro à composer.

Watts sortit. Bolan s'allongea et ferma les yeux. Il luttait contre la douleur et les calmants qui brouillaient ses pensées. Il n'avait pas voulu offenser le chef, mais il savait ce qui allait se passer. Une question amènerait d'autres questions et ses réponses d'autres questions. Il n'avait pas le temps.

Il entendit des miaulements et des cris d'oiseaux et se rappela qu'il était dans une clinique vétérinaire.

Il inspecta le montant auquel les menottes étaient fixées. Cela lui demanda plus d'efforts que prévu pour le tordre et se libérer. Il enfila son pantalon crasseux, laça ses boots et se dirigea vers la porte.

S'il pouvait s'emparer d'une voiture il pourrait aller... Où ? Il pensait pouvoir retrouver la ville fantôme où Tuerto et sa bande se cachaient. Mais il ne savait pas s'ils seraient encore là. En revanche, il était complètement désarmé. Il fit la grimace. Il improviserait sur place. D'une manière ou d'une autre, il allait tous les descendre.

Doucement, il entrebâilla la porte et ne vit personne. Si Taporo était aussi petite que Watts l'avait dit, il n'avait peut-être pas laissé de garde. Il ouvrit la porte.

Quand les trois hommes en costumes sombres aperçurent Bolan, ils se précipitèrent sur lui.

L'Exécuteur attrapa le premier par le poignet, le

déséquilibra et lui écrasa le visage contre le mur avant de le laisser s'effondrer sur le sol.

Le second s'approcha de lui. Bolan s'apprêtait à le sécher quand il entendit le bruit caractéristique d'un Glock réglementaire qu'on arme. Il se retourna et vit le troisième homme qui le tenait en joue.

— T'es qui, bordel ! aboya le soldat. Réponds.

CHAPITRE XV

— Vous m'avez sauvée, remarqua doucement Tanzir en espagnol.

Elle essayait péniblement d'avoir l'air sincère.

Ils étaient assis sur le lit, dans la chambre de Tuerto.

— C'est vrai, répondit-il, suave. Et pourtant, je ne connais même pas votre nom.

Il prit son menton et tourna le visage de la jeune femme vers le sien.

— Alors, votre nom ?

— Alma, dit-elle.

— Alma.

Il semblait déguster son prénom.

— C'est joli.

Il essaya de l'embrasser, mais elle recula. Il grogna.

— Non, c'est vrai, pas après ce que vous venez de subir, murmura-t-il, semblant la comprendre.

Il se leva et prit deux tasses en plastique sur le lavabo. Il les rinça, les remplit et lui en tendit une. Elle but l'eau avec avidité. Elle ne s'était pas rendu compte à quel point elle avait soif.

— Aussitôt que j'ai vu ce type, j'ai su qu'il y avait quelque chose qui clochait. Ce mec empeste le sang et la folie. Comme un tigre blessé.

Il se tapa le front de l'index avec violence.

— Ce mec est complètement siphonné. Son frère aussi, mais c'est différent. Enfin, on ne choisit pas toujours ses associés.

Il reposa sa tasse et la regarda.

— Une danseuse, peut-être, dit-il.

— Une danseuse ? s'étonna Tanzir.

— Vous, je veux dire. Etes-vous danseuse ? Vos mouvements sont tellement gracieux.

Il se tenait debout devant elle.

— Je, j'étais… flic, dit-elle en hésitant.

Il accusa le coup.

— Vraiment ?

— Oui, répondit-elle avec un sourire pitoyable. Mais j'ai commis des erreurs.

— Je m'en doute, répondit-il. Est-ce que c'est une de ces erreurs qui vous a conduite à convoyer de la drogue pour les cartels ?

Les traits de la jeune femme se durcirent.

— C'est cela, répondit-elle calmement.

Il sourit.

— J'aime les femmes qui ont du caractère. Que pensez-vous faire quand vous aurez traversé la frontière, Alma ?

Il la fixait intensément. Elle haussa les épaules et se pencha en arrière. Tuerto sourit.

— Je comprends, dit-il. Aimeriez-vous venir avec moi, Alma ?

— Où ?

— Au Canada. J'y ai des amis que je n'ai pas vus depuis longtemps. Et je ne resterais pas dans ce coin pour tout l'opium de la Chine.

Il caressa sa barbe et la contempla longuement.

— Un tel voyage est toujours plus agréable quand on est deux. Et il n'y a pas de compagnie plus agréable qu'une jolie femme.

— Pourquoi est-ce que vous ne restez pas en Amérique ? demanda-t-elle en faisant de son mieux pour avoir l'air déstabilisée.

Il la regarda.

— Non, c'est un pays qui ne présente pour moi aucun attrait.

Il sourit encore.

— J'ai toujours eu envie de visiter le Canada.

Il s'approcha et lui prit le menton. Tanzir se retint de le mordre.

Soudain quelqu'un cogna violemment à la porte. Tuerto soupira et se retourna.

— Quoi encore !

— Ouvrez ! cria une voix que Tanzir reconnut comme celle de l'homme que Tuerto appelait Abbas. Il faut qu'on parle, Berbère !

Tuerto leva les yeux au ciel.

— Oh ! Allah ! s'exclama-t-il. Pourquoi tourmentes-tu ainsi ton plus fidèle serviteur ?

Il se tourna brusquement vers Tanzir.

— Lève-toi ! Retourne d'où tu viens !

— Mais…

Tanzir hésita, elle cherchait une excuse.

— Qu'est-ce qui se passera si le monstre revient pour me torturer ?

— Il ne le fera pas, répondit Tuerto. Mais je peux demander à un de mes hommes de te protéger.

Il se dirigea vers la porte et l'ouvrit brusquement. Abbas trébucha dans la pièce. Il se rattrapa in extremis et recula comiquement en découvrant la présence de Tanzir.

— Sorcière ! cracha-t-il.

— Reste poli ! ordonna Tuerto en lui donnant un coup sur le crâne.

Il se tourna vers Tanzir.

— Venez, je vais m'assurer de votre protection. Ne craignez rien, ma chère Alma. Je dois vous laisser car Fahd croit que l'Américain est à point.

James ! Tanzir lutta pour ne pas montrer sa panique. Elle s'était dit qu'il était mort. Mais si ce n'était pas le cas, alors il pouvait encore la trahir. La vague de panique reflua, laissant place à une détermination en acier trempé.

Si James était encore en vie, alors…

Tuerto ferma la porte, étouffant les cris d'Abbas aussi sûrement que s'il l'avait frappé une seconde fois. Il accompagna Tanzir en bas et appela un jeune Afghan.

— Je vous présente Youssouf. Youssouf, tu ramènes Alma avec les autres et tu la protèges.

Il l'attira vers lui et lui murmura quelques mots.

Youssouf hocha la tête. Tanzir le suivit sans se retourner. Elle gambergeait à plein régime pour trouver un plan de fuite.

Quand elle entra dans le dancing désaffecté, les clandestins l'ignorèrent. Personne n'avait envie de se mêler des affaires des autres. Si elle avait eu la malchance d'attirer l'attention des Coyotes, tant pis pour elle.

Elle inspecta la salle du regard. L'ancienne salle de danse servait apparemment de débarras. Sur le mur du fond, s'alignaient des montagnes de rebuts recouverts de bâches. Il y avait surtout des caisses vides et des meubles hors d'usage, mais elle trouverait peut-être quelque chose d'utile. Quand elle s'approcha, elle sentit une forte odeur d'essence. Elle souleva la bâche et découvrit une douzaine de jerricans. Pleine d'espoir, elle se mit à les agiter l'un après l'autre. Quand elle eut fini, elle savait qu'il y en avait assez pour le plan qu'elle venait d'imaginer.

Elle s'accroupit et se mit à réfléchir. Elle ne voulait pas appeler son contrôleur, parce qu'elle savait très bien qu'il lui ordonnerait de ne rien tenter. Mais elle ne pouvait prendre ce risque. James pouvait très bien parler. En plus, ce qu'elle avait en tête l'amusait à l'avance.

Elle se releva et se tourna vers les autres.

— Est-ce que quelqu'un a un briquet ?

James cracha du sang. Il se demanda ce qui était arrivé à Cooper. Ils n'avaient plus parlé de lui. Peut-être était-il déjà mort. James s'en voulait de ne pas l'avoir dissuadé de l'accompagner. Il ne le connaissait pas depuis longtemps, mais il appréciait l'homme qui se disait du département de la Justice.

Depuis combien de temps Django Sweets savait-il la vérité ? Est-ce qu'il savait aussi pour Tanzir ? Il espérait que l'agent d'Interpol était toujours bien dissimulée sous sa fausse identité. Ou alors qu'elle était très loin d'ici.

Dehors, quelqu'un hurla. Un hurlement terrible. Le cri d'une âme en peine. Dès les premières notes, le grand Arabe se mit à le frapper. La chaise craqua, céda et il s'écroula. Mais Fadh ne le remarqua pas. Une clameur montait de la rue et James pouvait sentir l'odeur de la fumée. Par la narine qui n'était pas obstruée par le sang.

Il fit semblant d'être sonné. Il n'avait jamais été aussi mal en point. Ses organes s'entrechoquaient comme des billes de métal dans une canette. A travers ses paupières boursouflées, il aperçut un barreau du fauteuil qui s'était brisé et essaya de l'atteindre.

Les chaînes étaient un peu courtes, mais il parvint à l'attraper, comme si c'était le dernier barreau de l'échelle pour le Paradis. Fadh observait ce qui se passait dans la rue et James en profita pour se lever, le morceau de bois effilé bien en main. D'un mouvement vif, il saisit l'homme par la barbe et planta profondément le morceau de bois dans son dos. L'homme poussa un grognement et s'effondra.

James le fouilla et eut un cri de victoire en trouvant un flingue à sa hanche. Il vérifia mécaniquement le chargeur et la culasse. Un vieux Beretta, mais bien entretenu.

— Un miracle, murmura l'agent.

Il regarda par la fenêtre. Une colonne de fumée montait dans le ciel clair.

James ouvrit la porte. Il ne vit personne. Il respira un instant. Il avait l'impression que tous ses muscles étaient en guimauve.

S'il pouvait s'emparer d'une voiture, alors il trouverait de l'aide.

Tuerto discutait avec Abbas, quand il entendit Youssouf hurler. Le cri aigu leur vrilla les tympans. Les deux hommes se turent et se précipitèrent dans l'escalier.

— C'est Youssouf ! cria Abbas en dégainant son arme.

— Je sais ! répliqua Tuerto.

C'était l'autre salopard ! Il le savait ! Il le savait ! Un voile rouge couvrit son regard. Il pensait à ce qu'il allait faire endurer à cette brute monstrueuse. Ils déboulèrent dans la rue et restèrent interdits en découvrant Youssouf enveloppé d'un linceul de flammes.

Le jeune Afghan hurlait comme une bête. Il finit par s'effondrer. L'air empestait la viande grillée. Tuerto eut un haut-le-cœur.

— C'est quoi, ce bordel ! hurla Django Sweets qui arrivait en courant.

Tuerto rugit et mit le Coyote en joue.

— Toi ! Pourriture ! C'est fini ! Tu vas mourir ! Maintenant !

CHAPITRE XVI

— Restons cool, nous sommes entre gens de bonne compagnie, dit Bolan en levant les mains d'un air placide.

Il recula, sans quitter du regard le flingue pointé entre ses deux yeux. Il avait suffisamment pratiqué la mort pour savoir qu'au moindre faux mouvement il était mort.

— Ta gueule ! hurla l'homme. Tiens-toi tranquille.

— Je ne bouge plus, répliqua-t-il calmement.

Les deux hommes qu'il avait séchés se relevaient péniblement.

— Qu'est-ce qui se passe ? demanda-t-il.

Mais il connaissait déjà la réponse. Watts avait dû passer un coup de fil, et pas celui qu'il espérait.

— Ta gueule ! répéta l'homme au pistolet. Yeovil ? Adler ? Ça va ?

— Ils vont bien, dit Bolan. Je m'appelle Cooper et je travaille…

— Ta gueule ! A genoux et vite.

— Ce ne me paraît pas une bonne idée, répondit Bolan.

Des yeux il cherchait une issue. Il repéra les armes que

les deux agents portaient sous leur veste et l'extincteur fixé au mur. S'il essayait de s'emparer d'une arme, quelqu'un allait être blessé. Avec l'extincteur, par contre… Bolan pivota, d'un coup de pied il envoya l'homme le plus proche percuter celui qui tenait le revolver. Il s'empara de l'extincteur, déverrouilla la sécurité et noya les trois hommes dans un flot de mousse.

— Désolé, les gars, mais nécessité fait loi.

Il lança l'extincteur vide sur la main qui tenait le flingue. L'homme lâcha son arme, Bolan la rattrapa au vol. D'un bond puissant, il sauta par-dessus les trois hommes enchevêtrés, traversa le couloir et se précipita vers la porte. S'il pouvait s'emparer de leur voiture…

— Laisse tomber…, ordonna Watts.

Il pointait son arme sur le crâne de Bolan. Le chef de la police attendait derrière la porte.

— Mon cher monsieur Cooper, je n'aimerais pas devoir allonger la liste de vos ennuis.

— Sans doute, mais ce n'est pas le cas de tout le monde, dit l'Exécuteur en désignant les trois fédéraux qui s'étaient relevés et se précipitaient vers lui.

Bolan soupira, lâcha son pistolet et recula au moment où les trois hommes franchissaient la porte.

Watts les examina et pointa nonchalamment son arme sur eux.

— Messieurs, je crois que le moment est venu de faires les présentations.

— Carter, F.B.I., dit l'homme qui avait menacé Bolan en sortant un insigne de sa poche. Nous emmenons cet homme à la prison fédérale.

— Pas question. Il est mon prisonnier, au moins jusqu'à ce que le conseil ait donné son avis, répondit Watts. Et maintenant, rangez vos armes, ça me rend nerveux.

— Ecoutez, nous avons un mandat. Cet individu détient des informations importantes, reprit Carter en regardant Bolan. Nous devons savoir ce qu'il sait. C'est une question de sécurité nationale.

— Je suis d'accord sur ce point, intervint Bolan. J'accepte de parler à vos chefs, mais vous devez d'abord m'autoriser à passer un coup de fil.

— Personne ne va téléphoner ! fit une voix derrière eux.

Bolan et les autres se retournèrent. Plusieurs hommes en costumes sombres se tenaient devant la porte d'entrée de la clinique. L'homme qui avait parlé reprit son téléphone portable.

— Contrôle ? Nous l'avons trouvé.

Bolan perçut un léger accent.

— Interpol, murmura-t-il sans regarder Watts.

— Vous êtes l'agent Cooper ? demanda l'homme au téléphone.

Il portait un costume italien mais parlait avec un accent français. Il referma son téléphone.

— Vous allez nous suivre.

— Ah non !

Carter et Watts avaient crié en même temps.

Bolan croisa les bras.

— Je ne bougerai pas d'ici tant qu'on ne m'aura pas laissé téléphoner.

— Ne soyez pas stupide, agent Cooper. Nous devons agir vite, répondit l'agent d'Interpol.

Il fit un signe de la tête et les trois hommes qui l'accompagnaient s'avancèrent. Deux d'entre eux portaient des coupe-vent de la police de frontières. Les trois étaient armés.

Bolan se tendit. Puis, brusquement, il se relaxa. Il ne pouvait rien faire.

— O.K., je vous suis, finit-il par dire.

— On y va tous, rectifia Carter.

Il se dirigea vers Bolan et lui passa les menottes. Bolan ne résista pas. Il ne voulait pas perdre plus de temps.

Watts protesta.

— Si quelqu'un doit lui passer les menottes, c'est moi.

— Désolé, dit l'agent du F.B.I., mais ce n'est plus votre affaire. Le F.B.I. vous remercie pour votre aide.

Watts fronça les sourcils.

— C'est comme ça ?

— C'est comme ça, dit l'homme du F.B.I.

Watts regarda Bolan qui répondit par un hochement de tête.

— O.K., il semblerait que je sois sur la touche.

— C'est mieux comme ça, dit Bolan. L'air est plus respirable dehors.

Il essayait d'avoir l'air calme, mais, au fond de lui, il bouillonnait. Il se dirigea vers la porte, encadré par les agents de la police de frontières et les fédéraux dégoulinant de mousse. Il espérait que Watts avait compris le message. Sinon, il était au trou pour un moment.

— Vous n'appréciez pas notre compagnie ? demanda l'homme d'Interpol, sans même attendre de réponse.

Ils sortirent du bâtiment et Bolan fut ébloui par le soleil. Il avait perdu un jour, peut-être deux. Il ne pouvait pas se permettre de perdre plus de temps.

— Ce n'est pas votre compagnie qui me gêne, mais ce qu'elle signifie.

— Vous faites sans doute allusion à la bureaucratie, répondit l'homme. Je m'appelle Chantecoq. Je suis le supérieur direct d'Amira Tanzir.

— Vous avez de ses nouvelles ? demanda Bolan.

— Pas depuis hier, répondit Chantecoq. C'est pour cela que je vous arrête. Je veux savoir ce que vous avez fait d'elle.

— Je n'ai rien fait, répondit Bolan.

— Nous verrons cela, dit Chantecoq, le visage fermé.

Deux 4x4 noirs les attendaient à l'extérieur. Ils montèrent dans le premier. L'agent Carter lança un regard noir à l'Exécuteur en essuyant les restes de mousse sur son costume.

— Vous n'auriez pas dû me menacer, fit gentiment remarquer Bolan.

— Vous n'auriez pas dû assommer mes hommes, répliqua Carter sans un sourire.

— Soyez beau joueur, dit Chantecoq. Il ne pouvait pas savoir qui vous étiez.

Il dévisagea longuement Bolan.

— Et vous, agent Cooper ? Qui êtes-vous vraiment ?

— J'ai un numéro que vous pouvez appeler, répondit Bolan. Où est-ce que vous m'emmenez ?

— Nous avons installé un Q.G. de campagne près de la frontière. C'est là que nous vous interrogerons.

Carter protesta.

— Vous n'interrogerez personne sans mon autorisation. Vous êtes sur le sol américain et vous devez respecter les procédures.

Bolan les écoutait se chamailler. Dans d'autres circonstances, il aurait pu trouver ça drôle.

— Tuerto ne respecte pas les procédures, lui, fit-il remarquer.

Chantecoq se tourna vers lui.

— Que savez-vous sur Tuerto ?

— Je sais qu'il s'appelle Tariq Ibn Tumart, répondit Bolan. Il a l'air d'être plutôt cultivé. Je sais aussi qu'il est motivé par le fric plutôt que par le martyre.

— C'est déjà pas mal, remarqua l'agent français, pensivement. En fait c'est plus que ce que nous savons. Comment avez-vous obtenu ces informations ?

— C'est tout simple, dit Bolan, Il me l'a dit lui-même.

Carter éclata de rire. Chantecoq fronça les sourcils.

— Pourquoi vous aurait-il fait des confidences ?

— Il pensait que je serais mort avant de pouvoir les répéter, dit Bolan en haussant les épaules.

— Il semble qu'il se soit trompé sur votre compte, remarqua Carter.

Chantecoq ne disait rien. Il se contentait d'examiner Bolan en silence. Il avait l'air d'un dur, pas d'un rond-de-cuir. Son inquiétude pour Tanzir était palpable. Bolan le trouvait plutôt sympathique. Pas assez cependant pour tout lui déballer.

Le trajet fut assez rapide. Dès qu'ils arrivèrent au camp de base, Carter appela le bureau du F.B.I. de Tucson.

Bolan descendit du 4x4. Des hommes en costume et coupe-vent sortirent des tentes militaires qui formaient le Q.G. de campagne. L'un d'entre eux agita un talkie-walkie sous son nez.

— Je ne sais pas qui vous êtes, hurla-t-il, mais il va falloir vous expliquer, nom de Dieu.

— Je serai heureux de le faire, répondit Bolan. Mais à mes conditions.

— Qu'est-ce que ça veut dire ? Chantecoq ?

— Je ne sais pas, répondit Chantecoq. Il insiste pour téléphoner.

— Ben voyons ! grogna l'homme. On n'a qu'à avertir la terre entière.

Il lança un téléphone portable à Bolan.

— Allez-y, appelez le diable si ça vous chante. Tant que vous nous dites où ces putains de Coyotes se planquent et où sont nos agents.

— A votre service, répondit Bolan.

CHAPITRE XVII

Tanzir se sentit vaguement coupable en voyant Youssouf s'enflammer. Elle se souviendrait longtemps de son regard, si elle s'en sortait. Elle avait fabriqué des cocktails Molotov de fortune avec des bouteilles et des chiffons et sa première bombe improvisée avait explosé sur le garde quand celui-ci était entré pour voir pourquoi elle hurlait. Il lui restait trois cocktails explosifs. Elle se précipita à l'extérieur par un écroulement du mur en cherchant l'endroit où elles feraient le plus de mal. Il fallait détourner l'attention pendant qu'elle essayait de trouver l'agent James. Tout en courant, elle jeta un cocktail qui explosa sur une baraque de bois à moitié en ruine. Les flammes se jetèrent avidement sur les murs.

Plus que deux. Personne ne l'avait remarquée, ils étaient trop occupés avec Youssouf qui hurlait en se consumant. Elle s'arrêta net en apercevant les camions. Des hommes s'affairaient pour les réparer. Elle comprit pourquoi ils n'étaient pas encore partis.

Un pourri se retourna et l'aperçut. Les yeux écarquillés, il ouvrit la bouche pour donner l'alarme. Elle bondit en avant, et lança une bouteille qui explosa sur le capot ouvert du camion. Les filets de camouflage qui protégeaient les camions s'embrasèrent immédiatement. Elle s'apprêtait à lancer son dernier cocktail quand une main puissante le lui arracha. La bouteille tomba au sol et s'enflamma. Elle se jeta sur le côté pour éviter le liquide enflammé, mais une botte puissante la plaqua au sol.

— Hello, petit oiseau, susurra Digger. Tu m'as manqué.

Il se mit à crier, comme un chant de victoire.

— Django, je l'ai !

Tanzir suffoquait sous son poids. Elle devait l'obliger à bouger. Elle s'empara d'un tesson de verre et le lui planta dans la jambe. Digger hurla et se redressa. Tanzir se leva, le tesson à la main.

— Laissez tomber, mademoiselle, fit Django Sweets en braquant son pistolet sur sa tempe.

Les flammes rugissaient derrière elle. Django regarda Tuerto qui arrivait en courant, l'air médusé.

— Je t'avais dit que c'était une bombe, cette nana, dit Sweets en rigolant.

— Alma ! Que…

Tuerto bredouillait, l'œil écarquillé.

— Il a essayé de me violer, dit-elle en montrant Digger.

— Du calme, intervint Sweets sur le ton de la conversation.

— Je pourrais y croire, si je ne vous avais pas vue lancer ces bombes comme une vraie pro, remarqua Tuerto.

Il contemplait les flammes, l'air admiratif.

Sweets persifla.

— Yes, sir, c'est très chouette. Du travail de spécialiste de l'infiltration. Capable de fabriquer des armes de destruction massive avec presque rien.

Il leva son arme.

— Il faut croire que cousin Frank et James n'étaient pas les seuls renards dans le poulailler.

Tanzir affermit sa prise sur le tesson de bouteille. Si seulement elle arrivait à lui sauter dessus…

— Je ne ferais pas ça, à votre place, avertit Tuerto. Je vous aime bien et je détesterais vous tuer.

— On n'a qu'à la laisser à Digger, fit remarquer Sweets.

— Non, je veux d'abord savoir pour qui elle travaille, répliqua Tuerto.

— Ça n'a pas d'importance, lança Sweets.

— Si, ça en a, répliqua Tuerto. A chaque mouvement que nous faisons, nous découvrons une nouvelle taupe. Ça ne vous choque pas ?

— Pas plus que ça. Ce sont des choses qui arrivent. Tuons-la et voyons comment on peut se tirer de ce merdier.

Tuerto ne répondit pas et se tourna vers Tanzir.

— Pour qui travaillez-vous ? Interpol ?

— Tout juste. Et vous êtes en état d'arrestation, dit Tanzir en pointant son tesson vers lui. Vous n'imaginez pas depuis combien de temps j'attends de prononcer ces mots.

Elle se rua sur lui. Mais Tuerto fut plus rapide. Il

l'évita facilement et l'assomma au passage avec la crosse de son arme.

— Ils sont bizarres à Interpol s'ils croient que c'est comme ça qu'on arrête les gens, ricana Sweets.

Tuerto allait répondre quand des coups de feu éclatèrent.

— Quoi encore ?, s'exclama le borgne.

James fit feu et toucha l'homme en pleine poitrine. Il enjamba le cadavre, rafla son revolver au passage et se dirigea vers la porte. Arrivé au milieu de l'escalier, il entendit des cris et sentit une odeur de viande rôtie.

Le sifflement des balles le ramena à la réalité. Il se plaqua contre le mur et fit feu des deux mains. Il y eut un cri, puis plus rien. James dévala l'escalier et se précipita vers la sortie. La chaleur le heurta de plein fouet. Il aperçut des silhouettes dans la fumée et fit feu. Un autre corps s'affaissa.

— Nom de Dieu, s'exclama Sweets, vous n'êtes pas encore mort.

James pivota vers la voix. Sweets recula et leva son arme. Tuerto et les autres observaient le face-à-face.

— Tu nous connais mal, Sweets. On est plus résistant que des cafards, coassa James.

Sa gorge était sèche. Les flingues pesaient une tonne au bout de ses bras.

— Que personne ne bouge, hurla-t-il.

C'était si incongru qu'instinctivement tout le monde se figea.

— Il n'y a personne pour le descendre ? demanda Sweets.

Il aurait bien voulu tirer, mais il n'était pas sûr d'être le plus rapide. James lisait ses pensées sur son visage.

— Tu peux me buter, dit-il en souriant, mais je suis sûr que je t'aurai aussi, Django. Dis-leur de reculer.

— Et merde, fit Sweets en lâchant son arme. Tout le monde se détend. L'essentiel, c'est de garder son calme. Non ?

— C'est une question de prix, monsieur Sweets, fit Tuerto. Qu'est-ce qui a le plus de prix ? Votre vie ou celle de l'agent James ?

— J'incline à penser que c'est la mienne.

James se plaça derrière lui.

— Reculez ! hurla-t-il. Maintenant, Sweets, nous allons trouver un véhicule en état de marche et nous allons nous éclipser.

— Alors, tu vas abandonner ton équipier ? demanda Sweets.

James se figea.

— Cooper ?

— Non, fit Sweets.

Tuerto fit un geste et deux de ses hommes amenèrent Tanzir. Elle était inconsciente.

— Je crois que vous vous connaissez, fit Sweets.

Tuerto pointa son arme sur la nuque de la jeune femme.

— Interpol est à mes basques depuis des années. Mais je crois qu'ils n'ont jamais été aussi proches du but.

— Laissez-la partir, fit James.

— Je ne crois pas, répondit Tuerto en armant son revolver.

— Je tue Sweets.

— Et alors ?

— Trop aimable, fit Sweets.

— Ta gueule, cria James. Laissez-la partir, sinon, je le bute.

— C'est toujours une question de prix, agent James. Tue-le et meurs. Ou rends-toi et vis une journée de plus.

James hésitait. Le soleil tapait sur sa tête comme un marteau. Sa vue se brouillait. Tuerto avait raison. Tuer Sweets était un acte désespéré. Le borgne était bien plus dangereux et il avait toutes les cartes. Tanzir leva la tête. Leurs regards se croisèrent. « Tue-le », disaient ses yeux. James ne savait pas s'il s'agissait de Sweets ou de Tuerto. Ça n'avait pas beaucoup d'importance. Il se sentait de plus en plus faible. Son arme pesait de plus en plus. Il ferma les yeux.

— Bordel, gémit-il.

— Bon garçon, fit Sweets en se retournant.

Il lui colla une droite dans l'estomac. James s'effondra, le souffle coupé.

— Tu es plus intelligent que ce que je croyais, James. Quelle pitié que ça t'ait conduit là.

Sweets repoussa son arme d'un coup de pied. Il s'accroupit et se pencha vers James.

— Je te jure que tu vas regretter de ne pas avoir été un peu plus stupide.

CHAPITRE XVIII

Désert du Tapowo

L'hélicoptère se posa dans un nuage de poussière, faisant voler cartes et papiers. Bolan le regarda atterrir. Watts ne l'avait pas laissé tomber et il avait appelé la cavalerie. Le policier indien avait été atteint dans son orgueil et il avait fait ce que le Guerrier espérait : il avait appelé Hal Brognola.

C'est son vieux complice en personne qui sauta de l'hélico, son éternel cigare aux lèvres. Il avait l'air furieux. Il s'avança tel un bouledogue.

L'homme responsable du camp s'appelait Greaves. Il était accompagné de l'allemand Rittermark. Les deux hommes semblaient prêts à l'affrontement et ils furent estomaqués quand le numéro Un du *Justice Department* les dépassa sans leur accorder un regard pour se diriger vers Bolan.

— Tu as l'air d'une vraie merde, Striker.

— Si ça peut te rassurer, c'est encore pire que ça, répondit Bolan.

Brognola grogna.

— Enlève ces menottes ! C'est ridicule.

— Je t'attendais, dit Bolan.

Chantecoq déverrouilla les menottes en un éclair et les tendit à Carter.

— Je crois que c'est à vous, non ?

Carter faisait la gueule. Bolan se leva et massa ses poignets pendant que Greaves et Rittermark s'engouffraient dans la tente à la suite de Brognola.

— Satisfait, Cooper ? demanda Greaves. Vous allez peut-être cracher le morceau maintenant ?

— Peut-être devriez-vous surveiller votre ton, dit Brognola sans se retourner. Comment ça va, Striker ?

— Bien. Tu as pu joindre les Mexicains ?

— Finalement j'y suis arrivé. Ils sont en train de se mobiliser à l'heure qu'il est.

— Les Mexicains ? demanda Greaves en louchant sur Rittermark.

— *Si, señor*, fit un homme trapu que personne n'avait remarqué jusque-là.

Il portait un uniforme. Il retira son chapeau et fit un signe à Bolan.

— Salut, Ortega, dit Bolan en souriant.

Ortega était un vieil ami. C'est lui qui lui avait refilé le tuyau sur le champ de pavot qu'il avait détruit quelques jours plus tôt. Ortega était en guerre contre les cartels et il ne perdait jamais une occasion de les attaquer. Même s'il devait pour cela refiler de tuyaux aux *gringos*.

Quand Bolan avait contacté Brognola, celui-ci avait

craint le pire, surtout quand il avait coupé le contact pour aider l'agent James. Lorsque Greaves avait finalement laissé Bolan l'appeler, Brognola était déjà en route pour l'Arizona.

Après avoir parlé à Bolan, il avait appelé Ortega, son contact au Mexique. Celui-ci n'avait pas été très heureux d'apprendre qu'en paiement de ses renseignements, on lui avait caché la présence d'une centaine de terroristes armés sur son territoire.

— Je suis extrêmement déçu que vous nous ayez tenus à l'écart dans une opération aussi sensible, dit Ortega en examinant le camp. Quand nous vous avons aidés à infiltrer votre agent, c'était juste pour surveiller le trafic d'héroïne. Il aurait suffi d'un coup de téléphone.

Greaves grogna.

— Nous n'avons rien dit parce qu'il y a des fuites dans vos services.

— C'est très aimable, dit Ortega froidement. Mais vous serez heureux d'apprendre que nous avons fait le nécessaire. Grâce à l'agent Cooper, nous avons pu repérer la fuite.

Il leva son poing fermé.

— Et la colmater. Après cela, nous ne pouvions pas faire moins que de mobiliser nos forces armées qui s'entraînaient non loin de la frontière.

Il se tourna vers Greaves.

— Vous pouvez en informer vos supérieurs. Nous, nous n'avons pas le goût du secret.

Greaves piqua un fard.

— La souveraineté du Mexique n'a pas été violée.

— Certes, dit Ortega, mais les gens que nous poursuivons se trouvent dans le no man's land entre nos deux pays. Pour moi, ça veut dire que nous sommes tous concernés.

— Tout ça c'est bien joli, intervint Chantecoq. Mais je vous rappelle que j'ai toujours un agent là-bas.

Bolan regarda le Français d'un œil nouveau.

— Vous êtes toujours en contact ? demanda Rittermark.

Chantecoq hésita.

— Pas depuis hier.

— Alors il a sans doute été découvert, dit l'Allemand abruptement. Comme l'agent James, malheureusement. Si le gouvernement mexicain mobilise ses troupes, on peut penser que Tuerto va bouger lui aussi.

— Vous pensez qu'il va laisser tomber ? demanda Bolan.

— Non, il va s'adapter. Nous savons qu'il a l'intention de lâcher ses hommes avant qu'ils ne commencent leurs attentats.

— Mais il est pris au piège, remarqua Rittermark.

— Sweets aussi essayera de fuir s'il le peut. Deal ou pas, il aura le feu au cul dès qu'il apercevra l'armée, dit Greaves en fixant Ortega.

— Mais Tuerto ne le laissera pas faire, ajouta Bolan.

Depuis qu'ils avaient appris la véritable identité du borgne, les agents d'Interpol avaient eu le temps de sortir sur lui un dossier conséquent. Bolan le parcourait et il était frappé des points communs entre eux deux. Algérien de naissance, Tuerto, ou Tumart, s'était engagé très jeune dans les mouvements de libération berbères.

Il avait perdu un œil et toute sa famille dans les événements du printemps 2001. C'est après cela qu'il était devenu un mercenaire du terrorisme.

— Qu'est-ce que vous avez sur ce Sweets ? demanda Ortega. Est-ce qu'on peut faire pression sur lui pour qu'il nous rende votre agent ?

— Non, dit Bolan. Je l'ai rencontré, il est aussi imprévisible qu'un serpent à sonnette.

— Si nos agents sont toujours en vie, il voudra peut-être les utiliser comme monnaie d'échange, suggéra Chantecoq.

— Il va plutôt les buter, dit Carter.

Bolan désigna l'hélicoptère.

— On peut en avoir combien comme celui-là ?

— Hein ? grogna Brognola. Qu'est-ce que tu as en tête, Striker ?

— Nous allons agir comme Tuerto, dit Bolan. Pendant qu'Ortega et ses hommes les occupent, nous leur tombons dessus par les airs. On doit pouvoir les désorganiser assez longtemps pour exfiltrer vos agents et coller Tuerto en tôle.

— On ? demanda Brognola. Tu veux dire toi ?

— J'ai une revanche à prendre, remarqua simplement le Guerrier.

— Attendez, dit Greaves. Pourquoi est-ce que…

— Assez de bla-bla, intervint Chantecoq.

Rittermark dévisagea son subordonné sans le contredire.

— Nous devons nous adapter, dit-il en se tournant vers Ortega. Dans combien de temps vos hommes seront-ils sur zone ?

— Au crépuscule, répondit le Mexicain.

Bolan regarda dehors la position du soleil.

— Ça nous laisse environ trois heures. Il me faut du matériel.

— Nous ne savons même pas où se trouve cette putain de ville fantôme, dit Carter.

— Bien sûr que si, dit Bolan. J'imagine que vous avez pu trianguler la position de Tanzir après son dernier appel ?

Chantecoq regarda son supérieur et acquiesça.

— Oui, mais rien ne prouve qu'ils seront encore là.

— Oh si ! dit Bolan. J'ai saboté tous leurs véhicules. Ils n'ont aucun moyen de partir. C'est pour ça que nous devons exfiltrer James et Tanzir le plus vite possible.

— Ça me va, dit Carter. On part quand ?

— Je suis au regret de vous annoncer que j'irai seul, dit l'Exécuteur.

Carter rougit violemment. Bolan savait ce qu'il ressentait mais il ne pouvait se laisser attendrir. Il se tourna vers Brognola.

— Et pour le matériel ?

— Dans l'hélico, répondit Hal. Au fait, Grimaldi n'a pas pu venir mais il te passe le bonjour.

— Moi de même, dit Bolan en souriant.

— Qu'est-ce que vous croyez ? demanda Greaves. Que vous allez vous faire une ville pleine de moudjahidines à vous tout seul ?

— Ça ne sera pas très long, si tout se passe comme prévu. Je sais bien que ce n'est pas la mode en ce moment. Mais si on s'y met tous, chacun dans son rôle, on peut y arriver.

Il se dirigea vers l'hélico. Chantecoq le rattrapa.

— Vous n'êtes pas en état d'y arriver, Cooper. Pas tout seul.

Bolan le regarda. Il savait pourquoi, ou plutôt pour qui le Français s'inquiétait.

— Je la ramènerai saine et sauve, murmura-t-il.

Chantecoq s'arrêta.

— Hein ?

— Amira, dit Bolan doucement. Je la ramènerai saine et sauve.

Chantecoq serra les mâchoires. Il faillit dire quelque chose et se contenta d'un signe de la tête.

Bolan monta dans l'hélico. Celui-ci décolla aussitôt et repartit vers le désert.

Ignorant les douleurs et les plaies qui le tourmentaient, l'Exécuteur se prépara au combat.

CHAPITRE XIX

— C'est une honte d'avoir tué ce pauvre Fahd. Je l'aimais bien, dit Tuerto en contemplant James, ligoté sur un lit.

— Désolé, grogna James, sans conviction.

— Passons.

Tuerto s'assit et sembla réfléchir quelques secondes.

— Ta cote est nettement en baisse, mon ami. Tu te demandes pourquoi je ne te tue pas ?

James ne répondit rien.

— En fait, reprit le mercenaire, c'est surtout pour contrarier les deux abrutis de Sweets.

Il se leva et fit quelques pas dans la pièce.

— En réalité, tu vis parce que tu m'es utile, comme otage. Rien d'autre. J'ai assez d'expérience pour savoir quand ça sent le roussi. Je vais sans doute avoir besoin d'une monnaie d'échange.

Sur ces mots, il sortit. Une fois dans le couloir, il s'arrêta. Il sentait encore l'odeur de l'incendie. Mauvais présage.

— Quand les choses tombent en morceaux, le centre

ne peut résister, murmura-t-il. Et le faucon doit prendre son envol.

Il devait trouver un moyen de déguerpir. Et vite. Il traversa le couloir et se dirigea vers la chambre où Alma, ou plutôt Amira Tanzir, était enfermée. Une vague de colère l'envahit. La trahison n'était jamais agréable.

Il lui avait fallu un peu de temps, mais il avait fini par se souvenir. Il l'avait déjà vue. Elle devait faire partie d'une équipe d'Interpol chargée de l'arrêter, juste avant un attentat.

Il avait aperçu l'agent Tanzir quelques minutes avant de déclencher sa machine infernale. A l'époque, la beauté de son visage au milieu de la foule l'avait frappé.

Il s'arrêta devant la porte. Il entendit des voix. La fumée était bien un mauvais présage. Il ouvrit la porte.

Tanzir était allongée sur le lit. Elle semblait inconsciente. Abbas pérorait au milieu d'un groupe de moudjahidines.

— Nous devons tuer cette putain. Si elle est à la solde de nos ennemis, elle doit mourir.

Tuerto referma la porte derrière lui.

— Tu n'es pas stupide à ce point, rétorqua-t-il.

Toutes les têtes se retournèrent.

— Quoi ! glapit Abbas en fusillant Tuerto du regard.

— Tu crois que tu peux te passer d'un otage ? dit-il en s'asseyant sur le lit. Ta misogynie t'aveugle à ce point ?

— L'infidèle doit mourir ! hurla Abbas.

— Tu es un crétin, reprit Tuerto. Elle travaille pour Interpol, non ? Elle est bien plus utile vivante. Pareil pour James.

— Du vent, cracha Abbas. Tes plans foirent l'un après l'autre, Berbère. Nous ne t'obéirons plus.

Le borgne fronça les sourcils.

— C'est ça ! cria-t-il. Tu n'as qu'à prendre le commandement. Parce que c'est ça que tu veux !

Abbas recula.

— Oui ! Il vaut mieux un fidèle serviteur d'Allah qu'un mercenaire. Tu veux épargner cette femme parce que tu la désires.

— Et alors, dit Tuerto. Ça ne te regarde pas.

— Si. Parce que tes désirs sont devenus des obstacles. Et que les obstacles doivent être pulvérisés.

Il dégaina son pistolet.

— Je suis d'accord avec toi, répondit Tuerto.

Une lame apparut miraculeusement entre ses doigts. Il la lança dans la main d'Abbas qui, sous le choc, lâcha son arme. Tuerto dégaina son revolver.

— Adieu, mon ami.

Il posa le canon de son arme sur le front d'Abbas et fit feu. Puis il se tourna vers ses hommes.

— Maintenant, au boulot. Vous rassemblez ce qui reste des moudjahidines. Nous partons dans une heure. Exécution.

Ses lieutenants obtempérèrent sans un regard pour le cadavre qui gisait sur le plancher. Tuerto se tourna vers le lit et regarda Tanzir. Il caressa ses cheveux.

— Ne t'en fais pas, petite fliquette, murmura-t-il avant de sortir.

Il ferma la porte à clé. Il ne savait pas s'il avait pris la bonne décision. Il aurait fallu tuer ce porc d'Abbas un jour ou l'autre. Et la femme serait certainement utile. D'une manière ou d'une autre.

Il redescendit. Assis à une table, Django Sweets l'attendait, un verre de bourbon à la main.

— Tu l'as tué ? demanda-t-il.

Un instant, Tuerto crut qu'il parlait d'Abbas, mais il se reprit.

— Non, l'agent James est toujours vivant. Mais il devrait souhaiter le contraire très vite.

Il se servit un verre.

— Nous devons partir le plus rapidement possible.

— C'est vrai, dit Sweets. Mais il faut discuter avant. J'ai perdu quatre hommes, moi.

— Et moi dix, dit Tuerto.

Il se reprit aussitôt.

— Plutôt onze, en fait. Alors qu'est-ce que tu veux discuter ?

— Ce qui laisse quatre-vingts bonshommes pour six camions. Excusez-moi : pour deux malheureux vans. Le cousin Frank a bousillé tous les camions. Et ce n'est pas avec deux pauvres camionnettes que nous allons traverser la frontière. La rareté détermine le prix. C'est la loi de l'offre et de la demande.

— Je me demande si nous ne devrions pas tout simplement partager les pertes, dit Tuerto en fixant Sweets de son œil unique. Si vous ne pouvez pas nous transporter, vous ne servez plus à rien.

— Tout est relatif, dit Sweets. En l'état, Digger et moi on est les seuls enfoirés à pouvoir vous aider.

— Et les autres ?

— Je les encule. Tout ce que je sais, c'est que Digger et moi on doit se tirer le plus vite possible.

Sweets prit une radio sous la table.

— Vous parlez mexicain ?

— Je parle espagnol, répondit Tuerto.

Sweets alluma la radio en souriant.

— Parfait. Alors écoutez ça.

Tuerto écouta quelques instants et poussa un juron. Il aurait reconnu le jargon militaire dans n'importe quelle langue.

— Vous êtes sûr ?

— Absolument. L'armée est en route. Quelqu'un les a avertis de notre petite opération. Et là, ils sont après nous. Vous voyez ce que ça signifie ?

— Ils seront bientôt là, répondit Tuerto, calmement.

Puis il jura de nouveau et lança son verre à travers la pièce. Il recouvra lentement son calme ; il comprenait que la menace était bien réelle.

— On peut encore s'en tirer.

— Bien sûr, dit Sweets. Si vous acceptez de renégocier les termes de notre marché.

— Parce que vous trouvez que c'est le moment ? demanda Tuerto.

— Et pourquoi pas. Mais je ne suis pas cupide. Je me contenterai du double. Moitié pour moi, l'autre pour Digger, dit-il avec un geste de la main. Après, ça sera un jeu d'enfant de se tirer de ce merdier avant que l'armée nous tombe dessus. Et tout ce que nous laisserons derrière nous servira à les ralentir.

— D'accord, dit le borgne. Et qu'est-ce qu'on fait des autres ? Les clandestins ?

— Qu'ils aillent au diable, répondit Sweets gaiement. Ils ne nous servent plus à rien. C'est le destin. Qu'ils fassent ce qu'ils veulent, je m'en contrefous.

Tuerto réfléchit un moment. Ses commanditaires ne seraient pas très contents, mais il saurait s'en arranger. Quant à Sweets et son crétin de frère, ils ne devraient pas poser trop de problèmes, au final.

— C'est d'accord, dit-il. Je double la mise.

— Je veux aussi la femme, ajouta Sweets.

— Quoi ! !

— La femme, répéta Sweets. Tu crois qu'elle est utile comme otage. Mais Digger la veut. Et tu as plus besoin de Digger. Donne-lui la femme et il t'emmènera où tu veux.

Tuerto se renfrogna. Il aurait tué ses propres hommes pour épargner la jeune femme. Il ne pouvait pas la laisser à un monstre comme ce Digger…

… Bien sûr que si ! Sa vie avant tout.

— Comme tu veux, dit-il. Mais il faut partir tout de suite.

— C'est sûr, répondit Sweets. Avec les deux vans, on peut emmener la moitié de tes hommes.

A cet instant, le cri d'un fusil automatique les interrompit.

CHAPITRE XX

Bolan se déplaçait dans le désert comme une ombre, sa silhouette longiligne semblait planer dans la lumière du soir. Le soleil se couchait dans une explosion de couleurs, mais Bolan n'avait pas le temps de contempler la beauté du paysage.

Il portait le même H & K que celui qu'il avait perdu quelque temps plus tôt et un nouveau Desert Eagle ; un KA-BAR était fixé à sa jambe.

L'hélicoptère l'avait déposé à deux kilomètres de la ville fantôme et il se déplaçait rapidement malgré la douleur de ses blessures mal cicatrisées. Il pouvait oublier la souffrance quand les circonstances l'exigeaient.

En approchant de sa destination, il progressa en rampant, se dissimulant derrière les cactus et les buissons. La ville fantôme n'avait pas changé si l'on exceptait les colonnes de fumée qui montaient çà et là.

Quelqu'un avait dû bien s'amuser. Le Guerrier songea que cette fumée était un heureux présage. Silencieux comme un guépard, il s'approcha de la petite ville qui bourdonnait d'activité. Les hommes couraient dans tous les sens en hurlant. Bolan s'arrêta et réfléchit. Ils devaient savoir que l'armée était à leurs trousses. Cela signifiait qu'ils seraient sur leurs gardes mais qu'ils n'attendraient pas un homme seul.

Il lui fallut encore une dizaine de minutes pour entrer dans la ville. Plaqué contre un mur, il scruta le terrain. Il percevait une odeur d'essence et de caoutchouc brûlé. Il repéra trois hommes lourdement armés qui se dirigeaient vers le bâtiment où les clandestins étaient enfermés. Il savait quelles étaient leurs intentions. Puisqu'ils étaient découverts, les pauvres migrants ne leur servaient plus à rien.

Il n'y avait pas à hésiter. Il suivit le trio. Son H & K était équipé d'un silencieux. De toute façon, s'il y avait des coups de feu, tout le monde croirait qu'on était en train d'exécuter les Mexicains.

Un des hommes ouvrait la porte du bâtiment pendant que les deux autres préparaient leur fusil d'assaut. Bolan passa à l'action sans hésiter. Son KA-BAR trancha la nuque d'un des hommes, le décapitant presque. Il s'écroula sans un bruit. Le deuxième homme se retourna, Bolan lui trancha la gorge. Le troisième bondit, en cherchant à atteindre son arme qui pendait dans son dos. Il ouvrit la bouche pour crier. Bolan fut plus rapide et planta sa lame dans la bouche grande ouverte, le clouant à la porte. L'homme émit un gargouillis, Bolan lui tira une balle dans la poitrine, dégagea son poignard et le cadavre glissa sur le sol. Puis il ouvrit la porte. Des dizaines de visages effrayés le regardaient fixement.

Il leva la main.

— Tout va bien, fit-il en espagnol. Je ne vous veux pas de mal.

Ils n'avaient pas l'air de le croire, mais il n'y pouvait rien.

— Est-ce qu'Amira Tanzir est ici ? demanda-t-il encore. Amira Tanzir ?

— Ils l'ont emmenée, répondit une voix.

C'était une vieille femme corpulente qui avait l'air terrorisée, mais qui prenait sur elle.

— Elle a mis le feu en essayant de s'évader et ils l'ont emmenée.

— Vous devez partir. Ça va devenir très chaud dans le coin, dit Bolan en montrant son arme.

— Et pour aller où ? demanda la vieille femme qui semblait être le porte-parole. Nous sommes au milieu de nulle part et nous n'avons presque rien mangé ni bu depuis trois jours.

Bolan s'attendait à cette réaction, mais ça ne faisait pas son affaire. Rapidement, il tira les trois cadavres à l'intérieur malgré les protestations.

— Prenez leurs armes et barricadez-vous. Quand l'armée arrivera, rendez-vous immédiatement. Ils savent que vous êtes là et ils ne vous feront pas de mal. Restez enfermés jusqu'à leur arrivée.

— Et après ? demanda la vieille femme.

Elle s'empara d'un fusil d'assaut qu'elle manipulait avec une aisance étonnante. Bolan se demanda quelle pouvait être son histoire.

— Après, dit-il, vous rentrerez chez vous. Peut-être

que vous essayerez une autre fois, mais là, vous rentrez chez vous.

— Les cartels ne seront pas contents, dit la femme. Ils vont nous tuer.

— Non, répondit Bolan. Je vous jure que non.

— Qu'est-ce que vous y pouvez ? Notre gouvernement lui-même est impuissant.

Elle donna un coup de pied dans un des trois cadavres. Bolan leva son H & K.

— Je ne travaille pas pour un gouvernement, et moi, je les tuerai.

Et il savait qu'il le ferait s'il survivait.

— Je vous crois, fit la vieille femme.

Bolan sortit et referma la porte. Il effaça les traces de sang dans la poussière. Il n'y avait aucune raison d'attirer prématurément l'attention sur sa présence.

Il progressait à couvert de maison en maison, de ruine en ruine. Il avait depuis longtemps l'expérience des missions en territoire ennemi. Il arriva devant la silhouette familière du vieux saloon. Il se souvint de ce que James lui avait confié sur la fascination de Sweets pour les cow-boys. Sans se faire repérer, il se faufila dans l'étroite ruelle qui séparait le saloon du bâtiment voisin. En s'appuyant sur les deux parois, il grimpa jusqu'à la fenêtre du premier étage, en priant pour que personne ne passe par là. Il agrippa le rebord d'une fenêtre sans vitre et pénétra dans la chambre.

Elle était vide. Il avança jusqu'à la porte, tendit l'oreille. Rien. Il entrouvrit et jeta un coup d'œil. Le couloir était vide. Il referma la porte et s'accroupit quelques minutes pour retrouver une respiration normale. Si James et Tanzir étaient encore vivants, ils devaient être ici. Il se releva, ouvrit la porte et sortit dans le couloir, l'arme en avant. Il s'approcha d'une porte et écouta. Il entendit du bruit. Il compta silencieusement. Un, deux… trois !

Il ouvrit la porte d'un coup de pied et fit feu trois fois. Les deux moudjahidines qui gardaient le prisonnier tombèrent comme des pierres. Bolan prit son poignard et coupa les liens de James. Le jeune homme était dans un sale état. Il sourit faiblement quand Bolan l'aida à se relever. Ses blessures avaient été soignées sommairement mais il avait perdu beaucoup de sang.

— Tu as mis le temps, gémit-il, avec un sourire crispé.

— Il y avait des embouteillages, répondit Bolan. Tu peux marcher ?

— Je crois.

— Content de l'apprendre. Je n'avais pas l'intention de te porter.

Bolan le lâcha et prit le fusil d'assaut d'un des deux moudjahidines.

Il ouvrit la porte et inspecta le couloir. Deux hommes étaient en train de monter l'escalier. L'un d'entre eux l'aperçut et se mit à hurler. Les fusils d'assaut claquèrent. Bolan se jeta en arrière en maudissant le destin. Plus question de discrétion.

James montra la fenêtre.

— On pourrait s'enfuir par là.

— Je préfère la porte, répondit Bolan.

Il prit une inspiration et traversa le couloir en tirant. Il percuta la porte d'en face et atterrit dans la chambre.

Ainsi qu'il l'avait espéré, elle communiquait par une porte intérieure avec la chambre voisine qui était plus près de l'escalier. Sans s'arrêter, il ouvrit cette porte et tomba sur un moudjahidine. Il le coupa littéralement en deux d'une rafale, sauta par-dessus le corps et assomma un second soldat qui venait au secours de son complice. Il enjamba les corps et inspecta l'escalier.

Il vida son chargeur sur les hommes qui montaient, sans prendre le temps de viser. Ils s'écroulèrent en hurlant de douleur. Bolan se jeta à plat ventre et rampa jusqu'au palier.

— James, tu vois quelque chose ? cria-t-il sans se retourner.

Il scruta le bar. Ils avaient renversé les tables pour s'abriter, des hommes entraient et sortaient en courant. Pour l'instant, il contrôlait la situation. Jusqu'à ce que quelqu'un pense à utiliser des grenades.

Comme en réponse à ses prières, la veste de combat qu'il avait perdue un peu plus tôt atterrit à côté de lui. James rampa jusqu'à lui en souriant.

— Je l'ai trouvée dans la chambre. C'est là qu'ils ont stocké tout l'équipement qu'ils ont trouvé dans mon van.

Bolan prit la veste et l'inspecta. Il restait deux fumigènes et une grenade à fragmentation.

— Tu as récupéré ton flingue ?

James fit signe que oui.

— Surveille nos amis en bas.

— Tu crois qu'ils vont donner l'assaut ?

— S'ils essayent, balance un fumigène, ça nous

donnera un peu de mou. N'utilise la grenade que si c'est absolument nécessaire.

— Et tu vas faire quoi, pendant que je rejoue la bataille de Little Big Horn ?

— Trouver l'agent Tanzir et nous sortir de ce merdier.

Il recula et laissa James prendre sa place. Quand il fut hors de vue, il se releva et se dirigea vers les deux portes qui restaient. L'une d'entre elles était fermée et il l'ouvrit d'un coup de pied. Pas la peine de prendre de précaution avec tout ce raffut.

La première chose qu'il remarqua, ce fut le lit vide. La seconde, le cadavre sur le sol. La troisième, la morsure d'une corde de Nylon sur sa propre gorge. Il réagit à l'instinct, se jeta en arrière, plaquant son adversaire contre le mur de la chambre. La corde se détendit juste assez pour que Bolan sorte son couteau et la coupe. Il bondit au moment où son adversaire lui balançait un coup de pied au visage.

— C'est comme ça qu'on dit merci chez vous ? dit-il à Tanzir qui s'était remise en position de combat.

Dans le couloir, James tirait. Il reporta son attention sur l'agent d'Interpol et ne put s'empêcher de l'admirer. Comment avait-elle fait pour se libérer ? Mystère.

— Merci pour quoi ? dit-elle avec un léger accent anglais. Qui êtes-vous ?

— Matt Cooper. Je travaille pour le gouvernement américain, répondit Bolan. Je suis venu vous chercher.

— J'ai entendu une fusillade.

— Nous nous préparons à opérer une retraite stratégique. Ça vous tente ?

— Nous ? demanda Tanzir. Est-ce que James…

— Il est salement amoché mais il est vivant, répondit Bolan. Il faut y aller maintenant.

— Où est Tuerto ?

— En bas, probablement en train de se demander comment il va faire pour monter.

— Où sommes-nous ?

— En haut. En train de nous demander comment faire pour descendre. Et je crois que j'ai trouvé. Suivez-moi.

CHAPITRE XXI

— Ce bon vieux James nous a bien eus. Sans parler du cousin Frank, lança Django Sweets.

Il était accroupi derrière le bar avec Tuerto.

De temps en temps, du haut de l'escalier, une arme aboyait, faisant voler le plâtre des murs et obligeant tout le monde à s'abriter.

— Cooper ? dit Tuerto d'un ton cassant. Il est mort.

— Ah oui ! s'exclama Sweets. Vous êtes sûr ? Vous n'avez jamais vu les films de Clint Eastwood ? Les types comme Cooper ne sont morts que si on leur colle une balle entre les deux yeux.

Il éclata d'un rire sauvage.

— Il est capable de traverser le désert à genoux pour venir réclamer son dû.

— Bon ! De toute façon, ce n'est pas la question, dit Tuerto. La question, c'est de savoir ce que nous faisons maintenant.

— On pourrait faire brûler tout le bazar. A moins que vous ne vouliez préserver votre sucre d'orge qui est là-haut, répliqua Sweets.

— Nous devons partir. Maintenant, répliqua sèchement Tuerto. Nous perdons notre temps.

— Je n'aurais pas dit mieux, fit Sweets en tapotant sa mâchoire du canon de son arme. Donc, on est d'accord ? Le triple.

— On avait dit le double !

— Les choses changent, et il faut dédommager Digger pour la fille.

— Je pourrais…, commença Tuerto.

— Nous pourrions nous entretuer et épargner du boulot au cousin Frank, dit Sweets en levant son arme. A vous de voir.

— Vous savez être convaincant. Vous me couvrez ?

— Avec plaisir, répondit Sweets.

Il se leva en hurlant, sauta par-dessus le bar. Il avait commencé à tirer avant que ses talons touchent le sol. Il recula prestement vers la sortie. Profitant de la diversion, le borgne se rua dehors et commença à aboyer des ordres. Les hommes qui se trouvaient là se rassemblèrent et tous se ruèrent vers le van qui les attendait.

— Et les autres ? demanda un homme nommé Hassan. On les abandonne ?

— Qu'importe s'ils meurent, puisque c'est pour Allah…

Tuerto s'interrompit. Tous les hommes levèrent la tête. Tous ils avaient reconnu le bruit d'un hélicoptère. De plusieurs hélicos même. Tuerto serra les poings.

— En route !

Personne ne discuta. Ils savaient ce que ce bruit signifiait : la fin prématurée de leur jihad.

Sweets ouvrit le van et fit un geste mélodramatique.

— En voiture, mes enfants.

— Hassan, dit Tuerto, prends quelques hommes et rendez-vous au premier point de ralliement. Si vous n'avez pas de nouvelles d'ici vingt-quatre heures, agissez en votre âme et conscience.

— Et le plan…, commença Hassan.

— Le plan évolue, dit Tuerto, impassible.

Il se tourna vers Sweets et décida, péremptoire :

— Hassan sait où aller. Je garde l'argent avec moi.

— Vous ne me faites pas confiance ?

— Je devrais ? dit Tuerto.

— Un bon point. Où allez-vous ? demanda Sweets.

— Avec votre frère.

Soudain, des projecteurs éclairèrent la nuit. On entendit le grondement d'une mitrailleuse.

— Je vais rassembler un autre groupe pour faire diversion. On peut encore s'en tirer.

— Le van de Digger est juste à côté, dit Sweets. Ne traînez pas. Je ne pourrai pas rembourser vos billets.

Il monta dans son van et démarra. Tuerto le regarda s'éloigner et rassembla ses hommes. Il fit claquer ses ordres avec une précision née de l'habitude des situations désespérées. Il savait que ses moudjahidines étaient prêts à mourir. Et à lui donner ainsi le temps de s'enfuir. Il inspecta les hommes qui l'entouraient. Qui avait vu son visage ? Pas mal de monde finalement. S'ils mouraient tous, il pourrait tout simplement disparaître.

— Trouvez les chauffeurs, ordonna-t-il, et envoyez-les

au paradis. Même chose pour ces pèlerins pathétiques qui veulent laver les chiottes en Amérique.

La clé, c'était la femme. C'est toujours risqué de prendre un otage, mais les bénéfices sont souvent importants. C'était bien elle la clé. Il devait la trouver.

Bolan s'agrippa au rebord de la fenêtre en essayant d'ignorer ses muscles douloureux. Tanzir était descendue par la gouttière avec la souplesse d'une chatte et s'impatientait en attendant Bolan. Il se laissa choir lourdement. Se rétablissant, il regarda autour de lui.

— Juste à temps.

Le cri d'une mitrailleuse déchira la toile de la nuit. Il semblait bien que l'armée avait intercepté les hommes de Tuerto et que ceux-ci ne se laissaient pas faire. Un hélico passa au-dessus d'eux et Bolan comprit qu'il n'y avait pas que les Mexicains dans la partie.

— Qu'est-ce qui se passe ? demanda Tanzir, les yeux écarquillés.

— Les plans ont changé. Nous devions avoir quitté la ville avec James quand l'attaque se déclencherait. C'est raté. Nous n'avons plus qu'à rejoindre James et planquer nos miches.

Tanzir prit son arme et vérifia le chargeur.

— Tuerto va s'enfuir. Nous devons le capturer.

Elle fit claquer son chargeur. Bolan la prit par le bras.

— Nous devons d'abord sauver James.

— Pas question, dit-elle. Tuerto est plus important que…

Elle s'interrompit devant l'énormité de ce qu'elle allait dire. Elle dégagea son bras et partit. Bolan n'essaya pas de la retenir. Il savait très bien ce qu'elle ressentait.

Il avança jusqu'à l'angle du saloon, le H & K en avant. Des hommes sortaient du bâtiment, avec des bouteilles entourées de chiffon. Ils voulaient sans doute tout nettoyer par les flammes. Ils n'étaient plus que six, les autres s'étaient déjà enfuis.

Bolan sortit de son coin quand le premier cocktail Molotov vola à travers la porte. Il fit feu et trois hommes s'écroulèrent. Deux autres cocktails explosèrent sur la porte et la fenêtre. Bolan fit feu sur deux silhouettes qui couraient. Elles s'effondrèrent dans la poussière. Bolan enjamba les deux cadavres et se dirigea vers la porte en flammes. Il ne pouvait lutter contre la fumée qui envahissait ses poumons.

Il recula, déchira la chemise d'un des deux hommes et s'en servit pour se protéger le visage et les mains. Le feu dévorait rapidement la vieille structure.

Il inspira et se jeta dans l'enfer. Le feu le caressait avec délicatesse. A travers les flammes, il aperçut l'agent James, écroulé dans l'escalier. Bolan se précipita. Il se colla au mur pour éviter une énorme poutre qui s'écrasa dans une gerbe de flammes. Il rejoignit enfin James, mit prestement deux doigts sur son cou et fut soulagé de sentir une pulsation. Il jeta l'agent sur son épaule et s'enfonça dans le corridor. La fenêtre du fond avait encore une vitre. Bolan la fracassa avec la crosse de son H & K. Puis, avec l'énergie du désespoir, il fit voler le chambranle, créant une ouverture suffisante pour deux hommes.

Derrière eux, le feu dévorait le couloir et l'oxygène. Le bâtiment craquait comme s'il allait s'effondrer. Bolan passa les mains de James autour de son cou. Il détacha la sangle de son arme qu'il jeta à regret. Il attacha les mains du jeune homme et commença à grimper le long du mur. Les flammes léchaient ses jambes. Péniblement, il se hissa sur le toit. Ce n'était pas l'idéal, mais James n'aurait pas survécu s'il avait sauté du premier étage. Pas dans son état.

Le jeune homme toussa.

— Tout va bien, James, accroche-toi, le rassura Bolan.

— Tire-toi, Cooper, gémit le jeune homme.

— Si c'est ce que tu veux, il fallait me le dire tant qu'on était à l'intérieur.

Le toit commençait à chauffer sérieusement. Il allait s'effondrer d'une minute à l'autre. Bolan prit une fusée éclairante dans une poche de son gilet et l'alluma. Il espérait que quelqu'un pourrait la distinguer au milieu des flammes.

CHAPITRE XXII

— Idiots ! Qu'est-ce que ça veut dire : on l'a brûlé ?

Tuerto avait perdu son flegme et rouait de coups un homme couché à terre. Les autres reculèrent. Il recouvra finalement son calme. Si c'était Cooper qui était derrière tout ça, il n'avait sûrement pas laissé la femme ligotée sur un lit au milieu de l'incendie.

Il sentait comme un nœud coulant se refermer autour de son cou. Il n'avait jamais connu un tel échec. Jamais. Est-ce qu'Allah se détournait de lui ?

— Excuse-moi, Ali, dit-il en tendant la main à l'homme au sol. Mais ce qui est fait est fait et nous devons réagir vite.

Ils s'écartèrent de la lueur de l'incendie. Il se propagerait rapidement si on ne l'arrêtait pas. Mais cette fois-ci, cela les servait. Les flammes feraient disparaître leurs traces. Tout devait disparaître, c'était sa meilleure chance de survivre.

Le second van était garé à l'abri des regards. Son moteur tournait au ralenti. Tuerto soupira de soulagement. Il y avait au moins un truc qui marchait comme prévu.

— Où est la fille ? demanda Digger en ouvrant la portière passager. Tu devais me l'amener.

Ali et les autres montèrent à l'arrière du van.

— Là-bas, répondit Tuerto brusquement. Mais nous devons partir.

— Où est Django ?

— Il est parti devant. Démarre.

— Pas sans un ordre de Django. Je veux la fille.

Tuerto posa le canon de son arme sur la tempe du géant.

— Démarre, je te dis.

Digger se décida à démarrer. Dans la rue, il fut repéré par les projecteurs des hélicoptères.

— Fonce, bordel, hurla Tuerto.

— Ne me crie pas après, répondit Digger en appuyant sur l'accélérateur.

Le van bondit et faillit percuter une Jeep de l'armée. Tuerto abattit le militaire qui la conduisait. La Jeep alla s'encastrer dans un bâtiment en feu.

— Tu es capable d'éviter les patrouilles ou ton frère a encore menti ?

— Django ne ment jamais, grogna Digger.

En pleine accélération, Tuerto crut avoir une hallucination.

— Regarde, cria-t-il en agrippant le volant.

La femme avait surgi de nulle part, un pistolet dans chaque main. Elle était en position de tir, détendue. Son visage étaitun bloc de marbre. Elle fit feu et le pare-brise vola en éclats.

En arrivant sur elle, Digger accéléra encore, essayant

de l'écraser. Elle se jeta sur le côté. Le van dérapa brusquement et ses roues décollèrent du sol comme s'il voulait essayer une pirouette maladroite. Dans un bruissement de métal et de verre cassé, il bascula sur le flanc.

Tanzir se releva et se rua en avant.

La porte arrière s'ouvrit et un homme en sortit. L'agent d'Interpol tira et le crâne du soldat du jihad explosa dans une gerbe de sang. Un autre moudjahidine était sorti du van et tirait en s'abritant derrière le hayon. Tanzir se réfugia dans une encoignure de porte. Elle se demanda un instant si elle n'aurait pas dû attendre Cooper pour assurer ses arrières. Elle rejeta cette pensée. Tuerto lui appartenait. Trois ans qu'elle attendait ça.

Son joli minois déformé par un rictus, elle bondit dans la rue et tira sur le van. Elle toucha un homme qui essayait de s'enfuir en rampant. Ses compagnons sortirent en titubant juste avant que le van s'enflamme. Ils prirent leurs jambes à leur cou au milieu de l'incendie qui se généralisait.

Elle ne baissa pas son arme et se rua vers l'avant du véhicule. Le côté conducteur était écrasé sur le sol. La portière passager pendait comme un membre cassé. La chaleur empêchait la jeune femme de s'approcher. Elle jura.

— De si gros mots dans une si jolie bouche, fit une voix.

Elle bondit juste à temps. Un pistolet aboya et les balles se perdirent dans la nuit.

Elle pivota et fit feu. Celui qu'on appelait Le Borgne tituba.

— Oh ! Merde ! murmura-t-il en continuant de vider son chargeur au hasard.

Tanzir s'était réfugiée derrière le van. Tuerto partit dans l'autre direction en chancelant. Son sang coulait dans la poussière. Au bout d'un instant, Tanzir se lança à sa poursuite, les yeux rivés sur la piste rouge.

Alors qu'ils s'éloignaient du van en feu, une main puissante dégagea les restes du pare-brise et Digger s'extirpa du van. Son visage était constellé d'éclats de verre que les flammes faisaient scintiller. Il se releva.

Juste avant que le van bascule, il avait vu les ailes noires. L'oiseau, dans le ventre de la femme, l'appelait.

— J'arrive, cria-t-il.

Il suivait le bruit des ailes.

CHAPITRE XXIII

Bolan n'avait jamais été aussi heureux d'entendre le bruit d'un hélicoptère. Celui-ci se stabilisa au-dessus d'eux et envoya une échelle de secours. Bolan prit James d'une main et s'y accrocha. Ils quittèrent le toit au moment où les premières flammes le transperçaient.

Bolan installa James dans un siège et regarda ses sauveteurs. Carter, l'agent du F.B.I., lui souriait.

— C'est l'homme de Greaves ? demanda-t-il.

— Agent Carter, je vous présente l'agent James, de la police des frontières.

— Vous y êtes arrivé ! s'exclama Carter. Respect !

— Je ne fais que mon job, dit Bolan. Où en sommes-nous ?

— Il y a un véhicule qui fonce vers le nord. Nous avons des hommes qui essayent de l'intercepter, mais…

Il écarta les mains en signe d'impuissance.

— Qu'est-ce qu'on attend alors ?, répliqua Bolan.

Si un seul des hommes de Tuerto posait le pied aux Etats-Unis, il y aurait des victimes innocentes. Et ça, Bolan ne pouvait le tolérer.

— On devrait peut-être d'abord le mettre à l'abri, proposa Carter en montrant James.

James ouvrit un œil.

— Pas question. Chopez-les d'abord, murmura-t-il.

Carter donna un ordre et l'hélico s'éloigna de la ville. L'Exécuteur regarda l'agent James.

— Tu tiens une forme d'enfer, dis donc !

— Merci, Cooper ! Je me sens déjà mieux.

Et il ferma les yeux.

— A ton service.

Bolan ferma les yeux à son tour.

— Et Tanzir ? demanda James.

— Elle court après notre ami Tuerto. Je n'ai pas pu la convaincre d'attendre des renforts.

— C'est sa baleine blanche… je te l'avais dit, gloussa James.

— J'espère qu'elle fera mieux que le capitaine Achab, répondit le Guerrier.

L'hélicoptère filait en rase-mottes au-dessus du désert du Sonora. Soudain, ils aperçurent le van. James ouvrit les yeux.

— Putain, c'est mon van. Les bâtards, ils ont volé mon van !

Bolan était en train d'enfiler un harnais fixé au bout d'une corde.

— Vous faites quoi ? demanda Carter.

— Je vais récupérer le van de James.

— Pas question ! Nous pouvons les arrêter avec l'hélico ! dit Carter.

Il donna des ordres au pilote. L'hélico manœuvra

et vint se placer devant le van, soulevant des tempêtes de poussière.

Le van tourna brusquement et l'hélico le suivit. La porte arrière du van s'ouvrit et des canons de fusils d'assaut apparurent. Le pilote de l'hélicoptère tira sur le manche et prit brutalement de l'altitude.

— Qu'est-ce que vous disiez ? demanda Bolan.

— Allez vous faire foutre ! jura Carter. Faites ce que vous voulez !

— C'est généralement ce que je fais, répliqua Bolan.

Il se dirigea vers la porte.

— Restez au-dessus d'eux ! cria Bolan au pilote. Je n'ai pas envie de m'encastrer sur un cactus.

L'homme leva le pouce et se plaça au-dessus du van. Bolan se jeta dans le vide et atterrit sur le toit du véhicule. Il se dégagea rapidement de la sangle qui le reliait à l'hélicoptère, puis planta son KA-BAR dans la tôle pour éviter de tomber. Il posa les pieds sur le côté du van, son Desert Eagle à la main. Il tira, transperçant la tôle. Le van fit une embardée et Bolan se plaqua contre la paroi pour éviter les branches acérées d'un cactus géant.

A l'intérieur, plus personne ne tirait. L'Exécuteur rengaina son arme et commença à progresser vers l'avant. Il croisa le regard familier de Django Sweets dans le rétroviseur. Le Coyote sortit son arme.

— Cousin Frank ! Tu es comme la fausse monnaie ! On ne peut pas se débarrasser de toi.

Le parabellum ponctuait chacun de ses mots.

Avec l'agilité d'un fauve, Bolan attrapa le canon de

l'arme et l'abaissa. Sweets cria et le van fit une série d'embardées. Bolan réussit à lui arracher son arme et la jeta dans la nuit. Il enchaîna par un coup de poing dans la figure de Sweets.

Le van fit un écart. L'Exécuteur s'agrippa à la porte. Sweets l'ouvrit d'un coup de pied. Bolan s'accrocha de toutes ses forces.

— Je vais t'écraser comme une merde ! hurla le Coyote en agrippant le volant.

Bolan essaya d'atteindre son Desert Eagle avant que Sweets n'arrive à le faire tomber. Cela fait, il tira une rafale sur le moteur du van qui frémit comme un taureau blessé et se mit à ralentir.

— NOOOON ! hurla Sweets en appuyant sur l'accélérateur.

Bolan sauta sur le sol et le van acheva sa course contre un cactus gigantesque. Sweets sortit immédiatement de la camionnette, le visage déformé par la haine. Bolan se tenait à quelques pas de là, le flingue à la main.

— Tu es fait, dit l'Exécuteur.

Sa voix résonnait comme le glas du Jugement dernier.

— Yeah ! C'était une belle course, non ?

Sweets leva les mains et s'éloigna du van. Il souriait et ses yeux brillaient dans la lumière de la lune. Il regarda l'hélico qui tournoyait au-dessus d'eux.

— Je me demande si Digger et Tuerto ont pu s'en tirer. C'est probable. Digger conduit bien mieux que moi. Il va bien s'amuser avec cette petite pouliche.

Bolan frissonna.

— Où sont-ils ?

— Qui sait ? Quelque part du côté de Tucson.

Il fixa Bolan.

— Je me suis toujours demandé comment serait mon baroud d'honneur, dit-il en souriant. Je dois reconnaître que c'est moins drôle que dans les films.

Bolan savait qu'il allait tenter de s'emparer du flingue caché dans son dos.

Aussi, quand le Coyote dégaina, Bolan fit feu. Sweets s'assit, lentement, la poitrine couverte de sang. Les jambes écartées, les deux mains sur sa poitrine, il regarda Bolan.

— T'es… un enfoiré.

Il sourit une dernière fois et s'écroula dans la poussière.

Bolan courait déjà vers l'hélicoptère.

CHAPITRE XXIV

La poitrine en feu, Tariq Ibn Tumart courait. Il courait dans les ruines du plan le plus audacieux jamais imaginé. Il s'estimait heureux que les balles de cette pute n'aient fait que l'effleurer. Son arme pendait au bout de son bras. Il résista à l'envie de se retourner.

Il tenterait sa chance dans le désert. Il savait survivre dans le désert et le Sonora était moins dangereux que les sables d'Afrique du Nord. Il se cacherait et lécherait ses blessures quelques semaines. Le temps que les choses se tassent. Après ?

Retourner en Algérie ? Al Qaeda allait lui demander des comptes. Une centaine de leurs meilleurs hommes étaient morts ou en prison. Sans avoir tué aucun Américain. Ils ne l'accepteraient jamais. Ils allaient le traquer pour le restant de ses jours.

Il pourrait se rendre et négocier sa vie contre des informations. Il ne devait rien à personne.

Non ! Il ne pouvait pas plus se rendre que rentrer chez lui. Il s'était piégé lui-même.

Il pourrait recommencer de zéro, avec une nouvelle

identité. Il avait rendu assez de services. D'aucuns finiraient par avoir de nouveau besoin de lui…

Mais à cet instant des projecteurs l'éblouirent. Deux 4x4 de l'armée étaient stationnés au bout de la rue. Des militaires mexicains bloquaient le passage.

Il réalisa qu'il n'entendait plus de coups de feu. Ses hommes étaient tous morts, ou s'étaient rendus. Leur soif de martyr n'avait pas tenu longtemps.

Tumart lui-même se disait qu'il valait mieux vivre pour continuer le combat. Les barouds d'honneur, c'était bon pour les fous de dieu et les héros de cinéma.

Il s'humecta les lèvres. Il allait quand même tenter sa chance. Il cacha son flingue dans la ceinture de son jean et avança dans la lumière, les mains en l'air. Les soldats lui crièrent de s'arrêter, mais il continua d'avancer, comme s'il ne les comprenait pas.

Brusquement, il sortit son pistolet et tira. Les projecteurs explosèrent. Tumart continua à tirer en direction des soldats. Il y eut des cris. Il se rua en avant, contourna les 4x4. Il se jeta au sol et tira dans les jambes d'un soldat. L'homme s'écroula et Tuerto lui logea une balle dans le crâne. Un troisième homme se dirigeait vers lui. Il l'abattit calmement. Trois cadavres en quelques secondes. Il reprit ses esprits et commença à chercher les clés.

Il s'arrêta en entendant un bruit de culasse derrière lui.

— Ne bouge pas ! fit la voix de Tanzir.

Tumart leva les mains.

— Vous êtes en état d'arrestation, dit-elle.

— C'est toujours un plaisir de prononcer ces mots, ironisa Tumart.

— Toujours. Jette ton arme.

Il obéit.

— Je me rends, bien sûr.

Tanzir s'approcha.

— A genoux, Tuerto !

Pour toute réponse, il tira un couteau de sa manche et le lança sur Tanzir. Elle fit un bond, la lame égratigna sa mâchoire. Tariq se jeta sur elle, essayant de la désarmer.

— Donne-moi ça, sorcière !

— Lâche-moi ! dit-elle en lui décochant un coup de genou dans le ventre.

Il trébucha sous l'effet de la douleur. Elle fit feu et Tariq tomba sur le dos.

— A plat ventre ! cria-t-elle en le mettant en joue.

— Je ne crois pas, fit-il. Tu n'as plus de munitions.

Elle regarda son arme et Tuerto en profita pour la faire valser d'un coup de pied. Il se remit debout et lui décocha une manchette à la gorge. Elle bloqua le coup des deux mains. Ils se faisaient face, la respiration haletante. Au loin, on entendait le bruit d'un hélicoptère.

— Nous aurions pu nous entendre, murmura-t-il. J'avais tout prévu, Montréal, Paris… Mais tu as tout gâché avec tes mensonges. Je suis vraiment désolé.

Elle se dégagea et essaya de le frapper au visage. Il fit un pas de côté et attrapa son bras. Elle tituba lorsqu'il la lâcha. Il s'était débrouillé pour se rapprocher d'un des cadavres. Il se pencha et s'empara de son arme. Elle s'arrêta net.

— Ça aurait pu être chouette, dit-il.

— Chouette, répéta une voix aiguë derrière lui.

Des doigts d'acier se refermèrent sur sa gorge et Tariq fut soulevé dans les airs. Il lâcha son arme et essaya de desserrer l'étau qui l'étouffait inexorablement.

— Tu peux voir l'Oiseau Noir ? demanda la voix. Je veux savoir si les hommes peuvent le voir. Toi, tu peux le voir ?

La panique submergea Tumart. Sa langue sortait de sa bouche pendant que sa vie s'échappait.

— Tu peux le voir ?

La vision de Tumart s'obscurcit. Les bruits faiblirent. Dans sa tête, quelque chose se rompit et Tariq Ibn Tumart, El Tuerto, fit le grand saut vers ce qui l'attendait dans l'au-delà.

Digger secoua son corps et le jeta au loin.

— Il ne l'a pas vu.

Il fixait Tanzir d'un air absent. Puis, un sourire malade obscurcit son visage.

— Tu vas m'aider, hein ? Tes cheveux sont comme ses plumes.

— Je ne sais pas de quoi vous parlez.

En prononçant ces mots, elle réalisa qu'il avait basculé dans la démence la plus profonde. Les dernières barrières avaient lâché. Il ne restait plus qu'un monstre encore plus dangereux que celui qu'il venait d'étrangler.

Elle n'avait aucune envie de finir entre ses pattes. Elle se jeta sur le pistolet de Tuerto, mais Digger fut plus rapide. Il l'attrapa par le poignet et la projeta à travers les airs. Elle percuta violemment un 4x4. Elle essaya de s'enfuir en rampant, Digger la suivait comme un toutou. Il la prit par les chevilles et la traîna loin de la voiture.

— Ne sois pas égoïste, dit-il. Django a dit que tu m'aiderais à voir l'Oiseau Noir qui est dans ton ventre. Toutes les femmes l'ont, comme maman.

Il la lâcha, s'accroupit sur elle et sortit son couteau.

Au loin, toute la ville brûlait, les flammes se reflétaient dans ses yeux.

— Je ne sais pas où est Django, mais c'est pas grave. Tu es là.

Elle le frappa dans les couilles. Digger feula comme une panthère. Elle réussit à se dégager et se mit à courir. Digger s'ébroua et se lança à sa poursuite.

Tanzir courait vers le désert. Tout était bleu dans la lumière de la lune.

La ville n'était plus qu'une ligne de feu quand elle tomba dans un fossé et s'empêtra dans des buissons. La respiration haletante, elle essaya de se dégager. Elle entendait les pierres rouler sous les pieds de Digger. Une ombre passa au-dessus d'elle. Digger la regardait du haut du ravin.

— Des coyotes. La faim les rend courageux. Si tu te sauves, ils t'auront.

Il fit un geste avec son couteau.

— Sinon, ce sera toi, dit Tanzir.

— Ouais !

Il sourit et commença à descendre vers elle.

Les coyotes se mirent à hurler dans la nuit.

CHAPITRE XXV

Bolan sauta de l'hélicoptère.

— Attendez, dit Carter, on va aller chercher des renforts.

— Pas le temps, dit Bolan. Si Sweets n'a pas menti, Tuerto est en train de s'échapper.

— Il y a les autres hélicos, ces salauds ne peuvent aller nulle part.

— Raison de plus. L'agent Tanzir est une grande fille, mais Dieu seul sait combien veulent la tuer.

Carter hocha la tête.

— Bon. Je ramène James et je vous envoie des renforts. Faites attention à vous, Cooper.

L'hélicoptère décolla et le Guerrier partit dans les flammes et les cendres à la recherche de Tanzir. Un bâtiment s'effondra et une gerbe d'étincelles s'éleva dans le ciel. Avant l'aube, les flammes auraient tout avalé. Les coyotes et les plans du jihad.

Mais Bolan voulait sauver le soldat Tanzir. Il espérait qu'elle était saine et sauve et qu'elle avait réussi à arrêter Tuerto. Mais son instinct lui disait que…

Ses soupçons furent confirmés quand il découvrit le second van. Il examina les alentours pour comprendre ce qui s'était passé. Il repéra les traces de sang et les suivit jusqu'aux 4x4. Il s'accroupit vers le corps de Tuerto et examina les marques sur son cou. On lui avait brisé la nuque. Quelqu'un de très fort.

— Digger !

Il avait espéré que le monstrueux crétin avait été tué, mais c'était trop demander. Il sortit son Desert Eagle et scruta le désert. Un coyote se mit à hurler et Bolan frissonna.

Il se mit à courir en suivant les traces de pas éclairées par la lune. Son cœur battait et il priait pour retrouver Tanzir à temps. Il accéléra jusqu'à ce que ses poumons le brûlent. Des taches dansaient devant ses yeux. Il perçut une odeur de sang, une odeur animale et ralentit.

Au fond d'un ravin, deux silhouettes luttaient. Bolan tira un coup en l'air en espérant les séparer.

Au bruit, Digger se retourna. A la lumière de la lune, son visage avait l'air d'un masque de sang. Il fit claquer ses dents, comme un loup. Bolan reconnut le couteau qu'il tenait dans la main. Son couteau. Une colère froide l'envahit.

— Recule ! cria Digger en secouant Tanzir par les cheveux.

Elle essayait de le griffer, déchaînée comme une tigresse.

— Recule, Cooper, ou je la tue.

— Tu la tuerais de toute façon, dit Bolan en contournant

la brute. Si ce couteau s'approche d'elle, je t'en colle une entre les deux yeux.

Digger se mit à bafouiller comme si les mots débordaient.

— Non, cracha-t-il enfin. Je dois voir l'Oiseau Noir, Django a promis.

— Django est mort, dit Bolan.

Digger s'immobilisa.

— Il est mort, je l'ai tué, dit Bolan. Mais je ne veux pas te tuer. Laisse la fille. Rends-toi.

— Non, dit Digger. Si Django était mort, je le saurais.

— Crois-moi, il est mort. Les coyotes sont en train de le bouffer.

Digger se tut un moment.

— Alors il est mort, finit-il par reconnaître. Mais je peux toujours voir l'Oiseau Noir…

Bolan chercha le regard de Tanzir. La jeune femme acquiesça en silence. Bolan tira. La balle effleura le bras de Digger qui bascula en arrière. Tanzir en profita pour se libérer. Elle lui balança un coup de coude dans la gorge et se mit à escalader la paroi du ravin aussi vite que ses blessures le lui permettaient. Bolan se précipita vers elle pendant que Digger essayait de la rattraper. Il tira mais rata son coup. Une seconde plus tard, Digger se jetait sur Bolan et le ceinturait avec la force d'un anaconda. Il se mit à secouer le Guerrier en serrant de toutes ses forces. Bolan se débattait, essayant de libérer son Desert Eagle. Digger lui colla un coup de tête, le projeta sur le sol et se jeta sur lui. Bolan roula sur le côté. Il avait lâché son arme. Digger l'empoigna par sa veste et le souleva au-dessus de sa tête comme un gorille avant de l'écraser de nouveau dans la poussière. Il le souleva de nouveau et le projeta dans le ravin.

— Tu le vois maintenant, criait Digger de sa voix de bête fauve. L'Oiseau Noir, tu le vois ?

Bolan essayait de reprendre ses esprits. Un coup de pied dans les côtes l'envoya rouler dans les buissons. Digger lui écrasa la main. Bolan entendit ses phalanges craquer. Sa main pendait, inerte. Il prit son élan, se jeta sur Digger et essaya de l'immobiliser. Digger hurla et repoussa Bolan avec facilité. Bolan heurta le sol violemment. Il se demandait comment venir à bout d'un adversaire qui ne semblait pas ressentir la douleur. Il se releva péniblement, juste à temps pour bloquer une droite de Digger de sa main valide. Il lança un coup de pied et fut récompensé par le doux bruit d'une rotule qui se brise. Digger bascula en arrière, mais il réussit à attraper Bolan par le cou.

— Dis-moi si tu le vois, sifflait le monstre en fixant Bolan droit dans les yeux. Dis-le-moi !

Pour toute réponse, Bolan planta ses doigts dans le visage de Digger. La brute s'ébroua pour lui faire lâcher prise, sans desserrer son étreinte. Bolan tordit ses chairs, Digger poussa un cri et recula, les mains sur son visage mutilé. Bolan lui donna un coup sur le crâne et l'assomma. Le gros homme s'effondra enfin dans un bruit mou.

Bolan reprit sa respiration. Sa main était douloureuse. C'était comme de taper sur un bloc de granit.

L'Exécuteur avait rarement dû affronter des adversaires aussi costauds.

Il chercha Tanzir du regard. Les coyotes — les vrais — l'observaient gravement. L'un d'entre eux se mit à grogner. Bolan repéra son Desert Eagle. Sans quitter l'animal des yeux, il le récupéra. Les coyotes se dispersèrent brusquement. Ils avaient appris à se méfier des armes.

Derrière lui, les pierres roulèrent. Bolan se retourna et fit feu. Digger le percuta avec la force d'un éléphant. Ils roulèrent au fond du fossé. Digger mit ses mains sur le crâne du Guerrier et commença à serrer comme dans un étau. Bolan vida son chargeur dans sa poitrine. Le corps de Digger sautait sous les impacts mais il ne desserrait pas sa prise. Bolan jeta son arme et essaya de desserrer l'étau qui lui broyait le crâne. Il devait y arriver, sinon il était mort. Tous ses muscles étaient tendus comme des cordes de piano et Digger continuait à serrer.

Son visage était noir de sang, ses yeux roulaient dans leurs orbites comme des billes de loto. Il bafouillait en postillonnant.

Soudain, son expression changea. Il lâcha Bolan et porta la main à son dos, comme pour se gratter. Derrière lui, se dressait Tanzir. Digger tomba à quatre pattes. Le KA-BAR dépassait de son dos comme une nageoire.

Il regarda Bolan, le regard vide.

— Je voulais voir l'Oiseau Noir. Juste l'Oiseau Noir…

— Qu'est-ce qu'il a dit ? demanda Tanzir en se penchant sur le cadavre de Digger.

— Rien d'important, répondit Bolan. Simplement que l'Opération Oiseau Noir était terminée. Merci pour le coup de main.

— Simple retour d'ascenseur, agent Cooper. De policier à policier. Plus sérieusement, vous pouvez marcher ?

— Si je n'y arrive pas, vous avez la permission de partir. J'ai promis à quelqu'un de vous ramener saine et sauve, et ça comprend les coyotes, dit Bolan en s'appuyant sur elle.

— Vous avez promis ?… A Eugène ?

— Si Eugène désigne dans votre bouche un certain agent Chantecoq, alors c'est oui. Il avait l'air inquiet pour vous.

— Ah oui !

Elle semblait apprécier cette idée.

— Au fait, vous aviez raison, j'aurais dû attendre des renforts.

Ils s'épaulèrent pour sortir du fossé.

— Finalement, je crois que vous avez fait le bon choix, dit Bolan.

— Et Tuerto ? Il est mort ?

— Complètement mort. Digger a bien pris soin de lui.

— Bon, dit-elle. D'une certaine manière, c'était un monstre, comme Digger. Même si ça se voyait moins.

— Un monstre bien plus dangereux, d'après mon expérience, ajouta Bolan.

Elle se tut une minute.

— Comment va James ?

— Il survivra, répondit Bolan.

Il contemplait la lune et l'immensité du désert.

— C'est vraiment un pays magnifique.

Derrière eux, les coyotes rôdaient autour du corps de Digger. Ils les laissèrent faire. La nature était capable de se débarrasser des monstres. Même si parfois elle avait besoin d'un coup de main.

Un coup de main que des hommes comme l'Exécuteur étaient ravis de lui donner.

DON PENDLETON

L'EXÉCUTEUR

REQUIEM POUR MAZEPA

Adapté de l'américain par
DANIEL FOURNIER

Cet ouvrage a déjà été publié
sous le même titre
en 2011

2011, 2013, Adaptation française : GECEP/HUNTER

PROLOGUE

New York
Dimanche 24 décembre

Don Orgosolo s'arrêta dans le hall de son immeuble, l'un des plus hauts et des plus élégants de Madison Avenue. Il ne sortait jamais de nulle part tant que ses gardes du corps ne lui avaient pas donné le feu vert. En ce 24 décembre, New York était sous la neige et il gelait à pierre fendre. D'avance, Don Orgosolo remonta le col de son manteau — un manteau en cachemire avec un col de fourrure qui lui donnait l'air de ce qu'il était : un mafieux.

Don Angelo Orgosolo était le chef de la Famille Orgosolo. Il croyait en deux choses : le pouvoir et l'honneur. Pour ces deux nobles motifs, il avait tué lui-même six ou sept hommes et il en avait *fait* tuer une bonne centaine. A part ses deux fils, personne ne l'aimait. Quelques-uns le respectaient. Beaucoup le craignaient. Quant à ceux qui le haïssaient, ils étaient légion. Pour se protéger contre ses ennemis, Don Orgosolo s'en remettait à ses porte-flingues, à sa limousine blindée et à la Sainte Vierge.

Ses deux fils se tenaient à ses côtés, eux aussi engoncés dans de gros manteaux cossus. C'étaient deux jeunes hommes aussi beaux l'un que l'autre, dans le genre *latin lover :* cheveux noirs comme jais ; yeux de braise ; teint mat ; traits burinés. Leur charme était fait d'un curieux cocktail de qualités : rusticité de bergers siciliens, aisance de super riches, élégance d'anciens d'Harvard, impassibilité de tueurs — avec tout cela, ils étaient couverts de femmes. Un avenir de fils de roi s'ouvrait devant eux.

Le trio s'en allait à la messe de minuit. Don Orgosolo fréquentait assidûment l'église. Il ne demandait pas à ses fils d'être aussi pieux que lui, mais au moins de l'accompagner deux fois dans l'année : le dimanche de Pâques et, en l'occurrence, le soir de Noël.

Dehors, les gardes du corps avaient fini de scruter la chaussée et les trottoirs de l'avenue, les fenêtres et les toits des immeubles. Rien à signaler. Sur un signe que lui fit Paolo Franceschini, le chef de ses porte-flingues, Don Orgosolo sortit, juste au moment où sa limousine venait se garer devant l'entrée de l'immeuble. C'était une Cadillac *DeVille Touring Sedan* étirée, rehaussée et blindée — la sœur jumelle de celle du président des Etats-Unis. Les portières étaient garnies d'un blindage de 20 centimètres d'épaisseur capable de résister au *blast* des charges explosives et d'arrêter les munitions perforantes des fusils d'assaut aussi bien que les fragments de grenades à main. Le plancher, renforcé par

12 centimètres d'acier, pouvait encaisser l'explosion d'une bombe glissée sous le châssis. Même les vitres feuilletées, de 6 cm d'épaisseur et qui ne s'ouvraient pas, résistaient à n'importe quel impact de balle. Il en résultait une surcharge d'une tonne et demie. Les trains roulants, les bras de suspensions et le dispositif de freinage étaient modifiés en conséquence. De plus, la Cadillac était équipée d'un système de recyclage de l'air, d'un réservoir d'essence qui s'emplissait automatiquement d'une mousse spéciale s'il venait à être percé et de pneus Run Flat Michelin Z.P., qui permettaient de rouler à bonne allure même à plat. Dans un tel véhicule, on n'a rien à redouter, sauf peut-être que le ciel vous tombe sur la tête.

Paolo ouvrit la portière arrière et Don Orgosolo monta, suivi de ses fils. Gianfranco, le cadet, s'assit à côté de son père et Aldo, l'aîné, en face. Paolo referma la lourde portière et alla s'asseoir à l'avant, à côté du chauffeur. Puis, le coffre-fort automobile démarra doucement. Les autres gardes du corps suivaient dans un 4x4 GMC noir.

La Cadillac remonta Madison Avenue pendant quelques centaines de mètres, tourna à droite dans la 92e rue, et puis redescendit vers le sud par Franklin D. Roosevelt Drive, qui longe l'East River. A la sortie n° 2, le chauffeur prit vers Manhattan Civic Center. Don Orgosolo lui avait payé un stage de perfectionnement et il était capable de se faufiler dans les rues de New York avec cette énorme et pesante limousine comme si c'était une Austin Mini.

Don Orgosolo regarda l'heure à sa montre, une Rolex *Datejust Special Edition* en or jaune avec des diamants partout.

— Nous ne serons pas en retard, annonça-t-il.

— Vous n'avez pas mal à l'épaule, le soir, père, après avoir porté cette montre toute la journée ? demanda Gianfranco.

Don Orgosolo sourit. Le vieux tyran éprouvait pour ses fils une forme de tendresse qui allait au-delà de ce que la nature commande, et il se laissait volontiers taquiner par eux.

Le chauffeur tourna à gauche. Le bunker à roulettes traversa Chatham Square et continua sur Worth Street.

Donc, c'était Noël et la ville offrait l'immuable spectacle de ces soirs-là. Des Niagara de lumière déferlaient sur les façades des immeubles. Il y avait presque autant de fausse neige dans les vitrines des magasins que de vraie dans les rues. Les arbres étaient saucissonnés dans des guirlandes. L'or, l'argent, l'écarlate resplendissaient partout.

Des sapins surchargés de décoration avaient poussé aux carrefours. Des marchands de vin chaud ou de marrons interpellaient le chaland. Des petites cloches sonnaillaient çà et là, signalant les chorales de l'Armée du Salut.

Des chasse-neige sillonnaient les rues. A trente à l'heure, ils se pavanaient, en faisant un bruit de tous les diables. Leurs lames biaises rejetaient d'énormes quantités de neige noirâtre sur les côtés et, pour rendre les rues praticables aux voitures, rendaient les trottoirs impraticables aux piétons.

Pour passer le temps, Gianfranco fit la conversation, raconta des anecdotes plaisantes que Don Orgosolo écouta avec bienveillance. Aldo resta muet et impassible. Par respect pour son père, il se gardait d'afficher le moindre mécontentement, mais il avait hâte d'en avoir fini avec les bondieuseries pour rejoindre sa nouvelle maîtresse, une serveuse de bar qui avait tout pour lui plaire : très belle, sotte, vulgaire et dépravée.

On était bientôt arrivés. Le chauffeur tourna à droite dans Mulberry Street, le cœur de Little Italy. Les nombreux restaurants italiens étaient remplis de touristes.

Don Orgosolo avait grandi dans cette rue et il avait fait ses premières armes dans ce quartier. Chez les Orgosolo, on était truand de père en fils. Son arrière-grand-père avait été membre du *Five Points Gang,* qui avait tenu la dragée haute au gang de Monk Eastman dans les années 1900 ; son grand-père avait été un homme de main de Longie Zwillman, surnommé le « Al Capone du New Jersey » ; deux de ses oncles avaient fait partie de *Murder Incorporated.*

Quant à son père, il avait été l'homme de tous les talents et il les avait tous gâchés. Boxeur, il aurait pu devenir un grand champion s'il n'avait compromis ses chances d'emblée avec des combats truqués. Recruté par Joe Adonis, tout l'argent qu'il avait gagné comme racketteur et comme tueur, il l'avait dépensé sur les champs de courses, avec des traînées ou chez son tailleur. Si bien que, lorsqu'il avait été assassiné, à vingt-neuf ans, en 1965, personne n'avait jamais su pourquoi : dette de jeux ? histoire de fille ? règlement de comptes ?

Toujours est-il qu'il était mort — dans la force de l'âge et ne laissant à sa jeune veuve que ses yeux pour pleurer. A tel point qu'il avait fallu faire une collecte dans Little Italy pour lui épargner la fosse commune.

Restée seule avec un enfant de cinq ans, Silvana Orgosolo avait subsisté en exerçant quelques petits métiers, pas tous honnêtes. Elle avait travaillé dans des restaurants, dans une blanchisserie, mais elle avait aussi vendu les billets de loterie de la mafia et transporté leur drogue.

Dieu avait prêté vie au petit Angelo. L'enfant avait hérité de tous les talents de son père et, devenu grand, n'en avait gâché aucun. Il avait racketté et tué pour son propre compte et avait bien profité de l'argent mal gagné. Lorsque sa mère était morte, emportée par une soudaine lassitude de vivre, à quarante et quelques années, il lui avait fait de fort belles funérailles.

Après quoi, il avait quitté ce quartier où plus rien ne l'avait retenu. Trente ans plus tard, il habitait sur Madison Avenue, un duplex de 600 mètres carrés, symbole du chemin parcouru. Il n'avait jamais regretté Little Italy, « envahie par les chinetoques et toute sorte de rastaquouères ». La seule chose à laquelle il était resté fidèle, c'était l'église St. Peter ad Vincula, dans Peter Street, où sa mère l'avait emmené prier tous les dimanches, une petite église coincée entre deux grands immeubles en briques. Aujourd'hui, la famille Orgosolo y avait son banc à elle, au premier rang, et

Don Orgosolo était aussi fier de ce privilège qu'un snob d'avoir ses entrées à Buckingham Palace.

Vers le milieu de Mulberry Street, le chauffeur tourna à droite, dans Peter Street.

— Nous y sommes ! annonça Don Orgosolo lorsqu'ils s'immobilisèrent exactement devant l'église.

Paolo Franceschini descendit de la Cadillac et ouvrit la portière de son patron. Le 4x4 GMC des gardes du corps s'arrêta juste derrière, pour ainsi dire pare-chocs contre pare-chocs. Une fraction de seconde plus tard, sans avoir eu le temps de comprendre ce qui leur arrivait, ils étaient tous morts.

Les quatre tonnes de la Cadillac furent soulevées à dix mètres de haut. L'auto pirouetta et retomba sur le toit. Le 4x4 fut projeté à trente mètres de là. Paolo Franceschini et les gardes du corps qui étaient descendus de voiture furent littéralement vaporisés.

L'explosion creusa au milieu de la rue un cratère de vingt mètres de diamètre. Le portail de l'église tomba, le tympan s'émietta. Les immeubles les plus proches tremblèrent sur leur base. Les vitres se brisèrent toutes dans un rayon de trois cents mètres. L'explosion se fit sentir, paraît-il, jusqu'à Newark. Le *New Yorkist* du lendemain écrira que, de mémoire de New-Yorkais, on n'avait jamais rien entendu de pareil depuis l'effondrement des Twin Towers.

Vlamir Liatichinski glissa le boîtier noir dans la poche de son manteau, posa devant lui ses jumelles, ôta ses bouchons d'oreilles et sourit. Lorsqu'il avait appuyé sur le bouton rouge du déclencheur à distance, il s'était attendu à un beau feu d'artifice, d'accord… mais le résultat dépassait ses espérances.

— T'as vu ça ? demanda-t-il d'un air satisfait.

Rolf Sachs, les yeux rivés à ses jumelles, ne répondit pas.

— Ah ! j'oubliais, dit Liatichinski.

Et il tapa sur l'épaule de son acolyte.

— Ohé ?

Sachs commença par sursauter, puis il abaissa ses jumelles, ôta ses protections auditives et regarda Vladimir d'un air interrogateur.

— Alors, t'as vu ? redemanda Liatichinski.

— Putain ! fit Sachs. Comment t'as fait ça ?

— Je te l'ai dit : mines antichars. Les *Min ach 60,* il n'y a que des bonnes choses dedans. Six kilos neuf cents en tout, dont six kilos deux cent cinquante de trialène.

Sachs se gratta la tête.

— T'as obtenu ça avec une mine antichar ? demanda-t-il en écarquillant les yeux.

— J'en avais mis deux, dit Liatichinski sur le ton de la confidence.

— Même avec deux, ça n'explique pas tout, persista Sachs, dont l'incrédulité se mêlait enfin d'admiration.

Vladimir Liatichinski se délecta. C'était le moment qu'il attendait pour livrer le fin mot de l'histoire.

— Il n'y en avait que deux, je t'assure, mais, pour tout t'avouer, je les avais posées…

Liatichinski marqua une pause avant de conclure :

—… sur une conduite de gaz.

A ces mots, Sachs resta bouche bée un bref instant. Et puis, il s'esclaffa.

— Eh bien, mon salaud, tu veux que je te dise : t'es un grand malade ! Deux mines antichars auraient suffi, à mon avis.

— Mais on se serait privés d'un beau spectacle, avoue !

Sachs ne répondit rien, car il se tordait toujours de rire.

Environ deux semaines plus tôt, Mazepa avait fait venir Liatichinski et lui avait ordonné tout à trac de liquider les Orgosolo.

Liatichinski était tombé des nues.

— Les trois ? avait-il demandé.

Mazepa avait confirmé d'un hochement de tête.

— Le vieux et ses deux fils ?

— Oui.

— Toute la tribu ?

Là, Mazepa avait marqué de l'impatience.

— Comment faut-il que je te le dise ? s'était-il exclamé.

— D'accord, d'accord, avait dit Liatichinski sur un ton conciliant. J'ai bien compris. Tu veux que je les zigouille tous les trois.

— Et le plus vite possible, avait ajouté Mazepa.

Ensemble, ils avaient discuté d'un plan. Les Orgosolo étaient bien protégés. Bien protégés mais pas invulnérables.

— Je peux essayer de me les faire un par un, avait dit Liatichinski en réfléchissant tout haut. Mais, après le premier, les deux autres vont se méfier et ça risque de devenir coton.

Mazepa avait prévu l'objection.

— Heureusement pour nous, les Orgosolo ont l'habitude d'aller à la messe en famille une fois de temps en temps ! Ces foutus Ritals, la bigoterie, ç'a toujours été leur point faible.

— Tu veux que je les flingue dans l'église ?

— Dans l'église ou devant, dit Mazepa. Sauf si tu trouves une meilleure idée…

Liatichinski, sur le coup, n'avait rien vu de mieux.

— Tâche de les avoir à la messe de minuit, avait insisté Mazepa. Je ne crois pas que ça puisse attendre jusqu'à Pâques prochain.

Les jours suivants, Liatichinski était allé rôder dans Little Italy. Il avait déjeuné dans les pizzerias de Mulberry Street. Il s'était baladé au hasard, le nez en l'air, humant l'atmosphère : en fait, repérant les fenêtres derrière lesquelles s'embusquer, les toits où se percher. Et puis, il avait flâné dans Peter Street, notant mentalement les détails dignes d'intérêt — dignes d'intérêt pour un tueur : ce ne sont pas forcément les mêmes que pour un promeneur ordinaire.

Il avait visité St. Peter ad Vincula, fait l'inventaire des cachettes possibles : le confessionnal, la chaire, le buffet d'orgue — mais il y avait gros à parier que Paolo Franceschini fouillerait l'église avant que son patron n'y entre. Une bombe sous leur banc ? Pareil. Franceschini était consciencieux. Il ne fallait pas trop compter sur lui pour faire une erreur.

L'espace d'un instant, Liatichinski avait envisagé de piquer une soutane dans la sacristie et, une fois déguisé en curé, s'approcher benoîtement des Orgosolo, sortir de sa manche un pistolet-mitrailleur et leur coller à chacun une rafale en pleine poire. A bout portant. Quel régal, rien que d'y penser ! Ça pouvait marcher. Mais que faire ensuite de la demi-douzaine de gardes du corps qui allaient défourailler comme des malades ? Non, ç'aurait été du suicide. Et il n'était pas kamikaze !

Un beau matin, alors qu'il cherchait toujours une solution, la chance s'était manifestée à lui sous la forme d'ouvriers en salopettes fluos qui creusaient une tranchée dans Peter Street, en face de St. Peter ad Vincula.

Juste en face.

Des travaux de voirie début décembre ? Ça avait commencé par l'étonner, et puis ça lui avait donné une idée.

Il s'était approché, les mains dans les poches, l'air bon enfant.

— Salut, les gars. Qu'est-ce que vous fabriquez ?

— On répare une canalisation d'eau.

— Et ce gros tube, là ?

— Une conduite de gaz. Nous, on n'y touche pas !

C'est là que Liatichinski avait eu une de ces illuminations comme on n'en a pas deux dans une vie !

— Vous en avez pour longtemps ?

— On finit ce soir.

— Vous rebouchez quand ?

— Demain matin.

Le lendemain matin, à l'aube, Liatichinski, vêtu de

la salopette fluo des employés de la ville, avait installé ses mines antichars de part et d'autre de la conduite de gaz et les avait recouvertes d'une épaisse couche de boue. Après quoi, il avait regardé de loin les terrassiers reboucher la tranchée et il était rentré chez lui.

Pour l'heure, Liatichinski sortit de sa poche son téléphone et envoya à Mazepa un SMS qu'il avait pris soin de rédiger à l'avance et qui, comme des milliers d'autres au même moment, disait juste : « Joyeux Noël. » Des messages grossièrement codés comme « Papy s'est envoyé en l'air » ou bien « Ils ont fait la bombe » se seraient fait repérer dès le lendemain, lorsque la N.S.A. aurait filtré tous ceux envoyés à l'heure de l'attentat. Pareil pour quelque chose dans le goût de : « Ça y est » ou « Mission accomplie ».

— Voila une bonne chose de faite, soupira Liatichinski sur le ton de l'artisan satisfait de sa besogne.

Il avait toujours été d'avis que, si la chance est peu de chose sans le talent, le talent sans la chance n'est rien. Et, après un tel chef-d'œuvre, il se sentait béni des dieux.

— En tout cas, chapeau bas ! s'exclama Sachs, qui reprenait peu à peu son sérieux.

— Mazepa va être content, dit Liatichinski en rempochant son téléphone.

— Y manquerait plus qu'il fasse la gueule, commenta Sachs.

Les deux hommes rangèrent leurs jumelles dans leurs étuis et, après un dernier coup d'œil autour d'eux pour s'assurer qu'ils n'oubliaient rien, s'apprêtèrent à partir.

— A présent, conclut Liatichinski en riant, tu comprends pourquoi notre président et notre le vice-président ne montent jamais ensemble dans le même véhicule…

CHAPITRE PREMIER

Berlin
Lundi 25 décembre

Plus lugubre qu'un dimanche anglais, il y avait Berlin ce 25 décembre. Et plus lugubre que tout, il y avait l'ancien Berlin-Est, parsemé de ruines industrielles et de restes d'architecture soviétique. Les chalets des marchés de Noël avaient fermé leurs volets. Les marchands de vin chaud et de *Christollen* avaient disparu. Le ciel était bas. Il faisait froid. De la neige fondue tourbillonnait dans la bise.

Au volant d'une Peugeot 407 qu'il avait louée en passant à l'aéroport de Bruxelles-Zaventem, Mack Bolan longeait l'*East Side Gallery,* un pan du Mur de Berlin, de plus d'un kilomètre de long, parallèle à la Spree, que le gouvernement avait abandonné à l'imagination des taggers.

Il s'arrêta à un feu rouge et en profita pour éteindre le GPS. Il n'en avait pas besoin. Il s'en allait vers l'Alexanderplatz et, sur l'Alexanderplatz, se trouvait la tour de la télévision, la plus haute de la ville avec ses 368 mètres.

Il l'avait *en visuel.*

Le feu passa à l'orange puis au vert et l'Exécuteur redémarra.

Bientôt arrivé sur l'Alexanderplatz, il s'engagea dans la Karl-Marx-Allee, sa véritable destination. L'avenue se composait de huit voies de circulation, de part et d'autre d'un important terre-plein central. Idéal pour l'ancien régime communiste, friand de défilés, parades, processions et cortèges en tout genre. Des deux côtés, sur environ un kilomètre, étaient alignés des bâtiments sans fantaisie, imposants et solides. S'il existait un endroit d'Allemagne où subsistait l'atmosphère de l'ancienne RDA, c'était bien là.

Bolan se gara devant l'immeuble qu'il cherchait. Côté impair. A l'opposé du Café Sybille.

Il leva les yeux et regarda les fenêtres de l'appartement du dernier étage. Les volets n'étaient pas tirés. Certaines fenêtres étaient éclairées. Sauf erreur, John Tyndall se trouvait là.

Et, s'il se croyait en sûreté, il avait tort.

Derrière une fenêtre, entrouverte malgré le froid, le rideau voletait. Bolan n'avait pas encore réfléchi à un moyen d'entrer. Avec cette fenêtre mal fermée, il avait une solution toute trouvée.

L'Exécuteur vérifia ses armes : un Beretta 93-R Rapid Fire et un Desert Eagle. Puis, il enroula autour de sa taille une corde d'escalade, empocha un rouleau d'adhésif et entra dans l'immeuble.

La porte était lourde et le hall, immense. Le quartier de la Karl-Marx-Allee était l'un des seuls de Berlin-Est à avoir été décemment reconstruit après la guerre. A l'époque, il s'agissait de loger les pontes du Parti socialiste unifié d'Allemagne. C'est pourquoi l'on avait voulu des immeubles majestueux et confortables. Par exemple, ils possédaient des ascenseurs, ce qui était rare à Berlin-Est.

Bolan prit l'ascenseur jusqu'au dernier étage et monta sur la terrasse par l'escalier de secours. De là-haut, il aurait eu une vue imprenable sur Berlin... s'il avait pris le temps de la contempler.

Mais il était pressé d'en finir : Tyndall échappait depuis trop longtemps à la justice des hommes.

Lorsqu'il fut à la verticale de la fenêtre qu'il avait vue entrouverte, Bolan passa un bout de sa corde autour d'une cheminée, et l'assujettit avec soin. Puis, il jeta l'autre bout dans le vide et descendit en rappel le long de la façade, sans trop craindre d'être vu d'en bas, car les passants étaient rares et, par ce temps, personne ne flânait le nez en l'air.

Lorsqu'il fut à la bonne hauteur, il poussa la fenêtre avec la pointe de sa chaussure, se balança jusqu'à ce qu'il puisse prendre pied sur le rebord, et se stabilisa. Puis, il se laissa glisser à l'intérieur sans bruit, pas fâché de sentir un sol stable sous ses semelles car sa corde, mouillée par la neige fondue, devenait glissante.

Il atterrit dans une salle de bains qui avait été luxueuse, mais où tout était devenu démodé et vétuste. Les robinets, en particulier, étaient d'un kitch atroce.

L'Exécuteur rappela sa corde et la rangea dans un coin. Puis, il dégaina son Beretta et sortit prudemment de la salle de bains. Il se retrouva dans un appartement tout à fait digne d'un membre de l'ancienne nomenklatura : immense, haut de plafond.

Un large couloir desservait des chambres. Les deux premières étaient vides. Dans la troisième, un type était allongé en travers d'un lit à baldaquin. Brun, moustachu, une cicatrice au menton, un mètre quatre-vingts et des poussières : c'était bien John Tyndall. Une bouteille de bourbon aux trois quarts vide sur la table de chevet, il était en train de cuver.

Une minute plus tard, lorsque l'Exécuteur le réveilla délicatement d'une paire de claques, Tyndall ouvrit les yeux et se retrouva attaché par les poignets aux montants de son lit.

Le Ruger Blackhawk planqué sous son oreiller ne lui avait servi à rien.

— Joyeux Noël, John, dit Bolan en souriant.

Tyndall, dérouté, mit du temps à comprendre ce qui se passait. Il bredouilla des choses inintelligibles en riboulant des yeux.

— Non, John, tu n'es pas en train de faire une crise de *delirium tremens,* ajouta Bolan. Je ne suis pas une hallucination. Hélas pour toi, je suis bien réel. Et je ne suis pas là pour rigoler.

— Qui tu es ?

— La Vengeance poursuivant le crime.

— Qu'est-ce que tu me veux ?

— Ça va sans dire, non ?

— Ça ira mieux en le disant.

— Tu as déjà oublié Hop-o-T et sa charmante petite famille ?

Tyndall esquissa un sourire narquois. S'il s'en souvenait, ça ne l'empêchait pas de dormir.

— T'es un chasseur de primes ?

— Mais non, voyons ! protesta Bolan. Les chasseurs de primes, c'est rien que des mercenaires. Ils ne pensent qu'à l'argent. Moi, je fais ça pour la beauté du geste.

— Va te faire foutre.

Bolan sourit. Il y avait longtemps que ce genre d'insulte ne lui faisait plus ni chaud ni froid.

— Au fait, tu as des nouvelles de Merwin Kazatchenko ? demanda-t-il tout à trac.

— Je ne connais pas ce particulier, prétendit Tyndall.

L'Exécuteur murmura : « Trêve de courtoisie » et, après quelques mandales d'assez bonne facture, Tyndall, une pommette cassée, finit par reconnaître que, oui, jadis, il avait peut-être connu un Merwin Kazatchenko.

— Et comment ! confirma Bolan. C'est même pour ça que tu es dans la merde aujourd'hui.

Tyndall, qui commençait à comprendre la gravité de la situation, tira sur ses liens. Peine perdue.

— John, sois gentil, lui conseilla Bolan avec une amabilité feinte. Dis-moi où est ton vieux copain Merwin. Vu les circonstances, c'est la meilleure chose que tu puisses faire.

— Je ne sais pas où il est, répéta Tyndall d'un air buté. Croix de bois, croix de fer, si je mens, je vais en enfer.

— Si tu dis la vérité, tu iras en enfer quand même,

mon pauvre John, dit Bolan. La question n'est pas là. Alors, poursuivit-il, tu ne sais pas où il est. C'est ton dernier mot ?

— Oui.

— Alors, tant pis pour toi. Tu l'auras voulu.

Après avoir vérifié que les liens autour des poignets de Tyndall étaient toujours bien serrés, l'Exécuteur lui attacha les pieds.

— Qu'est-ce que tu lui veux, à Merwin ? demanda Tyndall, plus curieux qu'effrayé.

— La même chose qu'à toi, repartit Bolan.

— Ça donne envie !

Tyndall et Kazatchenko étaient des amis d'enfance, des inséparables, des complices de toujours. Deux corps se partageant une seule et même âme — et encore était-elle noire de crimes !

Merwin Kazatchenko avait été, jusqu'à l'an dernier, le mafieux le plus riche, le plus puissant et le plus redouté de Houston, pour ne pas dire du comté de Harris, pour ne pas dire de tout le Texas. C'en avait aussi été le plus malin — sinon, comment aurait-il conquis cette sorte de principauté ? Car, contrairement à ce que croient les honnêtes gens, il est beaucoup plus difficile de voler un million que de le gagner légalement. Et une fortune mal acquise doit être défendue contre les envieux plus âprement encore qu'une fortune honnête contre les agents du fisc.

Pendant vingt ans, Kazatchenko s'était hissé dans la société par le moyen du crime. Pour ceux qui en avaient été les témoins, son ascension avait eu l'inexorabilité d'un phénomène naturel. La police et le F.B.I., qui le surveillaient comme le lait sur le feu, avaient commencé à croire qu'il était infaillible.

Et puis, soudain, l'hiver dernier, miracle ! Kazatchenko avait commis sa première erreur.

Lorsqu'un de ses hommes de confiance le trahissait, lorsqu'un de ses lieutenants conspirait, lorsqu'un de ses clients ou de ses fournisseurs essayait de l'emplâtrer, lorsqu'une bande de branques croyaient pouvoir braconner sur ses terres, ça ne le surprenait pas et, même, ça le laissait de marbre. Il envoyait ses tape-durs. Point final. Mais lorsqu'une espèce de rappeur à la manque — un certain Hop-o-T — s'en était pris à sa fille, il avait vu rouge. Nadine, dix-sept ans, la prunelle de ses yeux ! Le type l'avait invitée dans le carré V.I.P. de son night-club et elle avait été trop heureuse d'accepter, l'ingénue ! Pas la peine de raconter la suite : champagne, G.H.B., viol.

Après ça, l'empaffé aurait pu se considérer comme mort.

Fou de rage, Kazatchenko avait décidé de faire ça lui-même.

Et ça n'avait pas traîné !

Hop-o-T avait été surpris alors qu'il dînait en famille. Car l'énergumène avait femme et enfant ! Une femme d'une petite vingtaine d'années, jolie comme un cœur, et un nourrisson. La jeune maman était en train de donner le sein. Un aussi charmant tableau aurait dû émouvoir. Macache ! Ils avaient été exterminés tous les trois. Après quoi, la maison avait même commencé à brûler.

Seulement, à la première fumée, un voisin était

accouru avec un gros extincteur, si bien que les flics avaient hérité d'une scène de crime presque intacte. Du travail de sagouin — comme quoi la colère est mauvaise conseillère. Hop-o-T avait subi des sévices avant d'être égorgé. La jeune femme avait été tuée d'une balle dans la tête. Quant au bébé, il était mort d'une fracture du crâne : son genou luxé et la disposition des traces de sang prouvaient qu'il avait été empoigné par la cheville et fracassé contre le mur. En digne fils de rappeur, il était chaussé de mini tennis Viktor & Rolf bleu layette ! Sur l'écusson, les gars du labo avaient trouvé une empreinte de pouce bien nette : celle de Merwin Kazatchenko.

Ils avaient aussi trouvé la trace d'un deuxième homme : une empreinte partielle, sur la douille de la balle qui avait tué la jeune femme, et qui n'appartenait pas à Kazatchenko. Après vérification, c'était celle de John Tyndall. Bah voyons ! Si Kazatchenko s'était fait accompagner par quelqu'un pour commettre cette tuerie, il ne pouvait s'agir que de lui.

Quelle effervescence, ce soir-là, au commissariat central et au palais de justice. Les auxiliaires de la loi et de l'ordre s'étaient frotté les mains : on allait enfin se payer l'insaisissable Kazatchenko — et son vieux copain Tyndall par la même occasion. Déjà, le procureur se jurait de faire empailler leurs deux têtes et de les accrocher au mur de son bureau, de part et d'autre de la photo sur laquelle on le voyait avec le Président et la Première Dame. Hélas, mystérieusement avertis, les deux malfrats avaient décampé avant l'arrivée des flics.

Malgré leur inscription sur la liste des dix criminels les plus recherchés des Etats-Unis, ils étaient restés introuvables pendant plus de six mois — jusqu'au jour où deux braves touristes américains en goguette dans le quartier chaud d'Amsterdam avaient trépané à coups de bouteille un proxénète qui leur cherchait des noises. D'après la description qu'en avaient donnée les témoins, Interpol avait cru reconnaître Kazatchenko et Tyndall.

L'Exécuteur aussi.

D'où sa présence en ces lieux.

— Alors, ton pote Kazatchenko ? redemanda Bolan. Tu ne sais toujours pas où il est ?

— Non.

— Je vais me fâcher, menaça Bolan.

Laissant Tyndall, il explora l'appartement. Celui-ci était solidement attaché et il pouvait toujours appeler au secours, personne ne l'entendrait. Ce qu'il y avait de bien avec ces immeubles cossus, c'est que les murs étaient épais.

Dans la cuisine, il trouva toutes sortes de couteaux, mais il ne se voyait pas brandissant des instruments de torture, les yeux à fleur de tête, la bave aux lèvres — et encore moins s'en servir.

Un fer à repasser, découvert dans un recoin, lui donna une idée. Il le rapporta dans la chambre, le posa entre les jambes de Tyndall en disant : « Garde-moi ça ! » et puis, il retourna dans la cuisine à la recherche d'une planche et, n'en trouvant pas, il démonta une étagère dans un placard.

Revenu dans la chambre, il posa l'étagère en équilibre sur le ventre de Tyndall et, sur l'étagère, le fer à repasser.

— A partir de maintenant, dit l'Exécuteur, il n'y a plus que deux choses qui puissent te sauver : soit une providentielle coupure de courant, soit que tu me dises ce que je veux savoir.

En même temps, il brancha le fer, avec l'arrière-pensée de le débrancher au dernier moment si jamais Tyndall jouait les héros.

La détermination de Tyndall ne fléchit pas à la première odeur de roussi. Lorsque la planche de bois devint rouge, il se trémoussa mais resta muet. Muet toujours quand elle se couvrit brusquement de flammèches.

Bolan commença à penser que son coup de bluff ne marcherait pas. Lorsque l'étagère s'embrasa, il vit le moment de tout arrêter. C'est alors que Tyndall, sentant le chaud à travers le bois et voyant venir le moment où le fer à repasser allait lui traverser la panse, hurla qu'il était prêt à dire tout ce qu'il savait.

Mais, lorsque Bolan eut démonté sa petite installation et étouffé le feu, il redit :

— Je ne sais pas où est Merwin. Je n'en sais rien, parole d'honneur !

— Parce que tu as une parole d'honneur, toi, enfoiré !

Bolan, furieux, rebrancha le fer.

— Non, je t'assure, je ne le sais pas ! hurla Tyndall. Mais j'ai son numéro de téléphone satellite.

Il n'en fallait pas plus pour que Bolan se radoucisse.

— Ah ! fit-il en débranchant de nouveau le fer. Accouche !

A contrecœur, Tyndall donna les chiffres attendus. L'Exécuteur les nota. Puis, il tourna les talons et s'apprêta à sortir de la chambre. Tyndall le rappela :

— Hé ! Avant de partir, dis-moi comment tu m'as retrouvé ?

— Impossible, répondit Bolan, parlant par-dessus son épaule. Si je te le dis, je serai obligé de te tuer.

Il récupéra sa corde dans la salle de bains et quitta l'appartement par la porte. Dès qu'il fut dans la rue, il sortit son Smartphone et appela la police, pour qu'ils viennent prendre livraison de Tyndall.

Une fois remonté dans sa voiture, Bolan téléphona au Black Warriors Ranch.

— Joyeux Noël à tous ! lança-t-il lorsque quelqu'un décrocha à la première sonnerie.

En reconnaissant Bolan, Evangelista Preston rosit et sa voix prit des inflexions plus tendres.

— Ah ! C'est toi !

Evangelista avait toujours été un peu amoureuse de Bolan, ce que Brognola appelait son *syndrome Moneypenny*. Mais elle n'était pas du genre à s'enflammer. Elle savait bien que le Guerrier n'était pas pour elle — et elle tâchait de se consoler en pensant qu'il n'était pour personne.

— Evangelista ! s'exclama Bolan. Tu ne prends jamais de vacances ?

— Quand les malfaisants se reposeront, nous nous reposerons aussi, mais pas avant, répondit-elle.

— Pas trop triste de travailler le jour de Noël ?

— Penses-tu ! Il y a une ambiance folle ici ! Nous avons installé un sapin de Noël en plastique dans un coin du bureau et, à minuit, nous avons trinqué avec du jus de pomme !

— Super ! ironisa Bolan.

— Et toi ? Ton Noël ?

— Pas folichon.

— Tu es où ?

— A Berlin.

— Tu as fait quoi ?

— La routine.

Après trente secondes de papotage, Evangelista redevint sérieuse.

— Tu veux parler au Big Boss, je suppose ?

— Oui. Il est là ?

— Non. Mais je sais où il est. Je peux te le passer. Tu patientes ?

Une petite minute plus tard, la grosse voix de Hal Brognola, numéro Un du *Justice Department,* retentit dans le téléphone.

— Striker ? Comment ça va ?

— Bien, et toi ?

— Impeccable.

— Joyeux Noël, au fait.

— A toi aussi.

Le Grand Fédéral se doutait bien que Bolan n'appelait pas seulement pour lui souhaiter de joyeuses fêtes. Les deux hommes étaient unis par une amitié sincère. Entre eux, ce genre de formalité n'avait pas cours.

— Bon, Striker, trêve de cérémonie. Qu'est-ce que je peux faire pour te rendre service ?

— Je viens d'attraper John Tyndall. Tu sais, l'affaire du rappeur assassiné avec sa femme et son bébé à Houston…

— Oui, oui, je me souviens très bien. Tu l'as tué ?

— Pas eu besoin. Je l'ai surpris au nid. Je l'ai ficelé et j'ai appelé les flics allemands pour qu'ils passent le prendre. D'ailleurs, les voilà…

En effet, Brognola entendit dans le téléphone des sirènes de police qui se rapprochaient.

— Tyndall avait un complice, si je me souviens bien, dit Brognola. Un certain Kazatchenko.

— Ouais, confirma l'Exécuteur. Merwin Kazatchenko. J'y viens. L'avantage de les prendre vivants, c'est qu'ils peuvent parler, poursuivit-il. Et Tyndall…

— T'a trouvé sympathique et il t'a dit tout ce que tu voulais savoir, acheva Brognola d'une voix amusée.

— Exactement. Par exemple, il m'a donné le numéro du téléphone satellite de Kazatchenko. Tu pourrais le localiser pour moi ?

— Oui, bien sûr.

Bolan énonça le numéro en question.

— C'est noté. A la seconde où il s'en sert, il est foutu, promit Brognola.

Ils raccrochèrent peu après.

CHAPITRE II

New York
Lundi 25 décembre

Sans femme, sans enfant et sans religion, Duke Wurlitzer se foutait de Noël comme de l'an quarante.

Hier soir, il avait travaillé jusqu'à 8 ou 9 heures et puis il avait festoyé tout seul avec des trucs réchauffés au micro-ondes, ses restaurants favoris étant pleins de gens qui avaient retenu leur table depuis juin dernier.

Ensuite, il avait enfilé un manteau et il était allé se promener. Il s'était arrêté dans les bars de célibataires qu'il connaissait, où il allait draguer de temps à autre, mais, un 24 décembre, les femmes y étaient rares et aucune ne lui avait plu.

Rentré chez lui, il avait téléphoné à Ernestine, sa call-girl préférée, une Haïtienne qu'il avait surnommée Pretty Woman.

— Je ne peux pas venir, mon petit oiseau bleu, avait-elle répondu en minaudant. Ce soir, j'ai mon flic.

Wurlitzer, pour en finir au plus vite avec cette soirée

foireuse, avait pris un somnifère et s'était mis au lit. Vers minuit, il avait été dérangé dans son sommeil par le bruit d'une explosion, au loin. Trois quarts d'heure plus tard, il avait été réveillé par un coup de fil.

— Oui, quoi ? avait-il dit d'une voix pâteuse.

— Euh, pardon de vous déranger, Monsieur, avait bredouillé le portier de l'immeuble. Une jeune femme de couleur dit qu'elle est attendue. Puis-je la laisser monter ?

Wurlitzer avait dit que oui.

Une minute plus tard, Ernestine était apparue, longues jambes, minijupe en cuir, et le reste à l'avenant. Son flic — en fait, un haut gradé — avait été appelé d'urgence sur les lieux d'une explosion dans Little Italy et elle venait voir s'il était toujours intéressé.

Il l'avait prise par la main et entraînée dans la chambre. Ensuite, la seule chose dont il se souvenait, c'est qu'elle avait commencé à se déshabiller. Assommé par le somnifère, il s'était rendormi avant qu'elle ait fini.

A présent, il venait de se réveiller en sursaut. Elle dormait à côté de lui, ses jolies paupières fermées, un demi-sourire sur les lèvres, le souffle lent, régulier, silencieux.

Le réveil affichait 10 h 23.

Wurlitzer se leva, enfila un jean et un T-shirt et passa dans le living. Il ouvrit les rideaux. Aussitôt, une lumière d'un blanc éblouissant se déversa dans la grande pièce.

Une vingtaine d'étages plus bas, dans la 72e rue, une voiture de police passa, toutes sirènes hurlantes.

Il n'y prit garde. Les sirènes de police forment le fond sonore, permanent et inaperçu, de la vie new-yorkaise.

Dans le coin cuisine, il se prépara un verre de jus de fruit, qu'il but d'un trait, pour se rincer la bouche. Puis, revenu dans le living, il alluma la chaîne Hi-Fi et glissa dans le lecteur de CD une musique de circonstance : l'*Oratorio de Noël,* de Jean-Sébastien Bach — il n'avait pas de religion mais il avait de l'oreille.

Lorsqu'il eut préparé le petit déjeuner, il alla voir où en était Pretty Woman. Elle dormait toujours comme une bienheureuse. Il la réveilla d'un baiser et, lorsqu'elle ouvrit les yeux, il lui dit :

— Mam'zelle Belle au bois dormant, je présume ? Mon nom est Charmant, Prince Charmant.

Il lui donna l'une de ses robes de chambre dans laquelle elle s'emmitoufla et ils déjeunèrent. Ce n'était pas la première fois qu'elle passait la nuit chez lui. Il connaissait ses goûts : jus de mandarine, lait froid, café noir très sucré ; bien cuits, les œufs ; et puis des toasts — avec le beurre d'un côté et la confiture de l'autre.

Tout en mangeant, elle lui coula un regard plein d'amitié.

— Avec tout ça, dit-elle, on n'a même pas fait zizi-panpan.

Telle était Pretty Woman : le parlé d'une petite fille, le corps d'une jeune femme, l'expérience d'une vieille ! Innocente et corrompue à la fois. C'est ce qui faisait son charme et justifiait ses tarifs. Wurlitzer savait qu'elle était née à Cité Soleil, le plus grand bidonville de Port-au-Prince, là où les jolies gamines se font violer à douze ans et sont forcées de se prostituer à treize. Quel âge pouvait-elle avoir ? Vingt ans ? Dont six ou sept au tapin — une bonne part sur un trottoir de Port-au-Prince et le reste comme poule de luxe à New York.

A New York, elle était heureuse. Elle vivait au jour le jour, comme l'oiseau sur la branche, dépensant vite l'argent vite gagné. Quand elle était petite, sa grand-mère, la voyant maligne et mignonne, lui avait dit mille fois : « Tu iras loin, ma chérie, si les petits cochons ne te mangent pas. » Elle y croyait.

— Zizi-panpan, répéta Wurlitzer en souriant.

— Si tu veux, on peut le faire maintenant ? ajouta-t-elle.

— Non, ça ira.

— T'es pas fâché, mon oiseau bleu ?

— Non.

— Tu vas me payer quand même ?

Telle était Pretty Woman !

Wurlitzer sourit avec indulgence. Elle ne couchait pas avec lui pour ses beaux yeux. Tu parles d'une découverte ! Les affaires sont les affaires. Il était bien placé pour comprendre. Lui aussi, il faisait payer ses services. Fort chers. Il était financier. L'un des meilleurs. Lui, il disait : *le* meilleur. Inflation ou déflation, récession ou reprise, n'importe ! Il faisait des bénéfices. Que la bourse monte ou baisse, il misait toujours sur les gagnants. Il prétendait avoir vaincu le hasard. Parmi ses clients, pas de vieilles fortunes, non. Rien que des nouveaux riches. Des acteurs, des chanteurs, des sportifs. Deux peintres. Un très très gros gagnant au Loto. Et même un truand. Hé ! les truands aussi demandent conseil et investissent. L'argent mal acquis a autant besoin qu'un autre d'être protégé contre les aléas du marché et les agents du fisc.

Sa réputation était faite et Wurlitzer pouvait se permettre de refuser du monde. Il ne s'encombrait d'aucun portefeuille à moins de dix millions de dollars ! Certains avoisinaient la centaine de millions. Celle d'un des peintres, par exemple. Celle du truand, aussi.

Wurlitzer était génial, honnête, infatigable. Il était en bonne santé et sobre : jogging dans Central Park quatre fois par semaine, pas de tabac, pas d'alcool — tout juste une petite ligne de coke de temps en temps. Mais sa qualité principale, c'était la discrétion. Dans ses fichiers, rien n'était en clair, tout était codé. Bien codé. Codé de chez codé. Les meilleurs hackers s'y étaient cassé les dents, même ceux du F.B.I. et du Trésor, c'est dire ! Il travaillait seul : pas d'associé, pas d'assistant, pas même de secrétaire. Ces gens-là, ça fouine, ça finit par surprendre des choses et, quand ça sait des choses, ça trahit, forcément. Ses secrets étaient bien gardés et il se plaisait à dire qu'il ne les révélerait jamais à personne, ce qui s'appelle *jamais,* pas même sous la torture.

— Hein ? Dis ? Tu vas me payer quand même ? répéta Pretty Woman.

— Bien sûr.

Après le petit déjeuner, il lui donna une liasse de billets de cent qu'elle glissa dans son sac. Il lui laissa la salle de bains et, lorsqu'elle en émergea, une dizaine de minutes plus tard, propre et pomponnée, elle fut surprise de le retrouver dans le même état : les cheveux en bataille à un bout, pieds nus à l'autre bout, jean et vieux T-shirt entre les deux.

— Tu ne te prépares pas ? demanda-t-elle.

— Pour quoi faire ? Je ne vais nulle part.

Son frigo était plein de bonnes choses et il avait l'intention de passer la journée au chaud, à buller.

— Tu veux que je t'appelle un taxi ? proposa-t-il.

— J'aimerais mieux que tu me raccompagnes dans ta belle auto.

Ça ne l'arrangeait pas : il n'avait pas encore trouvé le temps de regarder la dernière saison de *24 Heures chrono,* qu'il avait achetée quelques semaines plus tôt, et, un jour de Noël, avec toutes les places financières fermées, c'était le moment ou jamais.

— Mon oiseau bleu, s'il te plaît, murmura Pretty Woman.

Elle prit un air désemparé et suppliant — en général, les hommes fondaient quand elle prenait cet air-là.

— Je t'en prie, dis oui, insista-t-elle.

Il haussa les épaules, poussa un soupir. Cette fille était vraiment impossible. Mais quel charme !

— Oui, dit-il.

Il aurait mieux fait de dire non.

Pour Vladimir Liatichinski et Rolf Sachs, la nuit avait été courte. Après avoir mis sur orbite le vieil Orgosolo et ses deux snobinards de fils, ils avaient dormi trois heures et puis ils étaient allés se mettre à l'affût au coin nord-ouest de la 72e Rue et de Central Park West, non loin du Dakota building, fameux dans le monde entier maintenant, à cause de l'assassinat de John Lennon, qui a eu lieu juste devant. Lorsqu'il allait faire son jogging, le golden boy arrivait par là. Liatichinski et Sachs avaient prévu de le choper dans le parc. Si jamais il venait.

Il n'était pas venu. Pas plus étonnant que ça. Il avait dû faire la bringue la veille et il pionçait.

Vers 8 heures, les deux tueurs étaient allés prendre un petit déjeuner dans un snack-bar. Le café était tiède, les pancakes avaient attaché au fond de la poêle, la confiture était 100 % sucre et 0 % fruits, mais ce n'était pas des gastronomes.

Dans un coin de la salle, une télé était allumée, le son coupé. Il y eut un bulletin météo. Du froid et de la neige partout, partout — sauf à Hawaii. Et puis, ce fut le journal télévisé. En voyant des images du cratère devant St. Peter ad Vincula, Liatichinski et Sachs échangèrent un sourire de connivence.

Rolf Sachs, comme son nom ne l'indiquait pas, était d'origine uruguayenne. Son grand-père avait été dans la SS. Celui de Liatichinski avait été fusillé à Odessa en 1945 comme « collabo » et « traître à la patrie ». Ça créait des liens.

En général, ils parlaient sport, bagnoles, gonzesses. Ou alors, ils disaient du mal des Américains moyens, qui sont égoïstes et bornés ; des filles de bonnes familles, qui sont généralement dévergondées ; de leurs mères, qui sont généralement alcooliques et dépravées ; des clodos, tous dégénérés ; des jeunes, qui ne respectent rien ; des artistes, tous camés ; des Noirs, tous fainéants ; des Juifs, tous radins ; des Italiens, tous voleurs ; des Mexicains, qui sont comme des Ritals en pire ; des curés, tous hypocrites ; des prédicateurs, tous pervers, et cetera, et cetera. Ces deux humains dénaturés se permettaient de mépriser la nature humaine ! A leurs yeux, personne n'était vraiment digne de vivre. Du coup, leurs assassinats n'étaient pas vraiment des crimes. Et ils étaient en paix avec leur conscience — si toutefois ils en avaient une.

Après le petit déjeuner, ils appliquèrent le plan B : attendre que Wurlitzer sorte de chez lui. Ils se postèrent dans son parking, pas loin de sa voiture. Une Lamborghini Gallardo jaune Midas — pas dure à reconnaître !

Un autre binôme, composé de Natalia Krylova et Jack O'Donovan, était arrivé en renfort. O'Donovan était un ancien flic devenu tueur et Natalia, une ancienne reine de beauté devenue tueuse. Un ancien flic et une ancienne reine de beauté ! Comme dénicheur de talents, y avait pas à dire, Mazepa se posait là ! Ces deux oiseaux rares attendaient devant l'entrée de l'immeuble, au cas où le golden boy déciderait d'aller faire un tour à pied.

Vers 11 h 30, Wurlitzer fit son apparition dans le parking.

— Merde ! fit Sachs en constatant qu'il n'était pas seul. Qui c'est, celle-là ?

— Son cadeau de Noël, dit Liatichinski.

— Putain, qu'elle est belle ! s'exclama Sachs. L'année prochaine, je me commande la même !

— Je m'en occupe, tu te charges de lui, dit Liatichinski.

— O.K.

Liatichinski et Sachs enfilèrent leurs cagoules, attrapèrent leurs matraques en caoutchouc et descendirent silencieusement de leur voiture. Arrivés derrière leurs proies, ils cognèrent. Sachs atteignit le renflement derrière l'oreille. *Bingo !* Le golden boy s'affala comme une chiffe molle. Par contre, Liatichinski rata son coup. Pas assez fort. Pas au bon endroit. Ernestine se retourna, un peu groggy, sans plus. Sa coiffure afro avait amorti le choc.

Elle avait du cran. Et le sang chaud. Quand tu grandis sur un trottoir de Port-au-Prince, si t'es facile à impressionner, t'es foutue.

Et puis, ce n'était pas la première fois qu'un mariole cherchait à lui piquer son sac.

Sans hésiter, elle lui arracha sa cagoule.

Et elle le dévisagea. La trentaine. Belle gueule. Cheveux blond foncé, en brosse. Yeux bleus. Nez busqué. Une fossette au menton. Elle saurait le décrire. Elle le reconnaîtrait n'importe où.

— Pauvre pomme, marmonna Liatichinski en sortant un Diamondback .22 LR de dessous sa veste. C'est malin ! Maintenant, je suis obligé de te tuer.

Il lui tira deux balles en plein cœur et, tandis qu'elle tombait lentement, il lui donna le coup de grâce — pas dans la tempe : dans l'oreille — il avait de ces raffinements, quelquefois.

C'est ainsi qu'Ernestine Lavigne, alias Pretty Woman, acheva sa brève existence, loin de son pays natal, sur le sol froid et gluant d'un parking, au milieu d'une mare de sang. Les petits cochons ne l'avaient pas mangée : elle avait juste croisé la route de Vladimir Liatichinski.

CHAPITRE III

New York
Lundi 25 décembre

Mazepa s'appelait en réalité Taras Rodtchenko. Il était né aux Etats-Unis ; son père était né aux Etats-Unis ; son grand-père était né aux Etats-Unis. Pour trouver dans son arbre généalogique quelqu'un qui soit né en Ukraine, il fallait remonter jusqu'à son arrière-grand-père — et encore n'y avait-il connu que l'oppression et l'injustice, la misère et la faim. Ça n'empêchait pas Rodtchenko de se sentir ukrainien et d'avoir la nostalgie de l'Ukraine. C'est pourquoi il avait, dès sa jeunesse, vénéré Ivan Stepanovitch Mazepa, le héros national ukrainien. A l'école, il avait rebattu les oreilles de ses copains avec les exploits de ce Mazepa. Surtout l'histoire de l'aristo polonais qu'il avait surpris dans le lit de sa légitime. Il s'était vengé en le faisant attacher, à poil, le corps enduit de goudron, sur le dos d'un cheval sauvage ! A douze ans, ça vous échauffait l'imagination, un truc comme ça !

Du coup, ses copains avaient fini par le surnommer Mazepa ; au départ, pour se foutre de lui. Ça lui était resté : par respect.

Mazepa était la preuve vivante qu'il ne faut pas se fier aux apparences. A cinquante ans, il en faisait dix de plus. Il n'avait jamais été bien grand et, le temps passant, il avait tendance à se rabougrir. Il avait un visage émacié, un teint cireux, des yeux perpétuellement fiévreux et cernés de bistre.

Le corps était assorti au visage. Osseux, dissymétrique. Avec un buste trop long et des jambes trop courtes. Et une bedaine.

Il portait de somptueux costumes Armani qui, sur cette drôle de carcasse, avaient l'air de loques achetées au décrochez-moi-ça. Le col de ses chemises bâillait autour de son cou décharné. Pour achever de lui donner un look pas possible, il avait toujours une casquette de base-ball sur la tête et, aux pieds, des baskets multicolores, trop grandes d'une pointure et demie, pour pouvoir y loger ses durillons et ses œils-de-perdrix.

Et pourtant, c'était lui le chef.

Il avait coutume de dire que, si la clé du pouvoir était la force physique, les présidents des Etats-Unis ne se seraient pas appelés Kennedy ni Roosevelt mais Cassius Clay et Mike Tyson !

La clé du pouvoir, selon lui, c'était la volonté. Et il en avait comme dix.

Bien qu'il ait été le fils d'un honnête homme, Mazepa avait toujours été un mauvais sujet. Gamin, il avait été un chenapan ; adolescent, un vaurien. Homme, il était entré dans la carrière par le meurtre d'un diamantaire. Ce qu'il résumait ainsi : « J'ai commencé dans la vie avec ma seule intelligence et un flingue, autant dire *rien.* » L'argent des diamants lui avait donné du prestige. New York est toujours plein de types à la ramasse. Pour former un gang, il avait eu l'embarras du choix. Avec l'argent des premiers braquages, il avait acheté une maison sur Staten Island. Après avoir fait aménager trois cachots dans la cave, il s'était lancé dans le kidnapping. C'est comme ça qu'il avait « fait » son premier million de dollars. A cette époque, ses trois complices de toujours s'étaient mis d'accord pour le liquider. Le châtiment n'avait pas traîné : déjà unis dans la trahison, ils s'étaient retrouvés unis dans la mort. Puis Mazepa avait recruté une nouvelle équipe — mais alors là, rien que des gens triés sur le volet !

L'argent va à l'argent. Avec un million de dollars, Mazepa, audacieux et sans scrupules, eut bientôt une vraie fortune. A présent, il habitait sur la plage de Brighton Beach, dans un somptueux penthouse avec vue imprenable sur l'Hudson. D'après les premiers émigrants ukrainiens, à cet endroit-là, la baie de New York ressemblait beaucoup aux rives de la mer Noire. Brighton Beach y avait gagné son surnom de « Little Odessa ».

Mazepa avait ordonné à ses hommes de conduire Wurlitzer dans la maison de Staten Island, dont les cachots n'avaient pas servi depuis longtemps, et puis de l'appeler.

En attendant, il regardait une chaîne du câble sur

un immense écran plasma. Robert Mead, son garde du corps, était pour l'heure sa seule compagnie. Mead était un colosse d'un bon mètre quatre-vingt-dix et qui pesait dans les cent vingt kilos. Un ancien catcheur professionnel. Un beau jour, il s'était retrouvé en prison pour avoir tué accidentellement l'un de ses adversaires, non moins colossal que lui. Bon, c'était en dehors du ring ! Pour une histoire de fille. Un direct du droit à assommer un bœuf — et l'autre, n'étant pas un bœuf, en était mort. De quoi prendre dix ans. Mazepa avait payé la caution, l'avocat, les témoins, quelques jurés. Il était comme ça, Mazepa, toujours secourable aux mal-aimés, surtout quand ils pouvaient lui servir à quelque chose. Résultat : Mead avait été acquitté : légitime défense.

Inutile de dire que, dans ces conditions, le dévouement de Mead pour Mazepa était sans bornes.

Tout en regardant la télé, Mazepa déjeunait. Mead lui avait préparé du café et des toasts. Rien d'autre. Mazepa était un homme frugal. A la télé, on parlait de la neige, de l'assassinat des Orgosolo et d'un homme enlevé par deux individus cagoulés dans le parking d'un immeuble de la 72e Rue.

— Pour la neige, j'y suis pour rien, dit Mazepa.

Mead rigola. Une reportrice apparut à l'écran. Elle se trouvait devant l'immeuble de Wurlitzer. Un énorme micro lui cachait la moitié du visage. En grelottant malgré un épais manteau, elle précisa qu'au moment de son enlèvement l'homme se trouvait en compagnie d'une jeune femme que ses ravisseurs n'avaient pas hésité à tuer.

Mazepa soupira, reprit du café et éteignit la télé.

Peu de temps après, le téléphone sonna. Mazepa décrocha.

— C'est prêt, dit laconiquement Sachs.

— Y a pas eu de problèmes ?

— Non, chef. Comme sur des roulettes !

— Je vous rejoins. Je suis là-bas dans une vingtaine de minutes, dit Mazepa avant de raccrocher. Toi, ajouta-t-il en se tournant vers Mead, tu viens avec moi.

Mazepa appela son chauffeur et se fit conduire. Sur le pont Verrazano, il y avait eu un carambolage. Le temps que les dépanneuses rouvrent la voie, le voyage prit trois fois plus longtemps.

La maison était située dans Hamilton Park. C'était une belle bâtisse aux murs en stuc jaune et en pierres de granit, avec un splendide pignon chantourné, des fenêtres en saillie, des balcons, des corniches, deux tourelles et un imposant porche de bois. Elle était protégée contre les indiscrets par de hauts murs et contre les vents du large par des bouleaux. Il s'en dégageait une atmosphère de sérénité et de paix. Difficile d'imaginer qu'il s'y passait quelquefois d'horribles choses.

Liatichinski et Sachs attendaient sous le porche. Aussitôt arrivé, Mazepa leur tapa sur l'épaule et dit :

— Beau travail, les gars !

Et puis, il leur demanda innocemment :

— Vous êtes sûrs qu'il n'y a pas eu de problèmes ?

— Non, redit Sachs avec aplomb. La routine.

Mazepa toussota.

— Enfin, oui, un peu quand même, rectifia Liatichinski.

— Il me semblait bien, bougonna Mazepa.

— Wurlitzer était avec une nana, poursuivit Liatichinski.

— Ouais, la plus jolie petite pute black que j'aie jamais vue, précisa Sachs.

— Et alors ? dit Mazepa.

— Je l'ai tuée.

— T'étais obligé ? demanda Mazepa.

Il ajouta, sur un autre ton, comme entre parenthèses :

— Je m'en fous, note bien !

— Elle avait vu ma gueule, chef, dit Liatichinski.

— Ta cagoule ?

— Elle me l'avait arrachée.

— Quoi ? fit Mazepa.

— Mon coup de matraque a glissé sur sa tignasse, expliqua Liatichinski, vaguement penaud. Elle s'est rebiffée.

— Une vraie tigresse, renchérit Sachs.

— Crois-moi, patron, dit Liatichinski, elle était tellement mignonne que, si j'avais pu éviter de la buter, je l'aurais fait.

— T'as raison ! Quel gâchis ! s'exclama Sachs.

Mazepa avait écouté les quelques répliques précédentes avec stupéfaction.

— Regardez-moi ces deux grands dadais ! s'exclama-t-il. Vous avez bonne mine !

Liatichinski et Sachs échangèrent un regard. Ils n'avaient pas l'air de comprendre ce qu'on leur reprochait.

— V'là autre chose ! dit Mazepa. Vous êtes romantiques, maintenant ?

Cette paire de crapules intégrales, en train de déplorer

la mort d'une belle petite pute, ah, c'était plaisant à voir ! Des belles petites putes, il n'y avait que ça, dans New York ! Il en venait des quatre coins du monde. Il en sortait de partout ! Il en tombait du ciel ! Il en poussait sur les arbres ! On n'était pas à une près ! Autant déplorer le trépas d'une sardine dans le Pacifique nord !

— Tout ce que je vois, Vladimir, reprit Mazepa en s'adressant à Liatichinski, c'est que tu t'es laissé arracher ta cagoule par une pétasse. C'est nouveau !

— Il n'y a que ceux qui ne font rien qui ne se trompent pas, dit Liatichinski.

Mazepa n'eut pas l'air convaincu.

— On a bien le droit de se planter une fois de temps en temps, patron, insista Liatichinski.

— Sans doute, concéda Mazepa en souriant. Sans doute. Mais n'en abusez pas quand même. Je ne serais pas où je suis si j'avais passé ma vie à me planter.

— Même les meilleurs basketteurs ratent des lancers francs, hasarda Sachs.

— Ecoute, Rolf, on n'est pas des basketteurs. On est des funambules. Tu lâches ton balancier, t'es en danger. Tu glisses, t'es mort, vu ?

Tandis que Sachs acquiesçait, l'air penaud, Mazepa se tourna vers Liatichinski.

— Et le comptable ? Il t'a vu, lui aussi ?

Mazepa leur avait dit que Wurlitzer ne devait rien voir. « Ni vos tronches, ni la bagnole, ni la route, ni la maison ! Rien ! Que dalle ! Peau de zob ! » Il avait insisté lourdement. Il avait même été presque menaçant.

— Oh, non, chef ! dit Liatichinski. Lorsque cette

petite salope m'a arraché ma cagoule, il dormait déjà comme un bébé.

Mazepa entra dans la maison ; Mead le suivit comme son ombre. L'intérieur était celui d'un cottage anglais, opulent et douillet. Mazepa avait prévu de s'y retirer lorsqu'il en aurait marre de jouer aux gendarmes et aux voleurs. Il s'y voyait déjà : assis au coin du feu, un plaid sur les genoux, attendant la mort en mâchouillant un bâton de réglisse.

— Vous l'avez mis où ? demanda-t-il.

— Dans le garage, chef, répondit Sachs.

— Bon, je m'habille et je vais le voir. Vous autres, attendez-moi là.

CHAPITRE IV

Duke Wurlitzer avait connu mieux.

Cela faisait combien de temps qu'il était là, dans le noir, sans pouvoir bouger ? Il avait les yeux bandés. Il était ligoté à un fauteuil par les chevilles et les poignets. Il avait des courbatures aux coudes et aux épaules, des fourmis dans les jambes et mal au crâne. Il avait soif, envie de pisser. Et puis, surtout, il avait peur.

Tel quel, il n'aurait pas dit non à une petite ligne de coke.

Renversant la tête en arrière, il chercha à voir sous le bandeau. Pas moyen. D'après le bruit de ses semelles, quand il les frottait sur le sol, ç'aurait pu être du ciment. Dans l'air flottait une odeur familière, d'huile ou quelque chose d'approchant. Un garage ? Possible.

Enfin, derrière lui, une porte s'ouvrit en couinant un peu. Wurlitzer tressaillit. On se rapprocha et on lui arracha son bandeau.

D'abord ébloui, il cligna des yeux. Le temps de s'accoutumer à la lumière, il se retrouva en face d'un personnage enveloppé dans une grande blouse blanche de boucher, à capuche, et qui abritait son visage derrière un simple masque de carnaval, blanc et impassible.

Si cette tenue était destinée à impressionner, elle fit son office.

Le cœur serré, Wurlitzer regarda autour de lui. Il se trouvait dans un garage. Le sol était en ciment. L'odeur qu'il avait sentie, c'était une tache d'huile. Des deux côtés, il y avait des râteliers garnis de clés de toutes dimensions et des établis avec des tiroirs.

Le spectre se pencha sur son captif et dit, d'une voix assourdie par le masque :

— J'avais très envie de te voir et j'étais pressé, c'est pourquoi j'ai eu recours à ce procédé un peu, comment dire ? un peu cavalier. Tu ne m'en veux pas ?

Wurlitzer resta muet : ce n'était pas une vraie question, ça n'appelait pas une vraie réponse.

Mazepa se redressa, s'approcha d'un établi, ouvrit un tiroir et commença à disposer devant lui un assortiment de pinces.

Wurlitzer le regarda faire en retenant son souffle. Au bout d'un moment, il se risqua à demander :

— Il y avait une fille avec moi lorsqu'on m'a attaqué, dit-il.

— Oui, je suis au courant.

— Qu'est-ce que vous avez fait d'elle ?

— Mes hommes l'ont assommée et puis ils l'ont laissée dans un coin de ton parking, répondit Mazepa. A l'heure qu'il est, ajouta-t-il, elle est revenue à elle, ne t'en fais pas.

Après s'être inquiété pour Ernestine, Wurlitzer s'inquiéta pour lui-même.

— Qu'est-ce que vous attendez de moi ?

Le spectre se retourna lentement et répondit :

— Oh, c'est très simple. J'ai besoin de connaître les numéros des comptes bancaires du *signore* Angelo Orgosolo et j'espère que tu vas me les donner bien gentiment.

Wurlitzer écarquilla les yeux.

— Mais c'est impossible ! protesta-t-il. Les Orgosolo me font confiance et ils auraient des raisons de m'en vouloir si je les trahissais.

— Tu crois aux fantômes ? Aux zombis ?

— Non.

— Alors, tu n'as rien à craindre des Orgosolo, parce qu'ils sont morts hier soir.

— Comment ça, *morts* ?

— Un tragique accident de la route… que j'ai moi-même provoqué, parce qu'on n'est jamais aussi bien servi que par soi-même. Comme on dit chez moi : *En attendant les souliers d'un mort, on va longtemps nu-pieds.*

— Je ne vous crois pas.

— Je m'y attendais, dit Mazepa.

Sur ce, il sortit du garage et revint une demi-minute plus tard avec les journaux du matin. L'attentat avait eu lieu trop tard pour faire les gros titres mais il était mentionné partout en dernière page.

— Tiens, lis ça ! dit Mazepa.

Les articles étaient brefs mais explicites. Mazepa

les mit l'un après l'autre sous les yeux de Wurlitzer. Le *New Yorkist*, par exemple, écrivait :

TERRIBLE EXPLOSION EN PLEIN LITTLE ITALY : Quelques minutes avant minuit, une explosion est venue troubler la paix de la nuit de Noël. Il y aurait de nombreuses victimes. D'après les pompiers, il pourrait s'agir d'un accident dû au gaz. Mais la police, à cause de la personnalité de certaines victimes, n'exclut pas une origine criminelle. En effet, parmi elles figurent Don Orgosolo, ainsi que ses deux fils, hommes d'affaires florissants que la rumeur publique présente comme des membres importants du Crime organisé.

L'explosion a été terrible. Selon certains témoignages, elle s'est fait sentir jusqu'à Newark. De mémoire de New-Yorkais, disent les plus vieux, on n'avait jamais rien entendu de pareil.

Les autres journaux disaient peu ou prou la même chose. Lorsqu'il eut fini sa lecture, Wurlitzer avait un peu changé de figure.

— Allons ! Les numéros de comptes, redit Mazepa. Je t'écoute.

En constatant qu'il était tombé entre les mains d'un civilisé, Wurlitzer se rassurait peu à peu.

— Non, monsieur, dit-il. Désolé, je ne vous les donnerai pas.

— Pourquoi ? Le décès des Orgosolo ne lève-t-il pas le principal obstacle à une fructueuse collaboration entre nous ?

Plus Mazepa se montrait courtois, plus Wurlitzer s'enhardissait.

— Le principal. Mais pas le seul.

— Quels sont les autres ?

— J'en vois deux. Le secret professionnel et…

— Quoi d'autre ?

— Ma dignité.

— Ta dignité ! répéta Mazepa en souriant derrière son masque. Elle est bien bonne, celle-là ! Attends de voir ce que je vais en faire de ta dignité, moi !

Cela dit, il retourna s'activer près de l'établi et se remit à fourrager parmi ses outils.

— Dis-moi, mon petit Duke, dit-il au bout d'un moment, tu t'intéresses à l'anatomie ?

Wurlitzer n'était pas sur les roses, mais il trouva quand même la force de plaisanter.

— L'anatomie féminine, à l'occasion.

— Sans déconner ! Sais-tu, par exemple, où se trouve le siège de la volonté ?

Wurlitzer resta coi.

— Eh bien, dit Mazepa, j'ai remarqué qu'il était dans les ongles.

— Vous m'étonnez.

— Si, si, je t'assure, confirma Mazepa. J'en ai connu, des mauvaises têtes, des durs à cuire, des intraitables dans ton genre. Eh bien, continua-t-il en se retournant vers Wurlitzer, après que je leur avais arraché les ongles un par un, ils la ramenaient beaucoup moins.

A ces mots, Wurlitzer pâlit : son ravisseur n'était peut-être pas aussi gentil et civilisé que ça.

— Quand je t'aurai arraché les ongles, continua Mazepa, si tu ne parles toujours pas, je continuerai à te découper en morceaux jusqu'à ce que je trouve ton point faible. Et ça risque de faire du vilain.

Jusqu'ici, Wurlitzer avait vaguement cru qu'il faisait un cauchemar et qu'il allait finir par se réveiller. En dépit de sa situation inconfortable, quelque chose l'avait empêché de croire qu'il risquait réellement la torture et la mort. Ça ne cadrait pas avec le reste de son existence, qui n'avait été qu'une suite de succès. Il s'était cru béni des dieux.

Là, il commença à envisager la possibilité d'un danger mortel.

— Si je parle, qu'est-ce qui me prouve que vous n'allez pas me tuer ensuite ?

— Rien.

Mazepa continua à sortir ses outils — en les entrechoquant exprès pour accentuer le côté abominable des préparatifs.

— Voyons, reprit-il, nous sommes entre adultes raisonnables, oui ou merde ?

C'était sa façon de faire, à Mazepa : moitié poli, moitié grossier, sautant d'une humeur à l'autre sans transition, pour dérouter l'adversaire.

— Oui, dit Wurlitzer d'une voix blanche.

— Alors, raisonnons. Si tu ne parles pas, tu vas mourir dans des souffrances que je ne souhaiterais même pas à mon pire ennemi. Tu me suis ?

Duke Wurlitzer acquiesça d'un signe de tête. Mazepa poursuivit :

— Tandis que, si tu me dis ce que je veux savoir et que — supposition gratuite — je te tue malgré tout, tu t'es épargné bien des misères, vicissitudes et tribulations, mon bel ami. Tu me suis toujours ?

Wurlitzer acquiesça de nouveau.

— Mort pour mort, poursuivit Mazepa, ne vaut-il pas mieux que ça se passe bien ? Y a même un mot pour ça : ça s'appelle l'euthanasie.

Wurlitzer ravala sa salive. Sa pomme d'Adam s'agita comme un ludion sous la peau de son cou. A présent, ce spectre lui faisait vraiment peur.

— Ecoute, Wurlitzer, continua Mazepa d'une voix aimable, presque compatissante, entre toi et moi, il faut *absolument* que ça se passe en douceur. Je n'y vois que des avantages, pour l'un comme pour l'autre. Pour moi, d'abord, parce que je n'aime pas la violence…

Wurlitzer renâcla.

— Je ne sais pas si les Orgosolo seraient d'accord avec ça, s'écria-t-il.

En souriant, Mazepa examina dans la lumière une pince d'électricien.

— *Tss-tss,* trop tranchant, dit-il en la rangeant dans le tiroir.

Il examina ensuite une pince-étau à mâchoire dentée.

— Non, je ne ferai rien de bon non plus avec ce machin-là, marmonna-t-il.

Et, celle-là aussi, il la remit en place.

— Je suis un homme de pouvoir, tu comprends ? reprit-il. Comme le président des Etats-Unis, ni plus ni moins… Sauf que, moi, je n'ai pas prêté serment sur la Constitution. Quand je veux quelque chose, j'y vais carrément.

— Je confirme, bougonna Wurlitzer. J'ai une bosse sur le crâne qui peut en témoigner.

— A la bonne heure ! s'écria Mazepa. Je vois qu'on commence à se comprendre. Crois-moi, poursuivit-il, quand je peux faire les choses légalement, pacifiquement, silencieusement, je ne choisis pas exprès le bruit et la fureur.

Mazepa examina alors une pince motoriste à mâchoire incurvée, dont les branches étaient gainées de plastique orange, et la trouva convenable.

— D'un autre côté, continua-t-il, quand il faut user de violence, je n'y rechigne pas. Qui veut la fin veut les moyens, pas vrai ? Mais je te jure que je n'ai aucun penchant sadique. C'est pourquoi, je te le répète, il faut absolument que ça se passe humainement entre nous. Tu parles avant que je n'en vienne à me servir de ça, d'accord ? ajouta-t-il en brandissant sa pince. Moi, ça me fait gagner du temps, ça m'évite de me salir les mains, et toi — toujours dans l'hypothèse où j'aurais l'ingratitude de te tuer quand même — tu arrives dans l'autre monde en un seul morceau, ce qui n'a l'air de rien comme ça mais, au jour de la résurrection des corps, c'est quand même plus pratique, non ?

Wurlitzer resta froid. Il n'avait pas le cœur à l'humour, encore moins à l'humour noir.

— Pense à ta mère, mon petit Duke ! dit soudain Mazepa, qui avait gardé en réserve jusqu'ici cet argument massue.

Finie l'impassibilité ! Wurlitzer frémit autant que ses liens le lui permettaient. Mazepa savait que Wurlitzer avait perdu son père alors qu'il était encore enfant. Sa mère s'était saignée aux quatre veines pour lui payer ses études et, dès qu'il avait commencé à gagner de l'argent, il lui avait offert une belle maison à Sun City. Il l'adorait.

— Vous avez l'intention de faire du mal à ma mère ?

— Bien sûr que non ! protesta Mazepa sur un ton outragé.

— Alors, qu'est-ce qu'elle vient faire là-dedans ?

Sous son masque, Mazepa poussa un bruyant soupir d'impatience.

— Si je me permets d'évoquer ta chère maman, mon petit coco, c'est pour que tu songes un peu à elle. *Et à son chagrin.* Réfléchis cinq minutes : si tu parles et que je te tue ensuite, tout ce qui lui restera comme consolation, à cette pauvre femme, c'est l'idée que tu n'as pas souffert. As-tu envie qu'on te retrouve, euh, *atrocement mutilé,* comme on dit pudiquement dans les journaux ? As-tu envie qu'elle passe ses vieux jours hantée par le martyre de son fils unique ? As-tu envie de la faire mourir de chagrin ?

A ce moment-là, Wurlitzer se retrouva au bord des larmes. Mazepa en profita pour porter l'estocade.

— Sans compter que, quand tu auras parlé, rien ne m'obligera à te tuer…

Une lueur d'espoir passa dans le regard de Wurlitzer.

« Il est cuit ! » pensa Mazepa.

— Ecoute, continua-t-il avec chaleur, tu es arrivé

ici les yeux bandés. Tu n'as vu ni mes hommes ni leur voiture. Tu n'as pas vu la maison ni la route qui y mène. Tu n'as pas vu ma figure ni ma silhouette. J'y ai veillé. Si je te libère, je crois que tu n'iras pas trouver les flics. Parce que tu es plutôt louche dans ton genre et que tu n'as pas envie qu'ils foutent leur nez dans tes affaires. Mais, même si tu étais assez con pour y aller, tu n'aurais rien d'utile à leur dire à mon sujet.

Wurlitzer était ébranlé.

— Quand tu m'auras dit ce que je veux savoir, j'ai beau chercher, je n'aurai pas une seule bonne raison de te tuer, conclut Mazepa. Et je ne suis pas homme à charger ma conscience d'un meurtre inutile.

C'est difficile de renoncer à être un héros et Wurlitzer hésitait encore. De son côté, Mazepa en avait marre d'argumenter. Pour aider Wurlitzer à faire son choix, il s'approcha, sa pince à la main. Wurlitzer le suivit des yeux, passablement inquiet.

Lorsque Mazepa lui prit l'ongle du petit doigt entre les mâchoires de sa pince, Wurlitzer passa de l'inquiétude à l'affolement et vit venir le moment où, après avoir failli pleurer, il allait s'humilier en se pissant dessus.

Mazepa tira sèchement sur l'ongle.

— Aïe ! s'écria Wurlitzer en sursautant si brusquement que les pieds de son fauteuil se soulevèrent.

Mazepa rouvrit sa pince.

— Rien que ça, ça fait vachement mal, hein ? dit-il.

Wurlitzer haletait et geignait.

— Ferme les yeux, mon petit coco, et essaie d'imaginer ce que ça fera quand je te l'arracherai pour de bon. Et les neuf autres.

Mazepa posa sa pince par terre et sortit de sa poche un bloc-notes et un crayon.

— Je t'accorde cinq secondes de réflexion.

Cinq secondes plus tard, Mazepa dit suavement :

— Maintenant, je t'écoute.

Vaincu, Wurlitzer dit :

— Il y a un compte à la Webster's Bank de Zurich et un autre au Patrimoine genevois.

— Les numéros ?

Wurlitzer récita une kyrielle de chiffres et de lettres.

— Les mots de passe ?

— Je les ignore, répondit Wurlitzer.

Mazepa ramassa la pince d'un geste brusque et colérique.

— Je vous jure que c'est vrai ! protesta Wurlitzer d'une voix suraiguë.

Mazepa le crut. A ce stade, Wurlitzer avait suffisamment conscience du danger pour ne pas se risquer à bluffer.

— Orgosolo ne m'a jamais chargé de gérer son argent, reprit Wurlitzer. Il comptait juste sur moi pour le cacher.

Mazepa connut un moment de doute. Lui qui se flattait d'être toujours bien renseigné, il était pris au dépourvu.

— Alors, qui le gère, ce pognon ? demanda-t-il.

Wurlitzer hésita. Trahir un mort, c'était une chose, livrer un vivant, c'en était une autre. Mazepa fit claquer entre elles les mâchoires de sa pince.

— Qui ?

— Un avocat d'affaires de Genève, dit Wurlitzer en toute hâte.

— Comment s'appelle-t-il, ce citoyen ?

— Johannes Ziegler. Du cabinet Dufresny et Ziegler.

Mazepa nota cela aussi.

— Au fait, il y a combien ?

Duke Wurlitzer répondit ingénument :

— Soixante et onze millions à la Webster's Bank et trente-quatre au Patrimoine genevois.

— A peu près ce que je pensais, murmura Mazepa. Merci, jeune homme, ajouta-t-il en rangeant dans sa poche son bloc-notes et son crayon.

Wurlitzer poussa un soupir, car tout danger semblait écarté. Mazepa avait ravalé ses menaces et s'était remis à le traiter avec courtoisie.

— Il y a aussi quatre millions dans un fonds de placements aux Bahamas, ajouta Wurlitzer, mais, ceux-là, je ne crois pas que vous arriverez à vous en emparer. Ils sont bloqués pendant huit ans.

Mazepa sourit derrière son masque.

— Comme on dit au casino, ce sera pour le personnel.

Soudain, les joues de Wurlitzer devinrent toutes roses. Ses yeux brillèrent. Il hoqueta, entre rire et larmes. C'est peu dire qu'il était soulagé. Il était euphorique. Comme un condamné à mort qu'on gracie aux pieds de l'échafaud.

Ne se sentant plus de joie, il fit le malin.

— Vous ne me demandez pas les numéros des comptes de mes autres clients ? Pendant que je suis chaud ?

— Non, merci, mon petit Duke, répondit aimablement Mazepa. C'est dangereux d'exciter la colère de millionnaires *vivants*.

Mazepa alla remettre la pince dans son tiroir, se retourna et fit mine de s'en aller. Lorsque la porte du garage se referma, Wurlitzer passa sans transition de l'euphorie au désespoir. Qu'allait-il devenir ? Son ravisseur avait-il l'intention de le laisser là jusqu'à ce qu'il tombe en poussière ?

Un court instant plus tard, le spectre revint. Aussi extraordinaire que cela paraisse, Wurlitzer fut content de le revoir. Pour la seconde fois en cinq minutes, il se sentit renaître après s'être senti mourir. Le spectre était accompagné de deux hommes. Sans doute les mêmes qui l'avaient kidnappé et amené ici. Les deux sbires portaient des cagoules mais, à la différence de leur chef, ils n'avaient pas songé à dissimuler leur silhouette. Wurlitzer en profita pour les observer avec soin — pour le jour où il raconterait cette mésaventure à la police. Les deux hommes étaient aussi grands et forts l'un que l'autre : environ un mètre quatre-vingt-dix et une petite centaine de kilos. Costauds mais pas pesants. Des taureaux avec des grâces de danseuse. Le genre de type qui fait trois fois le tour de son adversaire avant de lui coller un pain. D'après les bouts de peau qui se laissaient voir entre la cagoule et le col ou entre les gants et les manches, c'était des Blancs.

Pour les vêtements, par contre, c'était le jour et la nuit. Il y avait un dandy et un loubard. Le loubard portait un blouson de cuir, un jean et des Doc Martens 1460 écossais. Le dandy portait un pull à col roulé gris sur un costume en tweed anthracite. Les revers de la veste avaient un cran aigu qui pointait vers le bas et les rabats des poches étaient asymétriques. Wurlitzer reconnut la manière de Thierry Mugler. Un truand qui s'habillait chez Thierry Mugler : les flics allaient adorer ce détail. Les chaussures aussi étaient intéressantes : des richelieus noirs de toute beauté. Sans doute des…

Wurlitzer cessa brusquement de respirer car le loubard venait de sortir de sa poche un cutter.

Il ne s'en servit pas pour l'égorger, ni pour le défigurer, ni pour le débiter en morceaux, mais pour lui couper ses liens.

Wurlitzer poussa un soupir de soulagement.

Il eut encore le temps d'entrevoir la montre du loubard, une Tag Heuer Monaco, et de se rendre compte que le bandeau qu'on s'apprêtait à lui remettre sur les yeux était en réalité un masque de sommeil — et puis, il se retrouva de nouveau dans le noir.

Il sentit qu'on le soulevait et qu'on l'embarquait. Il dut suivre le mouvement, moitié porté, moitié traîné. On lui fit descendre un escalier. On lui dit de marcher. Il fit de son mieux, d'une dégaine raide, s'attendant à chaque pas à se cogner ou à trébucher. Il entendit un bruit de serrure, le grincement d'une porte. On lui fit faire un quart de tour et, dans un même mouvement, on le poussa par le dos et on lui arracha son bandeau.

Il se retrouva dans une pièce dont un lit à une place occupait la moitié. Dans un coin, un lavabo et des latrines à la turque. Au sol, du ciment. Au plafond, une ampoule nue. Sur un mur, un placard. Pas de fenêtre mais une bouche d'aération dans laquelle tournoyait une hélice. Wurlitzer n'était jamais allé en prison mais cette pièce ressemblait beaucoup à l'idée qu'il se faisait d'un cachot dans un pays du tiers-monde.

Lorsqu'il se retourna, il vit le spectre, flanqué de ses deux sbires, qui le dépassaient de la tête et des épaules.

Mazepa dit, d'un ton royal :

— Si tu ne t'es pas foutu de ma gueule, tu es sauvé, Duke.

Et puis, il commença à refermer la porte.

— Hé ! Qu'est-ce que je deviens, moi ? s'écria Wurlitzer.

— En attendant, tu restes ici.

Wurlitzer tressaillit de surprise.

— En attendant quoi ?

— Mon bon plaisir.

Mazepa continua de repousser la porte.

— L'eau est potable, dit-il par l'entrebâillement. Je vais donner des ordres pour qu'on t'apporte un repas chaud trois fois par jour. Tu as des biscuits, des bonbons et du chocolat dans le placard. Il y a aussi des bouquins. Ça t'aidera à passer le temps.

— Jusqu'à quand ?

— Je viens de te le dire : jusqu'à ce que j'en décide autrement.

La porte acheva de se refermer. Wurlitzer se pétrifia lorsque la clé tourna dans la serrure.

— Si tu n'as pas le moral, lui lança Mazepa à travers la porte avant de s'en aller, tu n'auras qu'à te répéter : *Tous les jours, à tout point de vue, je vais de mieux en mieux*. Vingt fois de suite. Tu verras, c'est radical.

CHAPITRE V

De retour au rez-de-chaussée de la maison, Mazepa dit à ses sbires de l'attendre et s'isola dans son bureau pour passer un coup de fil à son grand ami JCS et un autre à son agent de voyages.

Lorsqu'il revint dans le salon, il avait une mine de commandant en chef à la veille d'une bataille.

— Alors, Wurlitzer ? demanda Liatichinski. Il a parlé ?

— Oui, il a parlé.

— Ça n'a pas été trop dur ?

— Pour moi ? Non !

Cette boutade provoqua l'hilarité générale… ce qui est souvent le cas pour les boutades de chef.

— Pour lui non plus, du reste, reprit Mazepa. L'homme n'est pas seulement un animal doué de parole, voyez-vous ? L'homme est un animal qui ne sait pas se taire. Il a presque fallu que je lui cogne dessus pour qu'il la boucle.

Naturellement, cette plaisanterie fut aussi bien accueillie que la précédente, ayant la même provenance.

— Qu'est-ce qu'on fait de lui ? demanda Liatichinski lorsque tout le monde eut repris son sérieux.

— Pour l'instant, on le garde, le temps de vérifier ses infos. S'il s'est foutu de ma gueule, je l'écorche vif.

— Sinon ?

— Il n'y aura qu'à s'en débarrasser.

— Si t'avais prévu de le liquider, pourquoi t'as voulu qu'on mette des masques ? demanda Sachs.

— Parce que, s'il avait vu vos gueules, il aurait compris tout de suite qu'il était foutu, expliqua Mazepa. Et c'est ce que je voulais éviter. Pendant un interrogatoire sous torture, ce qui ramollit un type, ce n'est pas la douleur, c'est l'espérance. Voilà pourquoi il faut toujours lui laisser croire qu'il a une chance de s'en sortir, vous comprenez ?

Mead, Sachs et Liatichinski prirent l'air pensif et hochèrent la tête, à tout hasard.

Tout à coup, Mazepa sortit de sa poche une liasse de faux passeports.

— Messieurs, j'espère que vous n'avez rien prévu pour le nouvel an, annonça-t-il. Sinon, il va falloir décommander le traiteur et les invités.

— Pourquoi ?

— Parce que nous partons tous pour Genève.

— Tu nous paies des vacances à Saint-Moritz, chef ?

— Qui parle de vacances ? C'est du travail qui vous attend là-bas. Et pas qu'un peu ! Natalia et Jack partent aussi. Vous ne serez pas trop de quatre.

— On y va comment ? demanda Sachs.

— Comme monsieur Tout-le-monde, en avion de

ligne. Et sans s'égarer en route. J'ai trouvé cinq places dans un New York-Genève demain après-midi.

— Tous dans le même avion ? s'exclama Liatichinski.

— C'est les fêtes de fin d'année, on ne fait pas ce qu'on veut, répliqua Mazepa.

— Ce n'est pas très discret, insista Liatichinski.

— Je sais, concéda Mazepa. Mais le temps presse.

— Et on ne pourra pas emporter d'armes, fit remarquer Sachs.

— Mon ami John Smith nous attendra de l'autre côté, dit Mazepa. Il nous fournira toute l'artillerie dont nous aurons besoin.

— John Smith ? répéta Liatichinski, amusé.

« John Smith », ça puait le faux blaze à plein nez. Les metteurs en scène de cinéma signaient leurs films « John Smith » quand ils ne voulaient pas qu'on les reconnaisse.

Mazepa fit semblant de prendre la mouche.

— Oui, *John Smith,* confirma-t-il emphatiquement.

Entre Mazepa et Smith, cela remontait au temps où les cachots de la maison de Staten Island servaient beaucoup. Ces deux criminels chevronnés étaient plutôt liés par un pacte de sang que par une véritable amitié. Le récit de leurs exploits aurait fait frémir dans les chaumières, le soir, à la veillée.

Après deux procès pour meurtres qui s'étaient achevés par des non-lieu, Smith, avant que la chance ne tourne, avait décidé de s'exiler en Suisse. Là-bas, il passait pour un Américain retiré des affaires. Lesquelles ? Personne n'en avait la moindre idée mais, à voir la taille de sa maison, les voisins en déduisaient qu'elles avaient dû être excellentes.

— *John Christopher Smith,* précisa Mazepa en accentuant chaque syllabe. JCS pour les intimes. Tout le monde ne peut pas s'appeler Vladimir Liatichinski, ajouta-t-il d'un ton pince-sans-rire.

Mead s'esclaffa. Sachs se contenta de pouffer derrière sa main. Liatichinski fit grise mine.

— Et qu'est-ce qu'on fera là-bas ? demanda Sachs.

— A peu près pareil qu'ici. JCS s'occupe des détails.

— Et moi, chef ? demanda Mead. Qu'est-ce que je deviens ?

— Toi, tu restes ici. Il faut bien que quelqu'un surveille le comptable. Tu lui porteras à manger deux fois par jour. Achète des plats cuisinés chez les traiteurs du coin. Mais tu ne les lui donnes pas dans les emballages d'origine. Tu transvases tout dans des assiettes en carton. Et tu t'arranges pour qu'il ne voie pas ton visage.

— Pourquoi tout ce cinéma ? demanda Mead.

— Parce que ! répondit Mazepa.

Cela mit fin à la discussion.

Berlin
Mardi 25 décembre

Après avoir appelé le Black Warriors Ranch, Bolan s'était installé dans un motel de la banlieue de Berlin. Il n'eut pas à attendre longtemps la réponse de Brognola. Elle vint dès le lendemain.

— Nous avons retrouvé ton loustic, annonça fièrement le grand fédéral. Il s'est servi de son téléphone hier. Je suppose qu'il n'a pas pu s'empêcher de souhaiter un joyeux Noël à sa femme. Il n'y a pas plus sentimentaux que ces crapules-là.

— Il est où ? s'enquit Bolan.

— 46°12'19" de latitude nord, 6°33'29" de longitude est.

— Ça correspond à quoi ?

— A un hameau dans les Alpes françaises, pas très loin du mont Blanc.

— Je trouverai.

— Méfie-toi, Striker, dit Brognola. Ce type est un crotale.

— Et moi, je suis un enfant de chœur ? repartit Bolan.

Brognola raccrocha en riant.

Impatient d'en découdre, Bolan rendit la clé de sa chambre et paya sa note. Mais, avant de prendre la direction de la frontière française, il se rendit chez Avis à l'aéroport de Berlin Schönefeld pour échanger contre un Porsche Cayenne la 407 Peugeot qu'il avait louée en passant à l'aéroport de Bruxelles-Zaventem. En hiver, pour villégiaturer dans les parages du mont Blanc, un 4x4 valait mieux qu'une berline.

CHAPITRE VI

Haute-Savoie, France
Mercredi 27 décembre

Mack Bolan ne prit pas le temps d'admirer le paysage. Il y avait pourtant de quoi : à perte de vue s'étendait la plus fière des montagnes, arborant sa neige comme un manteau d'hermine, avec, à l'horizon, le mont Blanc.

Dans le ciel bleu pâle des aigles tournoyaient. Les nuages, de toutes les nuances de gris, pesants comme des éboulis, couronnaient de montagnes postiches les montagnes véritables. Par endroits, des amas de brume ressemblaient à des lacs.

Bolan avait laissé sa voiture dans la vallée, sur un terre-plein, un peu à l'écart de la route, près d'une table de bois grossièrement équarrie, qui devait servir aux pique-niqueurs pendant la belle saison, puis il avait continué à pied à travers bois. Il avait tâché de suivre les sentiers encore discernables entre les arbres malgré la neige et la pénombre crépusculaire : il était 2 heures de l'après-midi, le soleil était à son zénith — mais c'est toujours une sorte de soir dans des forêts si profondes ; il n'y fait jamais vraiment jour. Chemin faisant, il avait dérangé le monde animal ; il avait vu s'envoler quelques oiseaux et décamper des bêtes. Dans la poudreuse, chaque pas lui avait coûté la peine de cinq. C'est pourquoi, lorsqu'il arriva au sommet, un peu essoufflé après une heure à gravir des raidillons, Bolan ne prit pas le temps d'admirer le paysage. Ce qui retint son attention, ce fut le hameau en contrebas. Un hameau ? Encore était-ce beaucoup dire : une demi-douzaine de toits, tout au plus.

En glissant sur le ventre entre les halliers et les rochers, Bolan se rapprocha des maisons, puis il les observa une à une dans ses jumelles. Elles se ressemblaient toutes : de pauvres chalets trapus, avec la base en pierres sèches, les murs en planches et le toit en tôle. Les gouttières étaient en général percées et les lambrequins vermoulus. Sur les façades, il y avait des coulures d'eau sale et de rouille. D'une fenêtre à l'autre régnaient de longs balcons avec des garde-corps à palines de bois, finement découpées mais noircies et pourrissantes. Chaque chalet était flanqué de son tas de bûches, de sa citerne d'eau, de sa citerne de fuel et de son groupe électrogène.

Il se dégageait de tout cela une impression de solitude et d'abandon.

Un seul, parmi cette demi-douzaine de chalets identiquement sinistres, avait ses volets ouverts et ses fenêtres éclairées ; un seul avait sa cheminée qui crachait de la fumée ; un seul avait son vieux toit surmonté d'une antenne parabolique flambant neuve ; un seul était ébranlé par le vrombissement de son groupe électrogène ; un seul avait ses alentours déblayés.

Bref, un seul était habité.

Toujours rampant à l'abri des rochers et des buissons, il se rapprocha. Près de ses oreilles, la neige crissait, donnant l'impression de faire un tintamarre de tous les diables. Pourtant, il parvint jusqu'au chalet sans encombre. S'arrêtant sous une fenêtre, il se redressa et jeta un coup d'œil à l'intérieur ; par l'entrebâillement du rideau, il aperçut enfin sa proie : Merwin Vladimirovitch Kazatchenko.

Bolan esquissa un sourire.

Les tuyaux de Brognola étaient vraiment excellents.

Fallait-il qu'il ait les foies, le Kazatchenko, pour être venu se cacher dans un endroit pareil, concentré de tous les inconforts, lui qui, récemment encore, vivait comme un pacha.

L'intérieur du chalet baignait dans la lumière orange d'un feu de bois. Des papiers d'emballage et des journaux jonchaient le sol ; de la vaisselle sale et des cendriers pleins traînaient un peu partout : les types en cavale n'ont pas le cœur à faire le ménage.

Blond, le nez un peu busqué, le teint pâle, plus petit que la moyenne mais solidement bâti — tel se présentait l'homme capable de saisir un bébé par un pied et de lui éclater le crâne contre un mur. Bolan l'avait traqué d'Amérique jusqu'en Hollande et de Hollande jusqu'ici à travers tous les pays d'Europe — mais, pour lui faire payer un tel crime, il l'aurait poursuivi jusqu'aux confins du système solaire.

Pour l'heure, vautré dans un fauteuil, Kazatchenko regardait CNN avec, à portée de main, un mug de café, un paquet de Marlboro, du pop-corn, des marshmallows — et un fusil de chasse. Avec ça, pas rasé, les cheveux en bataille, vêtu d'une chemise de smoking sale et froissée et d'un flottant orange fluo. Pour couronner le tout, des socquettes noires à baguette dans des sandales de randonneur. Les hommes en cavale ont aussi tendance à se négliger.

Bolan examina soigneusement la pièce : la disposition des meubles, ceux qui risquaient de le gêner ; les recoins dans lesquels Kazatchenko pourrait se réfugier le cas échéant ; les objets qui pouvaient servir d'arme si la bagarre s'éternisait — il n'avait pas envie de se laisser faire un croc-en-jambe par un tabouret, de tomber dans une embuscade tendue par un vieux tapis ou de finir assommé par un tisonnier ou un vase.

Pendant cette inspection, il aperçut sur une chaise un pistolet qui, dans la pénombre, lui sembla être un Glock « compact ».

Lorsqu'il eut le sentiment d'en avoir assez vu, Bolan décida d'entrer sans se faire annoncer. Les fenêtres auraient été faciles à casser mais elles étaient étroites, peu propices à une attaque surprise. On risquait d'y rester coincé ou de se taillader sur des bouts de verre. Passer par l'une des fenêtres de derrière aurait sans doute pu se faire sans dommages mais pas sans bruit et Kazatchenko aurait eu le temps d'organiser sa défense. Si encore il avait eu des grenades flash-bang, l'Exécuteur aurait tenté le coup. Mais il n'avait que ses deux fidèles compagnons : Beretta 93-R et Desert Eagle. A un contre un et à armes égales, il n'avait pas envie de se priver de l'effet de surprise. D'autant que Kazatchenko n'était pas un tendre — Brognola l'avait comparé à un crotale — et qu'il risquait de se défendre avec l'énergie du désespoir.

Il ne restait plus qu'à passer par la porte. En catimini, le Guerrier s'en approcha et appuya doucement dessus pour en éprouver la solidité : c'était une honnête porte de bois, pas blindée, fermée par un seul verrou, forçable, mais qui ne céderait sûrement pas au premier coup d'épaule.

Bolan sortit son Beretta, le vérifia, fit basculer le sélecteur de tir en position rafale limitée de trois coups, ôta la sécurité et le remit dans son holster, sous son aisselle gauche. Puis, il alla choisir une énorme bûche dans le tas de bois accoté au mur et s'en servit de bélier. Le panneau sursauta et hurla comme un mauvais coucheur réveillé en sursaut. Le verrou s'arracha à moitié. La serrure céda à moitié. Les gonds se démantibulèrent à moitié.

Bolan ne s'attarda pas à donner le second coup qui aurait fini le travail. Au contraire, il s'écarta pour se mettre à l'abri derrière le chambranle. Bien lui en prit, car aussitôt une effroyable détonation retentit à l'intérieur du chalet et la porte s'orna de deux trous grands comme des assiettes. Kazatchenko avait tiré ses deux cartouches de chevrotines en même temps, ce qui, de l'avis de Bolan, n'était pas une grande preuve de sang-froid.

Tordue dans tous les sens et maintenant éventrée, déchiquetée, la porte demeurait néanmoins debout. Quant à Bolan, à part une écharde piquée dans le dos de sa main gauche, il était sorti indemne de l'incident, même si c'était la seule chose dont il pouvait se vanter.

La force ayant échoué, l'Exécuteur essaya la ruse. Il jeta une grosse pierre dans la plus proche fenêtre : pas de riposte. Il en jeta une autre dans la porte : pas de riposte. « Qu'est-ce que tu fous », Kazatchenko ? En regardant par les trous dans la porte, Bolan eut la réponse. Kazatchenko était en train de sauter par l'une des fenêtres de derrière.

Bolan décida de passer par le plus court chemin. La porte était passablement estropiée ; elle céda sous un simple coup de talon. Bolan entra, traversa le chalet, remarqua au passage que le Glock n'était plus sur la chaise, dégaina son Beretta, sauta par la même fenêtre que Kazatchenko et se lança à ses trousses... Enfin, c'est ce qu'il aurait aimé faire ! Mais il se retrouva englué. Pas question de courir. Il n'y avait qu'à marcher. Et encore ! A chaque pas, c'était comme s'il y avait eu, cachés dans la neige, des malins génies qui l'agrippaient par les chevilles.

Mais, si la poursuite était malaisée, la fuite l'était aussi.

Kazatchenko n'avait pas vingt mètres d'avance. Il ahanait, croyait marcher, faisait du surplace. En désespoir de cause, il se retourna, l'arme au poing. Bolan ne lui laissa pas le temps de tirer, pas même de pointer son arme : à cette distance, Kazatchenko ne l'aurait pas raté.

Le pourri poussa un cri et tomba à la renverse.

Bolan s'approcha, écarta du pied le Glock et contempla le blessé, qui ensanglantait la neige. Il avait tiré deux rafales ; les six balles avaient fait mouche. Le ventre percé, la cuisse en charpie, Kazatchenko perdait son sang à gros bouillons.

— Merwin Kazatchenko, je présume ? dit Bolan.

Kazatchenko le regarda sans ciller. Lui qui n'avait jamais eu de pitié pour personne n'en attendait pas pour lui-même.

— Qui tu es, toi ? demanda-t-il d'une voix sans timbre. D'où tu sors ?

— Je suis un prêcheur itinérant, répondit Bolan.

— Un prêcheur ? répéta Kazatchenko. Tu prêches quoi ?

— La paix aux hommes de bonne volonté, la guerre aux autres.

Kazatchenko examina Bolan des pieds à la tête.

— T'as pas l'air d'un flic, conclut-il. T'es quoi ? Un chasseur de primes ?

Le Guerrier secoua la tête.

— Chasseur de primes ? Non. Avec eux, c'est : « Mort ou vif. » Avec moi, ce serait plutôt : « Mort ou grièvement blessé. »

Kazatchenko, une main sur le ventre, l'autre étreignant sa cuisse, grimaça de douleur.

— Me fais pas rire, Trouduc, j'ai les lèvres gercées, dit-il entre ses dents serrées.

Deux grosses larmes perlèrent aux coins de ses yeux, en dépit des efforts qu'il fit pour les retenir. Bolan s'en rendit compte.

— Vas-y, Merwin, ne te gêne pas pour moi, dit-il sur un ton de feinte compassion. Chiale un coup, ça soulage.

— Je chiale pas, bâtard, répliqua vivement le criminel. C'est réflexe.

— Si tu le dis…

Entre l'hémorragie et le froid, le visage de Kazatchenko avait pris une couleur invraisemblable.

— Sauf erreur, je suis foutu ? demanda-t-il.

D'un battement de cils, Bolan confirma le diagnostic.

— J'ai droit à une dernière faveur avant de crever ? reprit le pourri.

Bolan écarta les mains en signe de bonne volonté.

— Si c'est un verre de rhum ou une cigarette, je n'ai pas ça sur moi.

— Je veux juste que tu me dises comment tu m'as retrouvé.

Kazatchenko s'exprimait assez clairement malgré les râles et les soupirs qui entrecoupaient ses paroles. Décidément, ce type avait le chic pour poser les mêmes questions que Tyndall ! pensa Bolan. Mais il ne vit pas d'inconvénient à dire la vérité à un mourant.

— J'ai rattrapé ton pote Tyndall à Berlin. Il m'a été d'un grand secours.

Kazatchenko fit *pfut !* par le nez et se retrouva avec une bulle de sang au bord de chaque narine.

— A d'autres ! John ne m'aurait jamais donné !

Bolan sourit d'un air entendu. Kazatchenko écarquilla les yeux.

— Ou alors, tu l'as torturé.

— Ce n'est pas mon genre, répondit Bolan. Un interrogatoire, c'est un peu comme une partie d'échecs : bien employée, la menace est pire que l'exécution.

Merwin Kazatchenko toussa et cracha du sang.

— Tu l'as menacé de quoi ?

— De lui brûler la peau du ventre avec un fer à repasser. Si ça peut te consoler, poursuivit Bolan, Tyndall ne t'a pas balancé comme une vieille chaussette. Il a dignement résisté. Il a attendu d'entendre grésiller les poils de son ventre pour demander grâce.

Kazatchenko parut content, comme si la loyauté de son acolyte lui importait encore, au seuil de la mort. Soudain, une expression de doute trouva le moyen de se peindre sur ses traits douloureux.

— Euh, mais, bredouilla-t-il. Mais John ne savait pas où j'étais !

— Il connaissait les coordonnées de ton téléphone satellite.

Kazatchenko abaissa lentement ses paupières et garda les yeux clos le temps de digérer l'information. Les téléphones satellites en avaient trahi beaucoup d'autres avant lui. La N.S.A. a de grandes oreilles. S'il avait été un djihadiste, un gros bonnet d'al-Qaida, le Pentagone lui aurait envoyé un drone. Comme il n'était qu'un criminel de droit commun, qui tuait les gens par petite quantité et pour des motifs qui n'avaient qu'un très lointain rapport avec la miséricorde de Dieu, on lui avait envoyé ce type.

— T'es un fédéral ?

— Non, répondit l'Exécuteur.

Kazatchenko refusa de croire ça.

— T'es pas un fédéral ? Mais t'as accès aux données des satellites espions ?

— J'ai un ami haut placé au F.B.I., expliqua Bolan avec un sourire narquois.

— Ah ! Et John ? Qu'est-ce que tu en as fait ? Tu l'as buté ?

— Non. Ce cher Tyndall est vivant. Sous bonne garde en Allemagne. En le quittant, j'ai appelé les flics pour qu'ils viennent en prendre livraison. Le pauvre garçon a son avenir tout tracé : quelques jours à l'infirmerie de la prison ; entre douze et dix-huit mois dans une cellule étroite comme un placard à balais en attendant l'extradition ; ensuite, entre quinze et vingt ans dans le quartier des condamnés à mort, le temps d'épuiser toutes les possibilités de recours ; et, au bout du compte, un beau matin, les matons qui lui tombent dessus, le ligotent sur une table et lui charcutent le bras pour lui faire la fatale piquouse. Pas malin de massacrer une famille dans un Etat qui pratique encore la peine de mort !

Bolan contempla Kazatchenko, exsangue, aussi blanc que la neige environnante, le souffle court, tout près de rendre son âme au diable.

— Au fond, ajouta-t-il, t'es aussi bien ici, pas vrai ?

Kazatchenko, pour toute réponse, mourut.

CHAPITRE VII

Bolan redescendit dans la vallée, le pied léger sur la pédale de frein et la conscience tranquille. La mort d'un pourri comme Kazatchenko, ce n'est pas ça qui allait lui faire perdre le sommeil ni l'appétit.

A la première occasion, il se rangea sur une aire de parking, sortit son Smartphone et appela le Ranch. Comme toujours, Evangelista Preston l'accueillit bien.

— Striker ! Comme vas-tu ? demanda-t-elle en cherchant à dissimuler sa tendresse sous un excès de jovialité.

— Bien.

— Tu es où ?

— En France. Au bord du lac Léman. Du côté de Thonon-les-Bains.

— Je suppose que tu veux parler au grand chef ?

— Si ça se peut.

— Oui, ça se peut. Il est juste à côté de moi. Je te le passe…

Une seconde plus tard, la voix de Brognola, toujours aussi grave et chaude, se fit entendre.

— Allô ! Striker ?

— Salut, Hal.

— Tu as trouvé Kazatchenko ?

— Ouais. Pile à l'endroit indiqué : 46° 12' 19" de latitude nord, 6° 33' 29" de longitude est.

— Il est mort ?

— Oui !

— Ça tombe bien ! Les prisons françaises sont déjà surpeuplées.

C'était plutôt drôle et Bolan ne se priva pas d'en rire.

— Ça s'est passé comment ?

— Bien, répondit Bolan. Vu les circonstances, Kazatchenko était foutu de toute façon mais il a paniqué, ça m'a simplifié les choses. Au lieu de se barricader, il a essayé de se sauver. Dans cinquante centimètres de neige fraîche, il est resté englué.

— Je vois ça d'ici.

— Non, détrompe-toi. Je ne t'ai pas dit le plus beau : il ne portait rien qu'une chemise de smoking crasseuse et un flottant orange fluo. Et, aux pieds, des espèces de sandales de moine…

— Tu aurais pu le laisser partir, Striker. Habillé comme il était, il ne serait pas allé loin.

— J'y ai songé.

— Il y a gros à parier qu'il serait mort de froid dans la nuit.

— C'est sûr.

Brognola s'esclaffa.

— Qu'est-ce qu'il y a ? demanda Bolan.

— Rien. J'étais juste en train de me dire que si on

l'avait retrouvé dans cinq mille ans, fringué comme ça, avec son flottant fluo et sa liquette à col cassé, nos descendants se seraient fait une drôle d'idée de nos coutumes vestimentaires !

Bolan entendit dans le téléphone le rire clair et perlé d'Evangelista.

— Si je me souviens bien, reprit Brognola, dans l'affaire Kazatchenko-Tyndall, il n'y avait pas de troisième larron ?

— Non, ils n'étaient que deux.

— Donc, tu te retrouves, comme qui dirait, en chômage technique, dans un coin reculé de la charmante et rieuse province française ?

— C'est un peu ça.

— Et tu voudrais que je demande à Grimaldi de venir te récupérer sur un petit aérodrome du voisinage ?

— Tu lis en moi comme dans un livre ouvert.

— Par bonheur, Grimaldi se trouve justement en Autriche.

— Chouette !

— Par malheur, il est occupé…

— Aïe ! Et il sera libre quand ?

— Dans trois ou quatre jours.

— Si c'est ça, je vais rester ici à l'attendre.

— Comme tu voudras. Je te repasse Evangelista. Tu régleras les détails avec elle. Salut, Striker. Prends bien soin de toi.

— Salut, Hal.

Evangelista reprit le téléphone aussitôt.

— Si j'ai bien compris, dit-elle, tu es condamné à poireauter quelques jours du côté de Thonon-les-Bains ?

— Tu as bien compris.

— Tu es sous quel nom ?

— Magnus Butler, pourquoi ?

— Bouge pas. Je vais te chercher un hôtel sympa et te retenir une chambre.

Bolan trouva que c'était une bonne idée. Il attendit.

— Voilà, c'est fait ! annonça Evangelista en revenant trois minutes plus tard. Cela s'appelle Le Splendid. C'est entre Thonon-les-Bains et Evian. Si j'en crois leur site sur internet, ça a de la gueule. La suite George V était libre. Je l'ai réservée pour toi. Ça ne te dérange pas de dormir dans le même lit qu'un roi d'Angleterre ? demanda-t-elle pour finir.

— Non, s'ils ont changé les draps, répondit Bolan.

De nouveau, le beau rire d'Evangelista Preston retentit comme une musique. Après avoir encore échangé quelques propos badins et quelques plaisanteries, ils raccrochèrent.

A la sortie de Thonon-les-Bains, Bolan prit la direction d'Evian et, en effet, il aperçut bientôt le *Spendid Hotel,* surplombant le lac. Evangelista ne s'était pas trompée : ça avait de la gueule. Avec ses proportions majestueuses et sa blancheur, on aurait dit un paquebot échoué là-haut après le Déluge.

Bolan n'eut qu'à suivre les petits panneaux verts pour se retrouver bientôt dans le parc de l'hôtel. Le lac

Léman, en contrebas, d'un bleu uni, semblait figé dans le froid. Sur la rive opposée, Lausanne se dissimulait derrière un voile de brume qui se teintait de rose et d'orange avec le couchant.

Au milieu du parc, il y avait un plan d'eau gelé, avec des branches mortes prises dans la glace. Bolan suivit l'allée et passa devant une grande volière, vide en cette saison mais qui devait abriter des oiseaux exotiques aux temps chauds.

Vu de près, la façade était richement ornementée, avec des reliefs en stuc, des colonnades, des cariatides. Il n'y avait pas beaucoup de balcons car la plupart des fenêtres étaient à encorbellement. Le toit de tuiles était surmonté en son milieu d'une fort belle coupole sphérique.

Bolan se gara devant le porche, prit son sac de toile, donna sa clé de contact au voiturier, répondit au salut du portier et entra.

Franchir le seuil, c'était comme de voyager dans le temps. L'on se retrouvait d'un coup à la « Belle Epoque ». Derrière un comptoir immense et sinueux s'affairaient trois filles en uniforme bleu, également jeunes, également blondes et également jolies. Elles avaient autour du cou un carré de soie multicolore : on aurait presque pu les confondre avec des hôtesses de l'air. Bolan s'avança vers la première qui daigna relever la tête.

— Bonjour, monsieur.

— Bonjour. Je suis Magnus Butler. Je crois qu'on a retenu une chambre pour moi.

La jeune fille pianota sur le clavier de son ordinateur, fit quelques *clics* avec la souris.

— Votre secrétaire nous a effectivement téléphoné tout à l'heure, Mr. Butler, confirma-t-elle. En revanche, ce n'est pas une chambre qu'elle a retenue mais la suite George V.

A mi-voix, elle ajouta :

— C'est notre plus belle suite.

Bolan salua cette confidence d'un haussement de sourcils.

— Pour l'instant, il y a des lits jumeaux mais, si vous préférez, nous vous pouvons les remplacer par un lit *king size*...

— Ça ira, dit Bolan.

Il sortit sa carte de crédit.

— C'est inutile, *sir,* dit la réceptionniste. C'est payé depuis Washington.

Elle enrobait tout ce qu'elle disait dans un sourire sucré.

— Je vois ici, ajouta-t-elle en faisant pivoter l'écran de son ordinateur, que nous avons un numéro d'accord pour un crédit illimité sur une *American Express* de votre société.

Par la même occasion, Bolan aperçut le prix de la chambre.

— 2300 € la nuit ? fit-il.

La réceptionniste était fine mouche.

— Petit déjeuner compris, précisa-t-elle sur un ton mutin.

Bolan, se prenant au jeu, poussa un soupir de soulagement et dit :

— Ah ! là, je comprends mieux…

— Et puis, ajouta-t-elle sur le même ton, vous bénéficiez d'un avoir de 100 euros valable au spa une fois pendant le séjour.

— C'est Byzance, dit Bolan.

— Mais non valable sur les produits, précisa-t-elle.

— Cela va de soi, dit encore Bolan.

Un groom arriva.

— Kévin, accompagnez monsieur à la 520, lui dit la réceptionniste.

Le groom réprima un tressaillement de surprise. Il savait à quoi correspondait la 520, il voyait Bolan, et il avait apparemment du mal à faire le lien entre les deux. Il avait l'air de se dire que ce grand gaillard au visage buriné, au maigre bagage et aux vêtements grossiers allait faire tache dans un tel décor.

La suite George V était un duplex situé dans la Coupole que Bolan avait admirée en arrivant. C'était le royaume du luxe et du raffinement. Toutes les splendeurs du style « Art nouveau » s'y déployaient. Au premier niveau, un salon rond offrait une vue panoramique sur le lac et sur la montagne. Bolan posa son sac sur un fauteuil et se retourna :

— Voici, monsieur, dit le groom. Vous disposez d'un écran plasma avec 170 chaînes, d'un ordinateur avec connexion internet haut débit, d'une vitrine bar, ainsi que d'un *ice maker,* d'un coffre-fort. Petit déjeuner américain chaque jour dans votre chambre ou au restaurant. Au deuxième niveau, situé sous la Coupole, où vous accédez par cet escalier en colimaçon, vous allez découvrir une grande pièce éclairée par quatre hublots en pierre de taille. Je précise que chaque niveau peut être climatisé différemment.

— Fort bien.

— Quant à la salle de bains…

Bolan l'interrompit d'un geste brusque. Il n'avait pas envie d'entendre la description d'une salle de bains qu'il verrait de ses propres yeux dans une minute. D'autant plus que tous les laïus du groom, traduits en bon français, ne signifiaient qu'une chose : *N'oubliez pas mon pourboire !*

Pour lui montrer qu'il avait été compris, Bolan lui donna un billet de vingt euros, parce qu'un billet de dix aurait été mesquin et qu'un billet de cinquante aurait fait « nouveau riche ».

Satisfait, le groom sortit à reculons.

Bolan verrouilla la porte derrière lui, prit son sac, monta dans la chambre, disposa ses armes de façon à les avoir à portée de main, se déshabilla et entra dans la salle de bains.

En matière de décoration, il n'avait jamais rien vu d'aussi extravagant. Ce qui n'était pas en marbre était en bronze patiné. L'alcôve du jacuzzi était ornée d'un bas-relief en staff représentant un cerf et une biche dans un sous-bois. Un autre bas-relief, à motifs floraux, ornait les flancs de la cabine de douche. Les appliques et la robinetterie en bronze patiné reproduisaient des plumes de paons, des libellules et des pommes de pin.

Le sol était dallé de marbre beige, noir et blanc. Cela rappelait les bains antiques ou les hammams orientaux.

Bolan était à l'aise partout. Ce luxe effréné ne l'empêcha pas de prendre sa douche comme si de rien n'était. Après quoi, il enfila des vêtements propres et descendit au restaurant. C'était une vaste pièce. Il y régnait une atmosphère étrange et compassée. Tout le monde était silencieux, le personnel par discrétion, les clients parce qu'ils étaient bien élevés ou timides ou parce qu'ils craignaient de déranger les fantômes du passé. Sous des lustres énormes, les nappes blanches étincelaient autant que l'argenterie et les verres en cristal. Les femmes portaient de robes de cocktail, les hommes des costumes sombres et la plupart étaient cravatés. Bolan se rendit compte qu'au milieu de tous ces beaux messieurs et de toutes ces belles dames, il détonnait avec ses vêtements rustiques. Ce qui ne l'empêcha pas de savourer son dîner.

Rentré dans sa suite vers 10 heures du soir, il téléphona à Brognola.

— Vous êtes conscients que vous m'avez offert une suite à 2 300 € la nuit ? demanda-t-il sur un ton de reproche.

— Tu as été à la peine, il est normal que tu sois à l'honneur, répondit le grand fédéral. Eclate-toi, tu l'as bien mérité.

— Aux frais de la princesse, ça m'embarrasse un peu.

— Tu as eu Kazatchenko et Tyndall. La tête de ces deux salauds était mise à prix. Comme tu ne vas pas réclamer la récompense, tu lui fais faire des économies, à la princesse ! De toute façon, tu ne vas pas t'éterniser dans ce palace. Grimaldi va bientôt aller te récupérer. En attendant, je te le redis : profites-en bien ! Tu n'as vraiment pas de scrupules à avoir !

Du coup, Bolan se coucha plus serein et dormit comme un bienheureux.

CHAPITRE VIII

Genève, Suisse
Mercredi 27 décembre

Maître Johannes Ziegler était le client idéal pour un enlèvement ou un assassinat : il avait des habitudes.

Par exemple, le matin, au petit déjeuner, c'était trois tasses de café, pas deux, pas quatre. Par exemple, cela faisait vingt ans qu'il n'achetait que des Porsche bleu marine. Par exemple, il était fidèle à sa femme les lundis, mardis, jeudis et les week-ends. Les mercredis et vendredis, il les réservait à sa maîtresse, la même depuis douze ans. Elle se faisait appeler Moyra, mais son véritable prénom devait être ordinaire. C'était une Française qui avait acheté une petite galerie d'art en plein centre de Genève avec de l'argent gagné à Paris et à Monaco dans la prostitution de luxe. Elle avait été fort jolie dans son jeune temps. Aujourd'hui, à quarante-cinq ans, elle avait commencé à décliner. Nul n'aurait pu prédire si elle allait finir desséchée ou empêtrée dans du gras. En attendant, elle était encore belle, abstraction faite du côté figé et irréel que donnent les fausses dents, les extensions de cheveux, les liftings, le collagène et le Botox.

Si c'était mercredi, Me Ziegler arrivait devant chez sa maîtresse rituellement à 9 heures du soir. Il garait sa voiture dans le parking souterrain de l'immeuble, le plus près possible de l'ascenseur. Le programme était toujours le même et il ne s'en lassait pas. Moyra non plus. Ils s'étaient bien trouvés pour ça. Après avoir mené pendant des années une vie de patachon, elle aimait la routine. Lorsqu'il ouvrait la porte, elle l'accueillait avec un baiser et un verre de Chivas. Dans la salle à manger, la table était mise. Dans la cuisine, une bouteille de bordeaux décantait. Ils dînaient et faisaient l'amour.

Si c'était vendredi, ils se retrouvaient à 9 h 30 du soir dans un bon restaurant du centre-ville où ils avaient leur table attitrée. Leur dîner était immanquablement arrosé du même Pauillac 1er cru et se terminait immanquablement par la même île flottante. Après quoi, ils allaient se divertir au *Cœur d'amour épris,* un club échangiste très sélect où ils avaient, là aussi, leurs *habitudes.* Depuis le soir où Moyra avait manqué l'occasion de finir la nuit avec un beau garçon deux fois plus jeune qu'elle et bâti comme un Chippendale, ils prenaient chacun sa voiture, pour ne pas être obligés de rentrer ensemble.

En l'occurrence, c'était mercredi et il était bientôt 9 heures du soir. Jack O'Donovan et Natalia Krylova, à l'abri derrière les vitres teintées de leur jeep Grand Cherokee, s'attendaient à voir paraître d'une seconde à l'autre la Porsche de Me Ziegler.

— D'après JCS, c'est un métronome, ce monsieur ! dit Natalia.

Cela faisait déjà deux heures qu'ils étaient embusqués dans le parking de la soi-disant Moyra. Un enlèvement, c'est comme les soldes chez Harrods ou les concerts de Madonna, il ne faut pas avoir peur d'arriver en avance si on veut être bien placés. Ils étaient garés au plus près de l'ascenseur. Pour y accéder, Ziegler serait obligé de passer entre leur 4x4 et le mur et, là, il serait cuit.

Ça ne pouvait pas rater.

Pour plus de sûreté, Sachs et Liatichinski étaient en planque dehors, dans une Audi.

A 9 h 05, O'Donovan et Natalia échangèrent un regard.

A 9 h 15, O'Donovan dit :

— Il est déréglé, ton métronome.

Natalia ne répondit rien. Elle était un peu claustro. Pendant les longues planques, elle se concentrait sur l'objectif et tâchait de rester zen. Elle n'avait pas d'oxygène à gaspiller.

Lorsqu'ils avaient commencé à travailler ensemble, O'Donovan avait eu tendance à bavarder pour passer le temps. Elle lui avait fait comprendre qu'elle préférait qu'il se taise. A présent, ils n'échangeaient pas plus d'une réplique par heure, sauf nécessité du service.

Jack O'Donovan n'était pas claustro, lui. Et il aimait attendre. Dans ce métier-là, ça vaut mieux, sinon il n'y a plus qu'à rendre son tablier. Lorsque O'Donovan entendait parler de la patience des paparazzi, il rigolait doucement.

Une deuxième chose qu'il faisait mieux que personne,

c'était tuer. Attendre et tuer : il aurait pu être chasseur. Mais il n'aurait pas trouvé fair-play de s'en prendre à des petites bêtes qui ne lui avaient rien fait.

Sniper dans les forces spéciales, il avait passé des heures dans la position du tireur couché, déguisé en buisson ou en tas de sable. Il était parfois resté pendant une journée entière sans bouger, même pas pour pisser. Et puis, dans l'antigang ! Là aussi, il avait poireauté. Au bout d'un moment, il en avait eu marre. Pas d'attendre. Ça ne l'avait jamais dérangé. Ce qu'il avait détesté, par contre, c'était de sortir quelquefois son flingue et de ne jamais s'en servir. Ou presque. Il n'aimait pas les guerres qu'on ne fait qu'à moitié. Les duels à fleurets mouchetés, très peu pour lui.

Dans les Forces Spéciales, il avait été surnommé Rambo. Il se souvenait de l'opération *Tempête du désert* comme de la plus belle période de sa vie. Là-bas, on faisait ce qu'on voulait de l'ennemi.

Il avait fini par quitter la police : une sombre histoire. Un trio de flics ripoux, qu'il avait repéré. Ils lui avaient proposé de l'argent pour qu'il la boucle. Il avait refusé. Pour les hommes comme lui, on était d'un camp ou on était de l'autre. Il n'y avait pas de moyen terme. L'ennemi le plus abject valait encore mieux que le traître, et le voyou le plus pourri valait encore mieux qu'un flic corrompu. Conséquemment, les ripoux avaient essayé de lui faire la peau. Exquise naïveté de leur part ! O'Donovan les avait eus tous les trois. Le dernier, il l'avait fini au couteau. Quant à lui, il avait juste reçu une balle dans l'épaule.

Ces trois pignoufs, il aurait été capable de se les faire d'une seule main !

Au lieu de le décorer, ses chefs avaient exigé qu'il rende sa plaque et son flingue. Il s'en tirait bien ! Sans la balle dans l'épaule, il aurait peut-être été traduit en justice pour meurtres avec préméditation et guet-apens !

Après cela, il avait traversé de longs moments de solitude.

Mazepa, au courant de ses déboires, lui avait fait une offre, qu'il s'était empressé d'accepter. Depuis lors, il était aussi heureux qu'autrefois dans les forces spéciales. Parce que, ici comme là-bas, les choses étaient claires : Mazepa lui désignait un ennemi et, s'il avait envie de le couper en rondelles, il le coupait en rondelles, point final.

Tel quel, tireur d'élite, expert dans tous les arts martiaux et malin comme un singe, O'Donovan n'avait pas peur de grand monde ni de grand-chose.

Mais, parmi les rares trucs qui lui foutaient les chocottes, il y avait Natalia.

— Presque 10 h 30, annonça-t-il après un bref coup d'œil à sa montre.

Natalia Krylova le regarda, l'œil froid, le visage impassible.

Zen !

Elle avait l'air de dire : « Economise ton souffle pour refroidir ta soupe. »

C'était la plus belle fille qu'il avait jamais vue. C'était la plus belle fille que des tas de mecs avaient jamais vue. Une grande blonde avec des yeux d'un bleu étrange, tirant sur le violet, un visage d'ange et un corps de déesse. Le sex-symbol par excellence. Elle n'avait qu'à paraître pour séduire. Mais elle ne cherchait pas à en profiter. Au contraire. Pour être tranquille, elle avait coutume de cacher ses trop beaux cheveux dans une grande casquette, ses trop beaux yeux derrière une paire d'énormes lunettes de soleil, son trop beau corps dans un manteau informe.

Elle donnait l'impression de détester tous les hommes et d'avoir fait de sa passion un métier en devenant tueuse.

O'Donovan s'était souvent demandé où Mazepa l'avait dénichée.

Il savait qu'elle avait été mannequin parce qu'elle le lui avait dit, une des rares fois où elle lui avait un peu parlé.

Pour commencer, sa mère l'avait inscrite à des concours de minimiss, qu'elle avait tous gagnés. A quatorze ans et demi, une agence de mannequins l'avait repérée et enrôlée. Aussitôt, les propriétaires d'une grande marque de lingerie, en voyant son *book,* avaient dit : « Celle-là ! C'est celle-là qu'il nous faut. » Elle aurait pu avoir le monde à ses pieds.

— Tu vas voir comme j'étais sotte, avait-elle confié à O'Donovan ce jour-là. A la première séance de pose, j'ai demandé où était le vestiaire. Ils ont tous éclaté de rire, les photographes, les autres filles, tout le monde…

— Qu'est-ce qu'il y avait de drôle ?

— Ce qu'il avait de drôle ? C'est qu'il n'y a pas de vestiaire dans ces endroits-là. Les filles sont censées s'habiller et se déshabiller devant tout le monde, même devant les techniciens, les livreurs de pizzas, les coursiers — parce qu'on entre comme dans un moulin, là-dedans !

— Et alors ?

— J'ai pris mes cliques et mes claques, naturellement.

Cet esclandre avait coûté cher à son agence et sonné le glas de sa carrière.

— Naturellement, avait répété O'Donovan.

Il avait gardé pour lui ses véritables sentiments. En vérité, il n'avait pas réussi à comprendre qu'une belle fille préfère renoncer à la gloire et à l'argent que de montrer un bout de téton.

De toute façon, question sexe, elle n'était pas nette.

Une fois, dans un snack-bar, il s'était laissé aller à lui faire du gringue. Une fille normale aurait souri. Elle non. On aurait dit qu'elle avait envie de vomir. Une autre fois, dans la voiture, il lui avait frôlé la cuisse, comme qui dirait par inadvertance ; elle lui avait lancé un de ces regards, mon vieux ! Un petit frôlement de rien du tout, à travers l'épaisseur du jean ! Tu parles d'une affaire !

Qu'est-ce que ce serait s'il cédait à la tentation de lui pincer les fesses ? Elle serait capable de lui couper la main, cette fêlée !

Ce même soir, précisément à l'heure où Natalia et O'Donovan s'attendaient à le voir paraître, Me Johannes Ziegler se trouvait au chevet de Mme Hélisenne Briet de Charrette, son auguste belle-mère, dans une chambre de l'Hôpital Cantonal de Genève.

Mme de Charrette était plâtrée depuis la cheville jusqu'à mi-cuisse. Veuve et richissime, elle conservait son côté *reine mère* envers et contre tout. Elle avait glissé sur une plaque de verglas en sortant d'un supermarché et s'était fracturé le tibia et le péroné.

— Mais, maman, qu'est-ce que tu faisais dans un supermarché ? demanda Ruth.

Ruth Ziegler, née Briet de Charrette, était une assez jolie personne. Avec ses cheveux d'un blond très clair, son teint de rose et ses yeux bleus, elle faisait penser à une poupée de porcelaine. Son mari l'avait conquise en lui disant qu'elle ressemblait à une buée délicatement irisée par un rayon de soleil. Pour l'heure, son front empourpré par l'émotion contrastait affreusement avec ses cheveux.

— Je cherchais un cadeau pas cher pour ma concierge, expliqua Mme de Charrette.

— Tibia *et* péroné ! s'exclama Me Ziegler sur un ton presque admiratif.

Il avait du savoir-vivre et traitait sa belle-mère avec tous les égards dus à ses millions.

— Mon petit Johannes, répondit Mme de Charrette sur le ton *prout ma chère* dont elle ne se départait jamais, mon petit Johannes, vous savez très bien que je ne fais jamais les choses à moitié.

— Avez-vous eu mal ?

— Pas sur le coup mais, dans l'ambulance, avec les secousses, c'était atroce.

— Et maintenant ?

— Merci de vous en inquiéter, mon gendre, mais, non, je n'ai plus mal du tout. Il faut dire qu'avec toutes les piqûres qu'ils m'ont faites, à cette heure-ci je dois avoir davantage de morphine que de sang dans les veines !

Tout en feignant de compatir, Me Ziegler maudissait cette conne de belle-doche qui ne savait pas foutre un pied devant l'autre sans se vautrer et qui l'empêchait de rejoindre sa chère Moyra.

Il ne pouvait pas se douter que, ce faisant, elle l'avait provisoirement sauvé du pire.

Vers minuit, O'Donovan appela Liatichinski.

— Il ne viendra sans doute plus, lui dit-il. Sachs et toi, vous pouvez aller vous coucher. Natalia et moi, nous restons, par acquit de conscience.

Tandis qu'ils attendaient encore, Natalia et O'Donovan virent des voitures qui partaient, des voitures qui revenaient. Et puis, la tournée d'un vieux vigile, vers minuit et demi et, juste après, deux fêtards complètement schlass qui soulageaient leurs vessies sur les roues d'un Hummer. Et puis, un jeune couple en rut qui se croyait seul et qui s'en payait une tranche dans le petit habitacle d'une Smart ! Et puis, les mêmes, qui se faisaient une scène et partaient chacun de son côté.

Mais pas plus de Johannes Ziegler que de beurre en broche.

A 3 heures du matin, ils décidèrent de lever le camp.

— Il ne viendra plus, dit O'Donovan.

— Je le crois aussi.

Ils étaient sereins. Ni déçus ni fâchés. Ça n'aurait pas été professionnel.

— Bah, nous l'aurons après-demain, dit Natalia avec une moue de dégoût.

— Il sera avec sa pute, rappela O'Donovan.

— Je me charge de l'entraîner à l'écart, dit Natalia.

O'Donovan hocha la tête. Pour ça, il lui faisait confiance.

CHAPITRE IX

Splendid Hotel
Jeudi 28 décembre

Bolan se réveilla au milieu de la matinée et se fit apporter son petit déjeuner. En le voyant, il se demanda si on ne l'avait pas confondu avec un ogre. Sur le plateau, il y avait huit tranches de bacon, quatre tomates, une omelette, des viennoiseries, des pancakes, des mueslis aux fruits secs, du sirop d'érable, des jus de fruit, des jus de légume, du lait, du thé de Chine fumé et du café parfumé à la vanille.

Il y avait aussi une rose dans un soliflore. Et des journaux.

Après tant de nuits passées dans des motels miteux aux quatre coins du monde, il apprécia sans chichis le confort d'un cinq étoiles.

Il mangea de tout, lut les journaux, se prélassa dans le jacuzzi. Et puis il décida d'aller passer quelques heures au spa. N'avait-il pas un avoir de 100 euros « valable une fois pendant le séjour » ?

Au début de l'après-midi, il décida d'aller à Thonon pour « refaire sa garde-robe ». Dans une boutique, il acheta une paire de mocassins Sebago et une paire de richelieus Church's ; dans une autre, deux costumes sombres, l'un droit, l'autre croisé, quelques chemises de lin blanc, deux belles cravates, un trois-quarts en Gore-Tex et un trench-coat réversible, prince-de-galles d'un côté, mastic de l'autre.

Ensuite, il se promena en attendant la fin de l'après-midi. Puis, il rentra, enfila une chemise blanche, le costume croisé, noua une cravate autour de son cou, chaussa les richelieus et se rendit au restaurant, où, cette fois, il s'attira des regards qui n'étaient pas tous réprobateurs.

Vers minuit, il ressortit pour aller boire un verre au casino d'Evian. Il perdit quelques centaines d'euros dans les bandits manchots, déclina l'offre d'une call-girl qui prétendait être majeure et blonde, ce qui semblait douteux dans les deux cas, et rentra se coucher.

Le lendemain, il déjeuna copieusement, lut les journaux, huma la rose du soliflore, se prélassa dans le jacuzzi, retourna au spa où il se fit faire un massage aux pierres chaudes, alla se promener au bord du lac, regarda les bateaux à aube, les gens qui nourrissaient les canards affamés, revint à l'hôtel, s'habilla pour le dîner, ressortit faire un tour et rentra se coucher vers minuit.

L'on n'était que vendredi et déjà il s'ennuyait ferme !

Grimaldi, qu'est-ce que tu fous ?

Banlieue résidentielle de Genève
Vendredi 29 décembre

— Es-tu malade ? C'est peut-être la grippe. As-tu de la fièvre ?

Mme Strauss se faisait du souci pour son magistrat de mari.

— Ou alors, c'est quelque chose qui te ronge ? ajouta-t-elle.

Bernard Strauss était un gaillard d'une cinquantaine d'années, portant beau, avec une épaisse toison poivre et sel et un visage enluminé de bon vivant. C'était à l'ordinaire un grand amateur de bons vins, de bonne chère et de bons mots. Mais, depuis quelques jours, ce brave homme n'était plus que l'ombre de lui-même. Au bout de la table de la salle à manger, il était un peu avachi sur sa chaise. Il avait l'air absent. Son teint safrané aurait pu faire craindre une jaunisse.

— Bernard ? insista Mme Strauss.

Le juge ne répondit rien. Il se contenta de hocher la tête. Non, il n'était pas malade et, si quelque chose le tracassait, il n'avait pas envie d'en parler.

— C'est vrai, papa, renchérit Jany. Maman a cuisiné tout l'après-midi et tu n'as touché à rien.

Le juge sourit tristement. On a raison de dire que les chiens ne font pas des chats. Sa fille était le clone de sa femme, avec trente ans de moins et déjà quelques kilos de plus. Les mêmes traits un peu mous, les mêmes joues roses, les mêmes cheveux blonds presque transparents, la même prunelle bleue, le même regard de biche aux abois. Et le même caractère doux, plein de sollicitude. Elle étudiait pour être avocate et M. Strauss pensait qu'elle serait la meilleure plaideuse du monde le jour où il suffirait de tomber à genoux dans une attitude de pécheresse repentie pour convaincre une cour d'assises.

— J'ai bâfré ce midi, dit M. Strauss en repoussant son assiettée de tartiflette presque intacte. Ça m'apprendra.

— Il y a de quoi *bâfrer* à la cantine du Palais ? s'étonna Mme Strauss.

— J'ai mangé au *Bœuf mode* avec Arthur. Je me suis retrouvé en face d'une montagne de viandes et de légumes et, pour ne vexer personne, je me suis forcé à tout engloutir. Ajoutez à cela le vin et le dessert et j'ai passé l'audience de tantôt à somnoler…

Le juge savait qu'un mensonge n'est bon que s'il contient une part de vérité. La vérité, c'était que le procureur Goldsmith était passé le chercher à son bureau et l'avait emmené déjeuner au *Bœuf mode*. Mais, au lieu de faire honneur aux plats, il s'était contenté de boire bière sur bière en pignochant dans son assiette.

Goldsmith aussi s'était inquiété.

— Qu'est-ce qui ne va pas, Bernard ? avait-il demandé. Tu as une mine de croque-mort. Qu'est-ce qui cloche ?

Niant l'évidence, Strauss avait prétendu que tout allait pour le mieux dans le meilleur des mondes possibles et Goldsmith n'avait pas insisté.

— P'pa, je peux sortir de table, s'il te plaît ? demanda Antoine.

M. Strauss acquiesça d'un hochement de tête.

— Merci, p'pa.

Assis en face de sa sœur, Antoine était le cadet de la famille. C'était un gamin de treize ans, avec de longs cheveux noirs attachés sur la nuque par un catogan. Il écoutait Marilyn Manson du matin au soir. Le plus souvent, il flottait dans des T-shirts Guns & Roses XXL et des pantalons de treillis dont l'entrejambe se trouvait si bas qu'on aurait dit des sarouals. Selon ses conceptions, l'élégance consistait à se déguiser en Dracula, *y compris la cape !* — sa petite taille et son visage poupin contribuant à part égale à faire de lui un vampire plus ridicule que terrifiant. Il parlait sur un ton traînant qui donnait à tout ce qu'il disait un parfum d'insolence. Dans sa bouche, *s'il te plaît* et *merci* pouvaient sonner comme des gros mots.

— Minute ! s'écria Mme Strauss alors que le gamin se levait déjà.

Au son de sa voix, exceptionnellement rêche, Achille, le gros chien de la maison, qui somnolait aux pieds de M. Strauss, dressa l'oreille. Les chiens sont pour la paix des ménages.

— Quoi ?

— Où vas-tu comme ça ?

— Dans ma chambre. Je n'ai pas fini mes devoirs.

— C'est ton tour de sortir la poubelle, rappela Mme Strauss.

Antoine allait rechigner mais sa sœur ne lui en laissa pas le loisir.

— Je vais le faire, murmura la douce créature.

— Merci ! dit l'ado sur son ton inimitable.

Et il partit vers la porte.

— Il n'est pas question de ça ! protesta Mme Strauss, qui avait trois excellentes raisons d'être éprise de justice : primo comme calviniste, secundo comme citoyenne genevoise et tertio comme épouse de magistrat. Antoine, c'est à toi de le faire et c'est…

— Ruth, intervint M. Strauss, interrompant sa femme d'une voix sourde, tu ne vas pas nous faire une pendule à treize coups pour une histoire de poubelles. Puisque Jany propose d'y aller, qu'elle y aille et qu'on n'en parle plus.

Cela mit un terme à la discussion.

Antoine déguerpit sans demander son reste et on l'entendit bientôt courir dans l'escalier. Mme Strauss commença à débarrasser la table. Le juge se traîna jusqu'au salon sans autre ambition que de se laisser choir dans un fauteuil et de broyer du noir en attendant l'heure d'aller se coucher.

De son côté, Jany, du pas guilleret des gens qui ont conscience d'accomplir une bonne action, alla chercher le sac-poubelle sous l'évier de la cuisine, le noua et sortit dans la nuit, le chien sur ses talons.

Les Strauss habitaient dans la banlieue résidentielle de Genève une maison cossue, à trois niveaux, avec un perron, une marquise style métro, de grandes fenêtres, des mansardes et des tourelles — ce que, dans les annonces immobilières, on appelle « maison de caractère ». La bâtisse trônait au milieu d'un parc, pas très grand mais joliment arboré. M. Strauss, qui n'aimait guère la rigidité des jardins à la française, avait demandé au jardinier de laisser subsister quelques taillis.

C'est derrière l'un d'entre eux que Vladimir Liatichinski s'était embusqué.

Lorsqu'il vit la lumière s'allumer au-dessus de la porte de derrière, il poussa un soupir de soulagement. Cela faisait plus d'une heure qu'il attendait ce moment. « Pas facile d'entrer dans cette bicoque, lui avait dit JCS. Par effraction ? T'oublie. Il y a des alarmes partout. Et, si tu te présentes le bec enfariné à la porte de devant sous un prétexte quelconque, on ne t'ouvrira pas. Mais la vie de ces gens-là est réglée comme du papier à musique. La ponctualité suisse, ça n'a pas que des mauvais côtés ! Chaque soir, après souper, un membre de la maisonnée sort la poubelle — la mère, le fils, la fille, à tour de rôle — en laissant la porte entrouverte. Tu me suis ? »

Liatichinski ne fut pas surpris de voir, dans le sillage de la jeune femme, un gros chien noir avec un poitrail blanc et une bande de poils blancs entre les yeux. Pour ça aussi, JCS l'avait prévenu. « Ils ont un clebs : un bouvier bernois. Pas de lézard ! Il n'y a pas plus gentil que ces bestiaux-là. Si un jour il y en a un qui mord un homme, ça sera dans le *Guinness*. Mais alors, qu'est-ce que ça gueule ! Alors, tu commences par lui, vu ? » Liatichinski avait déjà prévu que la bande blanche entre les yeux guiderait son tir. « Un vrai cadeau de la Providence, ce truc-là, s'était-il dit. Comme les stries sur le melon, pour mieux le découper. » Et il avait souri.

Lorsque Liatichinski avait su qu'il faudrait aussi percer le crâne d'un gros chien, il avait choisi un Gyurka dans l'arsenal de JCS, à cause de sa puissance. Ses nouvelles cartouches de 9 mm, grâce à leur design et à leurs qualités balistiques, étaient de 30 à 80 % supérieures à leurs rivales.

JCS lui avait aussi fourni un silencieux customisé, qui étouffait très bien les détonations, transformant les grands *boum !* en petits *pchitt !*

Lorsque le bouvier vit l'homme, il eut un sursaut de stupeur et chercha à se cacher derrière sa maîtresse, oubliant provisoirement d'aboyer. Liatichinski braqua son Gyurza, visa et pressa la détente : la balle partit sans faire plus de bruit qu'une bouteille de mousseux éventé qu'on débouche. Il mit dans le mille. Il ne doutait pas du résultat : à cent mètres, ses munitions perçaient des gilets pare-balles de classe A, c'est-à-dire avec une ou deux couches de titane de 1,4 mm d'épaisseur chacune et 30 couches de kevlar — alors, de l'os ! Le chien tomba foudroyé et la bande blanche entre les deux yeux devint rouge.

La jeune femme contempla son chien sans comprendre. Elle s'agenouilla près de lui et le secoua en murmurant son nom. Lorsqu'elle se retrouva avec les mains gluantes de sang, elle releva la tête, comme si l'explication de ce mystère ne pouvait se trouver qu'au ciel.

Elle vit un homme qui tendait vers elle un bras prolongé par un long tube. Il appuya sur la détente. La jeune femme eut encore le temps d'apercevoir au fond du tube une lueur orangée, d'entendre une espèce de bruit foireux et puis, pour elle, ce fut tout.

Son buste partit à la renverse avec une violence terrible et elle resta sur le dos, les jambes repliées sous elle. En quelques secondes, ses cheveux blonds furent noyés dans une mare de sang. Satisfait, Liatichinski partit vers la maison. Le Gyurza avait un chargeur de 18 coups. Jusqu'ici, il avait été économe. Il lui restait 16 cartouches pour trois cibles. Il avait de la marge.

Lorsque Liatichinski entra dans la cuisine, Mme Strauss était penchée sur le lave-vaisselle. Avec ses cheveux relevés en chignon et son décolleté carré, elle semblait lui offrir sa nuque. Il aurait pu tirer tout de suite. Mais ce n'était pas son genre. En matière d'assassinat, Vladimir Liatichinski était un gourmet.

Il marqua une pause, savourant la situation.

Une mise à mort où l'on se dépêche, c'est du gâchis. Il faut savoir si on est à la corrida ou à l'abattoir. Les toreros prennent leur temps ; il n'y a que les bouchers qui soient pressés.

Ce que Liatichinski aimait par-dessus tout, c'était le sentiment de toute-puissance que donne le meurtre. Cette femme était bien vivante ; dans quelques secondes elle serait morte ; et c'est lui seul qui en aurait décidé ainsi. Cette idée le grisait comme nulle autre.

Mme Strauss était en train de déposer un par un des verres dans le panier du lave-vaisselle. Il s'agissait de verres en cristal, joliment ciselés, qui étincelaient dans la lumière crue du plafonnier.

Elle se retourna brusquement, comme si elle avait senti une présence derrière elle et, découvrant la présence de

Liatichinski, elle resta pantoise. Le verre qu'elle tenait lui échappa de la main et se fracassa sur le sol.

— Quel con ! murmura Liatichinski, s'adressant à lui-même, car c'était une faute de ne pas avoir tué la mère de famille la première fois qu'elle avait eu les mains vides.

Mme Strauss le regardait fixement. Dans ses yeux, la surprise céda la place à la terreur lorsqu'elle vit le pistolet braqué sur elle. Liatichinski appuya sur la détente. La balle entra par le front et ressortit par l'occiput. Derrière la tête de Mme Strauss, la porte du réfrigérateur, toute blanche, se macula de sang et de cervelle.

La femme, projetée en arrière, rebondit contre le frigo et retomba violemment sur le carrelage, face contre terre. Le cartilage de son nez craqua.

Exactement comme Liatichinski l'avait prévu, les bruits de verre brisé avaient alerté quelqu'un.

Voilà qu'un homme se tenait dans l'encadrement de la porte du salon. Liatichinski l'identifia sans peine. Costaud, entre deux âges, les cheveux gris, le teint brique : c'était le juge, tel qu'on le lui avait décrit.

Liatichinski lui laissa le temps de comprendre qu'il allait mourir. Dans un tel moment, il y a deux sortes d'hommes : ceux qui se pétrifient et ceux qui s'affolent. A quelle catégorie le juge appartenait-il ?

On allait bientôt le savoir.

Il commença par écarter doucement les mains, ce qui pouvait signifier qu'il était désemparé ou qu'il offrait sa reddition. Mais, le vrai sens de ce geste, Liatichinski le comprit lorsque le juge s'empara d'une bouteille sur le plan de travail et le lui jeta à la figure. Liatichinski para du bras gauche et tira. Mais sa balle se perdit car, le temps qu'il pare, le juge avait disparu.

Conclusion : le juge n'appartenait à aucune des deux catégories préétablies. Il n'était pas resté les deux pieds dans le même sabot et il n'avait pas non plus cédé à la panique. A la grande surprise de Liatichinski, il avait réagi froidement, comme quelqu'un qui s'est toujours attendu à trouver au milieu de sa cuisine le cadavre de sa femme et un tueur.

Liatichinski lui courut après.

Le juge avait déjà traversé le salon. Il se trouvait au pied de l'escalier. Liatichinski tira de nouveau et, de nouveau, rata sa cible. La lumière était trompeuse. Du côté de la télé, la pièce baignait dans un halo bleuté, qui tremblotait. De l'autre côté, c'était le domaine du sapin de Noël. Ses guirlandes électriques clignotaient sans cesse, crachotant des étincelles multicolores. Entre les deux, il y avait un espace obscur, dont le juge avait profité.

A son tour, Liatichinski traversa le salon au pas de course, butant au passage contre des meubles aux contours indistincts.

Le juge s'élança dans l'escalier. Liatichinski tira. Deux fois. L'énervement s'ajoutant aux inconvénients de la pénombre, cela fit encore deux balles de perdues.

Sauf erreur, il lui restait encore une bonne dizaine de cartouches. Le problème n'était pas là. Mais il était conscient que les battements de son cœur s'accéléraient et que sa respiration était devenue haletante. C'était là qu'il était, le problème. Cette effervescence, c'était bon pour les poules mouillées.

Pendant ce temps-là, le juge allait atteindre le premier palier.

Liatichinski s'installa au pied de l'escalier et le visa posément.

— Antoine ! hurla le juge. Cache-t… !

Une balle sous l'omoplate gauche l'empêcha de finir. Son cœur se vida dans sa poitrine, tout d'un coup, comme une outre crevée. Il partit en vrille.

Le gamin était dans sa chambre, un demi-étage plus haut. Il entendit seulement que son père l'appelait. Qu'il l'appelait d'une voix forte et que cela semblait urgent.

Il ouvrit la porte de sa chambre juste à temps pour voir son père passer par-dessus la rampe et, au pied de l'escalier, un homme qui le visait avec un gros pistolet.

Son instinct de survie lui dicta les bonnes réactions. D'abord, il se recula. Au même moment, une balle vint frapper le chambranle, juste à l'endroit où sa tête se trouvait encore un dixième de seconde plus tôt.

Ensuite, il referma la porte et mit le verrou.

Au moment où le tueur commença à donner des coups d'épaule dans la porte, il ouvrit la fenêtre. Au moment où la porte de sa chambre céda, il sauta dans le vide. Au moment où le tueur se pencha à la fenêtre, il avait disparu sous un buisson.

Il entendit le tueur qui poussait des jurons et puis, sans qu'il y ait eu de détonations, des balles atterrirent dans la terre avec des bruits mats. Une balle déchiqueta le buisson sous lequel il était abrité et se planta dans le sol à quelques centimètres de sa main.

Le tueur jura encore et repoussa la fenêtre de la chambre avec tellement de vigueur que des vitres se brisèrent.

Le gamin crut entendre le tueur qui dévalait l'escalier. Puis, plus rien.

Tout à coup, il se rendit compte qu'il s'était cassé quelque chose en sautant sur le sol gelé. Sa cheville droite s'était mise à lui faire très mal.

Il réfléchit qu'il n'était pas assez bien caché sous ce buisson si le tueur se mettait à fouiller le jardin. Alors, il rampa vers le mur d'enceinte, avec l'intention de se blottir dans le coin le plus sombre.

C'est alors qu'à travers la grille il vit le tueur qui s'en allait à pied dans la rue.

Une berline arriva en sens inverse et s'arrêta à sa hauteur. Le tueur y monta. La voiture redémarra silencieusement.

Le gamin resta seul pour compter les morts.

CHAPITRE X

Quelque part entre Denges et Denezy
Canton de Vaux, Suisse
Vendredi 29 décembre

L'enseigne bleue, au-dessus de la porte du manoir, était allumée depuis longtemps. Les tubes au néon calligraphiaient : *Le Cœur d'amour épris.*

Au chaud dans leur jeep Grand Cherokee, à l'écart de la route, Natalia Krylova et Jack O'Donovan attendaient depuis plusieurs heures, dissimulés par des haies touffues et par la nuit.

O'Donovan, toujours très smart, était vêtu d'une de ses habituelles chemises en lin blanc, d'un de ses habituels costumes Ermenegildo Zegna — assez amples pour loger son artillerie — d'un de ses habituels manteaux en cashmere. Natalia, par contre, avait dû faire des frais de toilette. Pour la circonstance, elle avait un manteau de bonne coupe, un chemisier noir, une minijupe en cuir noir, des bas résille, des souliers à hauts talons. Elle portait, sur ses cheveux blonds, une perruque brune et, sur ses prunelles mauves, des lentilles marron. Ses lèvres étaient rouge sang. Ses joues étaient couvertes de fard pour masquer son teint de blonde.

Même ainsi déguisée et barbouillée, elle restait belle.

Vers minuit, la Porsche de Me Ziegler apparut, suivie de la Volvo *vintage* de son amie Moyra. Natalia et O'Donovan attendirent qu'ils soient garés pour faire leur apparition dans le parc du *Cœur d'amour épris*. Comme par hasard, ils allèrent se ranger juste à côté de la Porsche.

Ils venaient de descendre de voiture, lorsque le téléphone de Jack O'Donovan vibra au fond de sa poche. Il le sortit. C'était un SMS de Liatichinski, et qui disait juste : « Bonne bourre ! »

— Vladimir ? demanda Natalia.

— Oui. Il a réglé son compte au juge.

— Bien ! dit Natalia. Maintenant, à nous de jouer !

Ils arrivèrent devant la porte du club au moment où elle se refermait sur Ziegler et Moyra. O'Donovan se servit du heurtoir. Aussitôt, quelqu'un fit glisser le volet d'un guichet et un œil apparut, qui les jaugea. L'examen fut bref — et il fut concluant, car la porte s'ouvrit.

Le portier était une femme, de taille supérieure à la moyenne, musclée, bronzée. Elle était brune, avec des yeux noisette et des lèvres ensanglantées par un rouge à lèvres terrible.

— Ta sœur jumelle, murmura O'Donovan à l'oreille de Natalia, car on aurait pu croire que Natalia avait pris modèle sur celle-là pour se déguiser.

— Soyez les bienvenus ! dit la femme en les débarrassant de leurs manteaux. Je m'appelle Salomé. Et vous ?

— Moi, c'est Renée, dit Natalia.

— Et moi, Talbot, dit O'Donovan.

— Américains ou Anglais ?

— Australiens.

— Beau pays, l'Australie, dit Salomé.

O'Donovan la trouva à son goût et chercha sans délai à le lui faire savoir.

— Donc, dit-il, le gardien des enfers s'appelle Cerbère et celui du paradis, Salomé.

Salomé n'entendit pas car elle était en train d'admirer Natalia des pieds à la tête. Au niveau des cuisses, elle fit même *Miam !*

— On n'attendait plus que vous, dit-elle en leur indiquant la salle d'un gracieux geste de tout le bras.

Natalia repéra le videur. C'était un Chinois minuscule, à la démarche tellement légère qu'il avait l'air de flotter au-dessus du sol. Elle était experte en taekwondo et en close-combat. Elle se savait capable d'affronter des hommes deux fois plus lourds qu'elle. L'idéal, à ses yeux, c'était les montagnes d'un quintal et demi qui se croyaient invulnérables : le barouf qu'ils faisaient en tombant ! En revanche, jamais elle n'aurait pris le risque de se mesurer à l'une de ces petites crevettes d'importation. Ces types-là sont sans force mais d'une agilité surhumaine. Ils n'ont pas besoin d'encaisser les coups, ils les esquivent. Par contre, on n'esquive pas les leurs. Et, s'ils ne connaissent que peu d'attaques, elles sont imparables et toutes mortelles.

— Pas question de se battre avec lui, dit-elle en désignant discrètement le Chinois. En cas d'embrouille, on lui tire dessus sans prévenir.

O'Donovan tiqua. Ils venaient à peine d'arriver et elle parlait déjà de transformer ce charmant petit endroit en champ de bataille !

— T'es sûre ?

Elle s'étonna qu'il s'étonne.

— Quoi ? Tirer sans prévenir, c'est contraire à ta déontologie ?

O'Donovan haussa les épaules.

— Non ! Bien sûr que non ! Mais, là, je ne vois pas le danger.

— Tu ne vois pas le danger ? répliqua Natalia. Crois-moi, ce gars-là est une terreur. Il n'y a qu'à voir comment il se tient. Il a l'air monté sur ressorts. La balle entre les deux yeux, c'est le seul truc contre lequel il ne doit pas avoir de parade.

O'Donovan rigola doucement.

— A vos ordres, madame.

La salle était grande. La lumière tamisée ne servait pas à dissimuler la médiocrité du décor, qui aurait pu être celui d'un club anglais, mais à créer une atmosphère. Natalia était déroutée car elle s'était attendue à quelque chose de sordide et l'ensemble paraissait plutôt de bon aloi.

Les hommes étaient tous bien mis, sinon tous élégants, et les femmes étaient toutes élégantes, sinon toutes modestes, certaines seulement vêtues de petites robes noires, d'autres plus aguicheuses.

Natalia et O'Donovan s'approchèrent du bar derrière lequel se tenait un gros homme engoncé dans une chemise hawaïenne. D'après la manière dont il rabrouait le barman, c'était le patron. Natalia commanda un cocktail au champagne — qu'elle eut soin de laisser inentamé. O'Donovan aperçut une bouteille d'Armagnac hors d'âge derrière le barman : il en commanda un verre, qu'il s'appliqua à oublier après y avoir seulement trempé les lèvres.

— Mon amie Natalia dans un club échangiste, c'est comme une végétarienne dans un barbecue, murmura-t-il.

— T'inquiète pas pour moi, rétorqua Natalia. J'ai l'intention de me contenter d'une salade.

Adossé au bar, O'Donovan contempla la salle. Parmi les aguicheuses, on comptait Moyra. Elle portait une robe rouge, longue, décolletée dans le dos jusqu'à l'entrefesson, et qui moulait avantageusement les seins et le ventre. O'Donovan en oublia Salomé.

— Elle a dû être superbe dans sa prime jeunesse, dit O'Donovan.

— Qui ? demanda Natalia.

— La Moyra de Ziegler.

— Pouah ! Elle a commencé par se faire payer. Sous peu, c'est elle qui paiera, dit Natalia sur un ton vachard.

— En attendant, elle doit encore trouver facilement à se donner.

O'Donovan s'aperçut que Moyra regardait avec intérêt dans sa direction. Normal : avec sa tête de baroudeur et sa silhouette de lutteur poids lourds, c'était le plus beau mâle de la soirée.

— J'ai l'impression que je lui plais, murmura-t-il.

— Veinard ! dit Natalia d'un ton acerbe.

Pour plus de sûreté, O'Donovan sourit à Moyra. Elle lui rendit son sourire.

— J'ai le temps de me la faire avant que tu t'attaques à Ziegler ? demanda-t-il.

A ces mots, Natalia pâlit sous son épaisse couche de fond de teint. Sur son visage, le scandale le disputa à l'incrédulité.

Elle le questionna du regard.

— Je parle sérieusement, confirma O'Donovan.

— Et tes armes ?

Jack O'Donovan avait sur lui deux pistolets que lui avait procurés JCS : un Smith & Wesson P226 et un Glock 26. Le Glock 26 se trouvait dans sa manche droite et le Smith & Wesson au creux de ses reins. Le Smith & Wesson était banalement rangé dans un holster. Par contre, le pistolet se trouvait sur une glissière sanglée à son avant-bras. Il l'avait fait faire sur mesure. Ça lui avait sauvé la vie plus d'une fois, il y tenait et il l'emportait partout. Ce n'était au total que des tiges de métal, des ressorts, quelques boulons, quelques écrous, deux lanières de cuir. Démonté, ce n'était qu'un bric-à-brac inoffensif qui n'avait jamais attiré l'attention d'aucun douanier. Dans l'arsenal de JCS, O'Donovan avait choisi ce Glock parce que c'était un sub-compact, léger, increvable, sans marteau ni reliefs qui auraient risqué de s'accrocher dans la manche — et aussi parce qu'il pouvait être porté en permanence avec une balle dans la chambre sans qu'il y ait lieu de s'inquiéter.

— Je n'ai pas l'intention de me foutre à poil, dit O'Donovan avec un sourire.

Natalia réfléchit. Elle n'était pas chargée de veiller sur la vertu de son associé. Et elle n'avait pas autorité sur lui. Ni, d'ailleurs, lui sur elle. Chacun était responsable de ses actes. Si la mission échouait à cause de sa libido, c'est à lui et à lui seul que Mazepa demanderait des comptes. C'est lui et lui seul qui paierait les pots cassés.

Et puis, il fallait bien faire quelque chose en attendant l'heure d'embarquer Ziegler.

— Bon, d'accord, vas-y, dit Natalia.

En même temps, elle lui adressa un regard vaguement condescendant qui voulait dire quelque chose comme : « Mon pauvre ami… »

A peine O'Donovan s'était-il éloigné qu'un homme aborda Natalia.

— Je peux vous offrir un verre ?

— J'en ai déjà un, merci.

Dans la pénombre, il semblait plutôt bien de sa personne. La quarantaine. Le crâne rasé. Une superbe cravate de soie lourde. Il se présenta : il s'appelait Marc, il était luxembourgeois, haut fonctionnaire international.

— Et vous ?

— Moi, c'est Renée. Je suis décoratrice.

— Votre petit accent ?

— Australien.

— Il me semblait bien. C'est votre mari qui est avec vous ?

— Si c'était mon grand frère, ce ne serait pas très moral, convenez-en.

Le haut fonctionnaire luxembourgeois éclata de rire. La réplique lui avait vraiment paru drôle mais il en rajoutait pour se faire bien voir.

— Vous venez ? demanda-t-il tout de go.

— Où ça ?

— Mais… dans la pièce du fond.

Du coin de l'œil, elle vit O'Donovan et Moyra qui s'y engouffraient, justement, dans la pièce du fond.

— Oh ! Pour ça, il va falloir attendre un peu.

— Ah ? fit le haut fonctionnaire luxembourgeois, dont la mine s'allongea.

— Hé ! oui. Comprenez-moi, je viens à peine d'arriver.

— Vous êtes longue à chauffer ? dit-il.

— Quoi ?

Sans se rendre compte qu'il côtoyait des précipices, il trouva malin d'ajouter :

— Comme les moteurs Diesel ?

Natalia serra les dents, respira par le nez. Elle n'aimait pas les hommes, certes, mais elle les tolérait quand ils étaient polis. Ce qui lui donnait d'irrésistibles envies de meurtre, par contre, c'était leur muflerie.

— Dégage de là, pauvre con ! dit-elle d'une voix sifflante entre ses dents toujours serrées.

Il ne pouvait pas savoir à qui il avait affaire. Elle aurait pu n'être qu'une faible femme comme il y en a tant, qui cèdent pour peu qu'on les assiège assez longtemps. Mais un curieux instinct l'alerta et il se garda d'insister.

A peine avait-il battu en retraite qu'un autre homme s'approcha.

— Je peux vous offrir un verre ?

Celui-là, elle ne prit même pas la peine de le regarder. Il aurait mieux fait d'attendre un peu. Là, encore toute courroucée, elle lui murmura d'un ton faussement suave, en soulignant chaque syllabe :

— Toi, fais pas chier !

Il tressaillit de surprise et, tout comme l'autre, mystérieusement prévenu du danger, il repartit comme il était venu.

Restée seule, Natalia joua avec son verre, tout en s'exhortant au calme. Salomé, qui s'en allait vers le fond de la salle, lui caressa le bras en passant et susurra :

— Chérie, tu me gardes la dernière danse, d'accord ?

Ça, c'était le bouquet !

Du coup, Natalia éclata de rire et oublia sa colère.

« Revenons-en à nos moutons, se dit-elle. Je ne suis pas là pour me faire draguer. Ce n'est pas moi le gibier. »

Me Johannes Ziegler. Où est-il, celui-là ?

Elle le chercha des yeux. Il était assis à une table avec quelques amis. Il semblait l'avoir guettée car, aussitôt que leurs regards se furent croisés, il s'approcha.

— Je peux vous offrir un verre ?

— J'en ai déjà un, merci.

Il se présenta : il prétendit s'appeler Joseph, être français.

— Et vous ?

— Moi, c'est Renée.

— Je suis architecte.

— Et moi, décoratrice.

— Votre petit accent ?

— Australien.

— C'est joli. C'est votre mari qui est avec vous ?

— Mon *ex*-mari. Nous avons divorcé il y a cinq ans. Depuis trois ans, nous sortons de nouveau ensemble. Nous ne nous sommes jamais aussi bien entendus.

— Amusant. Vous venez ?

— Où ça ?

— Mais… dans la pièce du fond.

— Oh ! Dans la pièce du fond ? Oui, bien sûr.

Tout le sordide qui n'était pas dans la grande salle se trouvait dans la *pièce du fond.* Des chairs plus ou moins fermes, plus ou moins flasques, s'agitaient dans la pénombre. A même le sol, des corps en transe formaient une houle blanchâtre. Natalia eut l'impression d'un grouillement de vers. L'air raréfié était chargé d'odeurs âcres. Il y avait des gémissements, des halètements. « Je ne sais pas pourquoi ils font ça, se dit-elle, mais ce n'est sûrement pas pour le plaisir. »

Elle était venue jusque-là pour la bonne raison que son associé s'y trouvait. Sinon, elle serait partie avec Ziegler sans s'infliger un détour par ce répugnant cloaque.

O'Donovan était debout dans un coin, tout habillé, collé au dos de Moyra. Elle était échevelée, en nage et s'époumonait. Lui, malgré la chaleur, était impeccable, ses cheveux en ordre, son front exempt de sueur, sa respiration lente et ordonnée.

— Ça, quelle coïncidence ! dit Ziegler. Vous n'allez pas le croire mais votre mari est avec ma femme.

— Ah ! bon ?

— Et j'ai l'impression qu'ils sympathisent.

Natalia acquiesça d'un hochement de tête. Impossible

de sourire. Impossible de parler. Elle avait le cœur au bord des lèvres.

— Nous allons nous entendre aussi bien qu'eux, ajouta Ziegler. Il n'y a pas de raison !

Natalia agita le bras pour attirer l'attention de O'Donovan, et puis ils échangèrent un regard qui voulait dire, du côté de Natalia : « On s'en va » et, du côté de O'Donovan : « Je vous suis. »

— Je ne vais pas pouvoir faire ça ici, dit-elle en se retournant vers Ziegler.

— Question de pudeur ? demanda-t-il avec une œillade égrillarde.

— Question d'hygiène, rétorqua Natalia.

— Amusant. On va où ?

— Chez vous ?

— Chez moi, non : il y a mes enfants, dit l'avocat. Chez vous ?

— Chez moi, il n'y a que mon poisson rouge, dit Natalia. Mais, il faudra vous en méfier : il est très jaloux.

— Amusant, dit Ziegler. Allons, quittons sans tarder cet antre de perdition.

Dans le vestibule, ils demandèrent leur vestiaire.

— Vous partez déjà ? leur dit Salomé.

Avec un regard navré en direction de Natalia, elle ajouta :

— Et ma dernière valse, alors ?

— Ce sera pour une autre fois, répondit Natalia.

— Pour une autre fois, répéta rêveusement Salomé. D'accord, ma chérie. Mais, n'oublie pas : *Chose promise, chose due*.

— Je tiens toujours mes promesses, répondit Natalia.

— En attendant, tu as fait le bon choix, lui dit Salomé en coulant vers Ziegler un regard qui trahissait une vieille complicité. Tiens, toi ! ajouta-t-elle en lui rendant son manteau.

Au lieu de l'endosser, il le mit en équilibre sur son avant-bras.

— C'est un artiste, poursuivit Salomé à l'adresse de Natalia. Il y a des choses que je fais mieux que lui mais il t'en fera d'autres qui excèdent mes compétences, si tu vois ce que je veux dire ?

— On ne peut pas tout avoir, repartit Natalia.

Salomé aida Natalia à enfiler son long manteau. Avant que les cuisses de Natalia disparaissent, Ziegler les admira encore une fois.

— Ce que dévoile votre minijupe est magnifique, dit-il. J'ai hâte de voir le reste.

Natalia lui adressa un sourire, qu'il trouva charmant et prometteur. Puis, elle partit vers la sortie, suivie par un Ziegler frétillant de joie.

O'Donovan allait sortir derrière Natalia lorsque le petit Chinois se mit en travers de sa route.

— Le patron, vouloir parler à vous, dit-il.

Il n'avait pas l'air agressif et la légère courbette qu'il fit était assez polie.

O'Donovan se dit que c'était peut-être encore un peu tôt pour la balle entre les deux yeux. Mais il eut une pensée affectueuse pour le Glock 26 dans sa manche, prêt à lui bondir dans la main. Si le Chinois était monté sur ressorts, son flingue aussi.

— Vous partiez sans payer, monsieur, lui dit le patron.

— Ah oui, c'est vrai ! s'exclama O'Donovan en se frappant le front. Je dois combien ?

On lui demanda un prix exorbitant, qu'il paya sans barguigner. Après quoi, le patron dit narquoisement :

— Vous avez passé une bonne soirée ?

— Oui, dit O'Donovan. Je vous remercie.

— Et vous avez l'intention de revenir ?

— Peut-être. Peut-être pas.

— J'aimerais mieux le savoir tout de suite.

— Pourquoi donc ?

— Parce que, mon beau monsieur, si vous revenez chez moi, il faudra vous comporter autrement.

O'Donovan commençait à se demander ce qu'on lui voulait. Mais, comme il l'avait dit à Natalia, pour faire parler la poudre, il attendait de *voir le danger*.

— Aurais-je manqué à la règle ? demanda-t-il.

A ce moment-là, Jack O'Donovan, c'était la candeur même. La bonne foi incarnée. L'innocence faite homme.

— Oh, oui, monsieur ! dit le propriétaire du *Cœur d'amour épris*. Ici, c'est donnant-donnant.

— J'ai payé mon verre et celui de ma femme. Dois-je encore quelque chose ?

— Il ne s'agit pas de ça. Vous êtes arrivé avec une belle gonzesse à votre bras. C'est pour ça qu'on vous a laissé entrer.

— Et alors ?

— Ecoutez ! Dans l'ancien temps, les gens qui

allaient au zoo apportaient un petit chien ou un petit chat. C'était leur ticket d'entrée. Les chiens et les chats, on les donnait à bouffer aux fauves. Ici, c'est pareil. Les belles gonzesses, c'est les tickets d'entrée. Il faut qu'elles servent. Vous vous êtes tapé une de nos habituées. En somme, vous avez consommé. Et vous n'avez rien donné en échange puisque votre femme a envoyé paître tous ceux qui lui ont fait des avances.

O'Donovan fit observer qu'elle était partie avec quelqu'un qu'elle n'allait sûrement pas *rabrouer*.

— Et alors ? dit le patron. Se faire draguer, c'est quelque chose qu'elle aurait pu aussi bien faire dans une discothèque. Ici, c'est comme au resto : on consomme sur place. « A emporter », ça n'existe pas. Ou bien, si on emporte quelque chose, c'est les restes.

O'Donovan hocha la tête et sourit. Le Chinois se marrait franchement.

— Vous imaginez ça, vous ? reprit le patron, qui semblait grisé par sa propre éloquence. Quelqu'un qui entre dans un restaurant, demande le plat du jour, le fourre dans un doggy-bag et sort sans payer ?

— J'avoue que non, concéda O'Donovan du bout des lèvres tout en se demandant combien de temps il allait encore résister à la tentation de transformer en macchabée ce gros con.

— Vous imaginez ça ? redit le patron, la main en cornet autour de l'oreille, faisant mine de ne pas avoir bien entendu.

— Non, dit O'Donovan d'une voix plus sonore. Non, je ne l'imagine pas.

— Eh bien, c'est exactement ce que votre femme a fait : elle a choisi le plat du jour, elle l'a fourré dans un doggy-bag et elle est partie sans payer. Je vous le répète : ici, c'est donnant-donnant. Ce n'est pas pour rien que ça s'appelle un club échangiste. E-chan-giste, répéta-t-il en détachant bien les syllabes. Vous me recevez ?

— 5 sur 5, dit O'Donovan.

— Donc, c'est bien entendu : si vous revenez un jour, que ce soit en compagnie d'une nana que ça démange. Parce que, celle d'aujourd'hui, c'était une beauté, y a pas à dire. Elle nous a tous mis les glandes salivaires en panne et le reste au garde-à-vous. Et, pour finir, le bec dans l'eau.

Il répéta, en tapotant avec l'index sur le comptoir, scandant les mots :

— Le bec dans l'eau !

Après avoir pris son souffle, il lança :

— Mon business, c'est pas le couvent des oiseaux, vous comprenez ? C'est une boîte à partouzes. Y a pas de place pour les mijaurées.

Telle fut la péroraison de cet interminable sermon. O'Donovan approuva derechef. Il était prêt à dire amen à tout pour pouvoir enfin s'en aller. Il avait une mission.

— Bonsoir, messieurs, dit-il.

Laissant derrière lui le patron qui se rengorgeait et le petit Chinois qui ricanait, il récupéra son manteau au vestiaire et se dépêcha de rejoindre Natalia.

*
* *

Lorsque Ziegler avait dit : « Ce que dévoile votre minijupe est magnifique. J'ai hâte de voir le reste », Natalia lui avait peut-être souri mais, en même temps, elle avait pensé : « Pauvre type ! Ça ne risque pas d'arriver. »

Voir sa nudité : le seul homme qui ait jamais eu ce privilège, c'était le gentil photographe de mode qui lui avait fait son *book* gratis lorsqu'elle s'était lancée dans le mannequinat — et qui en avait profité pour la violer. Celui-là, on l'avait retrouvé quelques années plus tard accroché à l'une des poutres qui ornaient le plafond de sa jolie garçonnière, dans Greenwich Village. Tête en bas, tout nu, vidé de son sang. Avant de l'égorger, son assassin l'avait torturé, commençant par lui couper les cordes vocales pour l'empêcher de crier. Après quoi, la vivisection avait pu se dérouler dans le calme et la sérénité. On lui avait coupé la langue puis l'index et le majeur droits. Pour finir, il avait été châtré. Cela avait fait un tableau si atroce que quelques flics avaient tourné de l'œil — et ce n'était pas tous des bleus ! L'assassin avait emporté les morceaux coupés, non pas pour s'en faire des trophées mais pour les donner aux chiens. Des gens du quartier en avaient surpris deux en train de se disputer un bout de barbaque qui ressemblait curieusement à un sexe d'homme.

— Jamais vu une boucherie pareille, avait murmuré un flic. Ça n'a pas de sens.

— C'est peut-être une boucherie, avait dit un autre, mais une boucherie bien tenue. Il n'y a pas de colère dans tout ça mais de la haine... De la haine de première qualité, de la haine vieillie en fût de chêne… Il doit y avoir une explication logique derrière tout ça.

Il y en avait une, en effet, et le capitaine l'avait trouvée sans avoir eu besoin de réfléchir longtemps.

— Vengeance de femme violée, avait-il décrété. Elle lui a coupé tout ce qu'il s'était permis de fourrer en elle sans demander la permission.

C'était lumineux, tout le monde en était convenu, et le capitaine y avait gagné le surnom de « Sherlock Holmes du 1er precinct ».

— Maintenant que nous avons le mobile, nous aurons bientôt arrêté la meurtrière, avait ajouté le capitaine.

En cela, par contre, il s'était trompé.

Dix ans plus tard, elle était toujours libre. L'enquête avait tout de même permis de l'identifier. A l'époque, elle s'était appelée Natalie Théron, pas russe pour deux sous. Comme tout le monde dans New York, Mazepa avait eu vent de l'affaire. Il avait décelé dans cette implacable barbare une âme sœur. Il l'avait recherchée. Etant plus fort que les flics, il l'avait retrouvée avant eux. Il l'avait cachée.

— Pourquoi faites-vous ça pour moi ? avait-elle demandé, sachant qu'en ce bas monde les gens ne font rien pour rien.

— Parce que tu as des talents rares, avait-il répondu.

Elle avait fait remarquer qu'étant donné les circonstances, pour pouvoir être utile à quelque chose, elle allait avoir besoin d'un nouveau visage.

— Pas question qu'un bistouri s'approche de ce chef-d'œuvre, avait-il répliqué.

— Ne pas le faire serait une imprudence.

— Le faire serait un sacrilège.

Ces paroles définitives avaient clos le débat. Mazepa savait qu'entre teinture, perruque, maquillage, lunettes de soleil et tout le toutim, les femmes n'ont pas besoin de se faire charcuter pour se rendre méconnaissables.

La magnifique Natalie, il se l'était gardée en réserve pendant des années. Il l'avait dressée pour la chasse, il en avait fait une tueuse émérite. Et puis, il lui avait fourni une nouvelle identité et il l'avait lâchée dans la nature.

Elle y avait fait merveille.

Non seulement parce qu'elle était douée et bien entraînée, mais parce qu'elle mettait à l'accomplissement de ses méfaits beaucoup de fantaisie.

Au fond, c'était une artiste.

Les années passaient et Natalia, ni lasse ni blasée, travaillait toujours avec autant d'entrain.

Ce soir encore, en sortant du *Cœur d'amour épris,* elle se réjouissait d'avance à l'idée d'ajouter une victoire à son palmarès.

Ziegler la prit par la main et elle se laissa docilement guider. Tout en marchant, il sortit de sa poche la clé de contact de la Porsche et appuya sur le bouton de la télécommande. Les feux clignotèrent et l'alarme modula trois notes aigrelettes, comme si le bolide était une bête de race heureuse de revoir son maître.

— Jolie voiture ! dit Natalia en faisant semblant d'être impressionnée.

Galant, Ziegler lui tint sa portière et puis il fit le tour de l'auto. A peine installé derrière le volant, il chercha à la prendre dans ses bras. Elle le repoussa d'un geste ferme.

— Bas les pattes ! dit-elle d'un ton léger, en lui souriant pour le dédommager de sa sévérité.

— Mais…, commença Ziegler, un peu déconcerté.

— *Tss, tss, tss,* fit-elle en clapant de la langue. Pas si vite !

Croyant à une plaisanterie, il fit mine d'éprouver un saisissement et renversa la tête en arrière.

— Ah, vous me tuez ! s'exclama-t-il avec emphase en portant la main à son cœur.

— Ça, ce n'est pas à mon programme, répondit-elle en souriant.

Ziegler devint fébrile. Il se mit à trembler. Qu'une femme lui fasse perdre son sang-froid, ce n'était pas banal. En plus d'être belle, cette fille était une allumeuse de première. Il avait hâte de se retrouver seul avec elle dans une chambre pour la savourer à loisir. Oui, mais, en même temps, il voulait en avoir un avant-goût tout de suite.

— Vous êtes ravissante…

— Ah ! Pour ce qui est de vous ravir, je ne dis pas non, répondit-elle avec une ironie qu'elle était la seule à pouvoir apprécier.

Il la prit par les épaules, l'attira vers lui et voulut l'embrasser. Elle esquiva délicatement et il se retrouva en train de remuer les lèvres dans le vide comme un poisson échoué.

Sans se décourager, il essaya de glisser sa main sous la minijupe.

— Une bombe sexuelle avec des hésitations de pucelle ! s'exclama-t-il en constatant que Natalia serrait les cuisses. Quel régal !

Dans la pénombre de l'habitacle, elle lui lança un regard plein de haine, qu'il ne vit pas, et elle tressaillit de dégoût, ce qu'il prit pour de l'émoi.

— Un vrai morceau de roi, ajouta-t-il.

Et il se pourlécha bruyamment, sans se rendre compte qu'il venait de se condamner à mort dans l'esprit de Natalia par cette seule mimique.

Pour l'heure, il était intouchable. Mazepa le voulait pieds et poings liés, bien vivant — et, si possible, indemne. Mais, le moment venu, elle demanderait la permission d'expédier elle-même ce sagouin dans l'autre monde. Mazepa n'était pas un sans-cœur, il ne refuserait pas cette faveur à sa petite Natalia.

Lorsque Ziegler essaya de lui toucher les seins, elle estima que ces malpropretés avaient assez duré.

Il était temps d'agir.

Ziegler crut que sa patience allait être récompensée lorsqu'il sentit quelque chose qui remontait le long de sa cuisse.

— Bien, chérie, dit-il d'un ton enjôleur. C'est ça ! Goûtez aux joies de ce monde…

Quelle ne fut pas sa stupeur en constatant que ce n'était pas un doigt caressant qui se rapprochait de son entrejambe mais le canon d'un revolver !

— Hein ? Quoi ? fit-il en commençant à se trémousser.

— Du calme ! recommanda Natalia d'une voix rassurante.

Elle arrêta le canon du revolver au niveau de la braguette. JCS lui avait fourni un Smith & Wesson 317 AirLite. Avec huit cartouches de .22 long rifle dans le barillet, ç'aurait été un peu juste pour une guerre ou un safari. Mais l'arme était légère, pas encombrante et sa poignée en élastomère tenait bien en main. Et, pour impressionner un Ziegler, c'était largement suffisant.

— Tu bouges et je t'éclate les burettes, mon petit Johannes.

En s'apercevant qu'elle l'avait appelé par son vrai prénom, il sursauta.

— Eh oui, mon cher maître, dit Natalia. Je sais qui tu es.

— Mais alors…

— Mais alors, tu t'es fait piéger ? Bien sûr, patate ! Ce n'est pas moi qui suis tombée dans tes filets. C'est toi qui es tombé dans les miens.

— Vous ne vous appelez pas Renée ?

La question était inepte, elle y répondit par un simple haussement d'épaules.

Ziegler pâlit de peur. Ses yeux s'agitèrent dans tous les sens, trahissant le désordre de ses pensées. D'après son attitude, il ne s'était pas encore avoué vaincu. Au contraire, il cherchait désespérément une issue. Il était sans doute en train de mesurer mentalement la distance qui séparait sa main gauche de la commande du warning. Et qui viendrait à son secours ? Et ne valait-il pas mieux tenter le tout pour le tout ? Combien de temps pour atteindre la poignée de la portière ? Combien de temps pour l'ouvrir ? Dans quelle direction fuir ?

Natalia se rendit compte qu'elle risquait de se retrouver sous peu avec un hystérique sur les bras.

C'est là qu'elle commença à se sentir seule. O'Donovan n'arrivait toujours pas ! Qu'est-ce qu'il foutait ? Etait-il en train de se taper une deuxième nana ?

Et, pendant ce temps-là, Ziegler, qui s'agitait de plus en plus !

Elle résolut d'intervenir avant qu'il ne soit trop tard.

— Pas de conneries, mon cher maître ! murmura-t-elle. Tente ta chance si tu veux, ajouta-t-elle d'une voix méchante en appuyant le canon de son revolver au point stratégique, mais, même si tu réussis à me fausser compagnie, tes bijoux de famille, eux, ils restent ici.

A ces mots, Ziegler s'affala contre le dossier de son siège et poussa un soupir. Là, il s'avouait vaincu. Natalia en profita.

— Tourne-toi ! ordonna-t-elle. Mets les mains dans le dos !

Lorsqu'il obéit, elle lui attacha les poignets avec des menottes en plastique.

O'Donovan arriva sur ces entrefaites.

— D'où tu sors, toi ? lui demanda Natalia sur un ton aigre.

— J'étais en grande conversation avec le patron de cette riante guinguette, répondit-il. C'est un féru d'économie politique. Il a absolument tenu à m'expliquer le principe du troc.

— Qu'est-ce que c'est que ces conneries ?

— Je te raconterai ça plus tard.

Montrant l'avocat, il ajouta :

— On a ce connard à s'occuper.

Le mot de « connard » fit frémir Ziegler. Il n'avait pas l'habitude des outrages, son rang et sa fortune l'en ayant toujours garanti. Mais, avec le canon d'un revolver pointé sur ses testicules et les mains attachées dans le dos, il préféra s'offusquer en silence.

En voyant que l'avocat avait déjà les menottes, O'Donovan s'exclama :

— Hé, tu as bien travaillé pendant mon absence !

Une moue dédaigneuse incurva les lèvres de Natalia.

— Entre toi et moi, c'est comme chez les ploucs après vingt ans de mariage, dit-elle. Monsieur feuillette *Playboy* pendant que madame ficelle le gigot.

O'Donovan s'esclaffa. Natalia avait dit cela sur un tel ton que même Ziegler ne put s'empêcher de sourire.

— Je dirais plutôt que c'est comme chez les lions, repartit O'Donovan. Le mâle surveille la savane pendant que la femelle chasse. Bon, dit-il en continuant, trêve de plaisanterie, on a du boulot.

Après lui avoir bandé les yeux et attaché les chevilles, ils jetèrent Ziegler entre les sièges avant et la banquette arrière de la jeep et le couvrirent d'un plaid. Puis, O'Donovan partit au volant de la Porsche et Natalia le suivit avec la jeep.

A quelques kilomètres de là, O'Donovan dissimula la Porsche dans un bosquet, essuya toutes les empreintes et rejoignit Natalia.

Tandis qu'ils roulaient vers le manoir de JCS, Natalia voulut savoir ce que c'était que cette histoire de taulier féru d'économie politique, qui avait tenu à lui expliquer le principe du troc.

O'Donovan raconta toute la scène dans ses moindres détails, singea les attitudes du bonhomme, imita certaines de ses intonations, cita mot pour mot quelques-unes de ses répliques. En entendant la tirade sur les *belles gonzesses* qui sont des *tickets d'entrée,* Natalia vit rouge. L'espace d'un instant, elle fut même tentée de retourner là-bas pour couper la langue de ce gros porc et la lui faire bouffer.

Au lieu de ça, n'écoutant que son devoir, elle continua tout droit.

— La morale de l'histoire, conclut O'Donovan, c'est que tu devrais essayer d'être un peu moins bégueule, une fois de temps en temps.

— A mon avis, rétorqua la belle fille d'un air piqué, c'est plutôt toi qui devrais surveiller ton taux de testostérone !

Pour mettre un terme à la conversation, elle alluma la radio.

CHAPITRE XI

Splendid Hotel
Samedi 30 décembre

Bolan se réveilla à peu près à la même heure que la veille, mangea à peu près les mêmes choses que la veille et la journée aurait pu être en tout point semblable à la veille s'il n'était tombé en arrêt devant un article de la *Tribune*, dont le titre était : *UNE FAMILLE MASSACRÉE DANS LA BANLIEUE DE GENÈVE.* Voici ce qu'il disait :

Les policiers genevois qui ont répondu cette nuit à l'appel du jeune Antoine Strauss ne se doutaient pas que c'était un bien macabre spectacle qui les attendait au domicile de ce dernier.

Le juge Bernard Strauss a été assassiné cette nuit, ainsi que sa femme et sa fille Jany, étudiante en droit. Même le bouvier bernois de la famille n'a pas échappé à la sauvagerie du criminel.

Il n'y a que le fils de la maison, Antoine, qui a survécu, sans qu'on sache pour le moment par quel miracle.

C'est d'ailleurs lui qui a appelé la police.

Le garçon, choqué, se trouve à la clinique des Merlettes, sous la protection de la police.

Déjà, les enquêteurs cherchent la cause de cette tuerie.

Le père de famille étant un magistrat, il y a en premier lieu la possibilité qu'il s'agisse d'un détenu récemment libéré, venu accomplir à la faveur de la nuit une vengeance ruminée pendant des années entre les quatre murs d'une cellule. Les policiers genevois disent ne privilégier pour l'heure aucune thèse mais ils vont examiner les dossiers dont le juge Strauss a eu à connaître au cours de sa carrière aussi brillante que tragiquement interrompue. Un long travail de fourmi en perspective.

Bolan replia *La Tribune* et la posa par terre à côté du lit. Ce qu'il venait de lire le laissait songeur. De même qu'un sourcier pressent la présence d'eau sous un sol, ou qu'un expert en peinture flaire le chef-d'œuvre sous la couche de crasse et le vernis craquelé — Bolan avait le don de repérer la mafia sous un fait divers. Il ne crut pas un instant à cette histoire de taulard rancunier. A son avis, le juge et sa famille n'avaient pas été victimes d'une vengeance privée. Cette tuerie, manifestement l'œuvre d'un assassin à gages, portait la signature de la mafia.

S'il voyait juste, le gamin était en danger.

Du coup, Bolan vérifia ses armes, s'habilla en vitesse, demanda sa voiture, régla le G.P.S. sur l'adresse de la clinique et partit.

Genève,
Samedi 30 décembre

La clinique des Merlettes se trouvait dans le quartier résidentiel de Genève, au milieu d'un parc planté d'arbres dans lesquels étaient censés batifoler merles et merlettes — d'où son nom. Elle avait l'aspect de ces belles gentilhommières qui évoquent la douceur de vivre.

Depuis qu'on y avait conduit le jeune Antoine Strauss, il y régnait le même genre d'atmosphère que lors d'obsèques solennelles, lorsqu'il s'agit d'être à la fois triste et digne.

Le pays tout entier avait été bouleversé par le sort du gamin. Jusqu'ici, il avait eu un seul père et une seule mère. A présent qu'il était orphelin, il avait tous les Suisses pour pères et toutes les Suissesses pour mères. Les journaux parlaient de lui en termes choisis. A la télé, à la radio, on ne l'évoquait qu'en murmurant. Dans les conversations privées, tout ce qu'on en disait était ponctué d'exclamations et de soupirs.

Les infirmières ne le manipulaient qu'avec révérence ; les médecins marchaient à pas comptés lorsqu'ils s'approchaient de sa chambre et employaient avec lui un ton de voix qui n'était pas naturel. Les deux policiers en faction dans le couloir veillaient sur lui comme sur leur propre chair.

C'était comme si son deuil lui avait conféré un caractère sacré. Il n'avait qu'une cheville foulée ; on le traitait comme un grand blessé. Dans l'affaire, il était le survivant ; on le considérait avec les égards dus aux mourants.

Antoine Strauss, lorsqu'il ne dormait pas, voyait défiler devant ses yeux des images épouvantables : son père qui passait par-dessus la rampe de l'escalier ; le cadavre de sa sœur dans l'arrière-cour, à côté de celui du chien ; le cadavre de sa mère au milieu de la cuisine. Il s'évanouit et, quand il revient à lui, il trempe dans le sang de sa mère. Il se relève horrifié. Et retombe aussitôt, à cause d'une douleur atroce à la cheville. Il se traîne jusqu'au salon. Son père est là. Il s'est éclaté le crâne sur le plateau en marbre d'un guéridon. Surmontant son dégoût, il prend le téléphone, tout visqueux du sang de son père, et appelle la police.

Ça, c'était lorsqu'il ne dormait pas.

Lorsqu'il dormait, c'était pire, et les calmants n'y faisaient rien.

Ce matin, une infirmière était venue changer son pansement et l'aider à faire sa toilette et puis il avait pris son petit déjeuner. Il n'avait rien mangé, seulement bu un jus de fruit et du thé. Depuis la tragédie, il avait quelquefois soif et plus jamais faim. Vers 10 heures, il s'était rendormi.

Et il avait refait son cauchemar familier : il fuyait dans des décombres sur lesquels il pleuvait du sang. Comme d'habitude, il y eut le visage de sa mère, exsangue et tourmenté, et celui de sa sœur, qui semblait le supplier de faire quelque chose pour elle, mais il ne savait pas quoi. Il entendit son père qui l'appelait. Il le vit surgir d'une brume rougeâtre. Comme dans les films avec des morts-vivants ! Son père avait le crâne ouvert en deux, sa démarche était lente et titubante, il n'avait pas l'air de souffrir. Soudain, il y eut des coups de feu. D'abord lointains. Et puis, tout proches.

Curieux ! Il n'y en avait pas, d'habitude, dans ses cauchemars.

Une femme poussa un cri comme on n'en entend nulle part.

Antoine se réveilla en sursaut.

Après un bref instant de stupeur, il se rendit compte que ce n'était pas dans son cauchemar qu'on criait ou qu'on tirait des coups de feu. Mais dans le couloir. Juste devant la porte de sa chambre.

Le tueur était revenu.

Et, cette fois, rien ni personne ne pourrait l'empêcher de finir le travail.

L'Exécuteur arriva aux Merlettes avant midi. La clinique et son parc occupaient l'espace d'un pâté de maisons. Il décida d'en faire le tour, pour voir. Mais, auparavant, il éteignit son G.P.S. : il n'avait pas envie de s'entendre répéter toutes les dix secondes qu'il était allé trop loin et qu'il était prié de faire demi-tour à la première occasion.

Les rues autour de la clinique étaient étroites et longées de voitures en stationnement. Ça ne laissait pas beaucoup d'espace pour circuler.

Les murs d'enceinte étaient plutôt des murets que des remparts. Sur les trottoirs opposés, il y avait principalement des immeubles récents, en retrait de la rue. Bolan ne vit pas de commissariat de police. Pas de souci de ce côté-là, donc.

L'entrée des ambulances se trouvait à l'arrière du parc. Un peu plus loin, de l'autre côté de la rue, il y avait un magasin Migros, pris d'assaut en cette veille de Saint-Sylvestre. Ça pouvait poser un problème, car les clients étaient trop nombreux pour se cantonner aux trottoirs et ils encombraient la chaussée. Pas question d'arriver dans cette rue à toute allure. En conséquence, Bolan l'exclut de son itinéraire de repli.

Après un tour complet, l'Exécuteur se retrouva devant l'entrée des visiteurs. Lorsqu'il vit les énormes brise-vitesse, il décida de laisser sa voiture dans la rue. Cela valait mieux. En cas de complications, il ressortirait plus facilement à pied.

Il refit le tour de la clinique jusqu'à ce qu'il trouve une place pour se garer et puis entra. La clinique était au bout d'une allée gravillonnée. Bolan remarqua en passant une voiture de police garée sur le parking réservé au personnel. Arrivé devant l'entrée principale, il escalada les quelques marches du perron et pénétra dans le hall. Aussitôt, il examina les lieux et ne vit rien d'insolite. Des malades en pyjama se promenaient, certains appuyés sur un déambulateur, d'autres qui traînaient après eux leur potence à perfusion. Des infirmières les surveillaient discrètement. Elles étaient habillées à l'ancienne, avec coiffe blanche, tablier blanc sur blouse blanche, bas blancs, chaussures blanches. Dans un coin, un policier en uniforme, adossé au mur, lisait un magazine. Un bébé s'égosillait dans les bras de sa mère, qui espérait le faire taire en le secouant. Un gaillard en blouson de cuir et pantalon de treillis s'affairait à côté du distributeur de boissons : l'air absorbé, il enfonça une pièce dans la fente, appuya sur un bouton et récupéra dans le bas de la machine une boîte de Coca light. Bolan remarqua ses Doc Martens bariolées. Puis, son attention fut attirée par deux femmes qui se toisaient, l'air courroucé, en faisant de gestes vifs et saccadés ; au bout d'un moment, il comprit qu'il était en train d'assister à une querelle entre sourdes-muettes — et ça bardait !

Il y avait des gens agglutinés près du comptoir de la réception.

Bolan se mit dans la file d'attente. Une femme prit place derrière lui ; elle donnait la main à un garçonnet qui avait un gros pansement sur un œil. L'homme qui était près du distributeur de boissons s'approcha d'un pas nonchalant, sa boîte de Coca à la main, et se posta derrière elle. Dans son coin, le policier reposa son magazine sur une table basse et en prit un autre. Les sourdes-muettes ne semblaient pas prêtes à se réconcilier. Bolan, sans être inquiet, était cependant attentif à tout.

Lorsque son tour vint, la réceptionniste le questionna du regard.

— Je voudrais voir Antoine Strauss, dit-il.

A ces mots, la réceptionniste pâlit.

— Vous êtes ? demanda-t-elle, le plus tranquillement possible.

Mais, en même temps, elle se mit à chercher des yeux le policier.

— Un cousin, répondit Bolan. Quel est le numéro de sa chambre, s'il vous plaît ?

La figure de la réceptionniste devint presque comique. Désireuse de faire signe au policier tout en n'alertant pas ce curieux visiteur, elle était sur la braise. Plus elle cherchait à rester calme, plus elle se trémoussait. Plus elle tâchait d'avoir l'air innocent, plus ses yeux trahissaient son désarroi.

— Alors ? insista Bolan.

— Chambre huitante-deux, répondit la réceptionniste d'une voix sans timbre.

— Je vous demande pardon ?

— Quatre-vingt-deux, traduisit la réceptionniste. Au premier étage, à droite en sortant de l'ascenseur.

Plutôt que de chercher l'ascenseur, Bolan suivit le panneau qui indiquait l'escalier. Chemin faisant, il se retourna pour voir ce qui se passait dans son dos. Il ne fut pas déçu : la réceptionniste était en train de le montrer du doigt au policier. Et elle n'était pas la seule à lui témoigner de l'intérêt. Il y avait quelqu'un d'autre : l'homme au blouson de cuir et aux Doc Martens polychromes. Il s'était débarrassé de sa boîte de Coca light et il avait sorti un revolver — pas *light* du tout ! Bolan reconnut un Smith & Wesson .500 Magnum ! Avec un canon de 10 pouces ½ ! Lourd comme un pistolet-mitrailleur, presque aussi encombrant qu'un fusil de chasse à canon scié, avec un recul monstrueux ! Au total, c'était moins un revolver qu'un canon portatif ! Les gens de chez Smith & Wesson ne l'avaient sorti que pour être sûrs de gagner la course au plus gros flingue de l'univers !

Quoi qu'il en soit, Bolan se dit que, pour envisager d'utiliser un engin pareil au milieu d'une foule, il fallait être un sacré salaud.

Pendant la seconde qui suivit, il se passa beaucoup de choses.

Bolan dégaina son Beretta 93-R sans trop savoir ce qu'il allait pouvoir en faire.

Le policier suisse prit la décision de rattraper l'homme que lui désignait la réceptionniste.

Quant à Rolf Sachs — car il s'agissait de lui — il pointa son extravagant revolver sur le nouveau venu, à qui il reprochait principalement trois choses : primo, de ne pas avoir l'air d'un enfant de chœur ; secundo, d'arriver au mauvais moment ; tertio, d'avoir demandé la mauvaise chambre.

Bolan ôta la sécurité du Beretta.

Sachs se mit en position Weaver.

Le policier suisse, en se postant devant Bolan, entra dans la ligne de tir du terrible .500 Magnum.

Bolan hésita entre tirer ou ne pas tirer, battre en retraite ou foncer.

En voyant l'arme dans la main de Bolan, le policier suisse se pétrifia.

Sachs appuya sur la détente de son revolver.

Bolan fit basculer le sélecteur de tir de son Beretta en position rafale limitée de trois coups.

Le policier suisse reçut l'obus de Sachs sous l'omoplate gauche.

Bolan se jeta de côté et tira une courte rafale au-dessus des têtes.

La balle de Sachs transperça le policier, déchirant et broyant tout sur son passage, et ressortit par le milieu de la poitrine en faisant un trou grand comme une assiette à dessert.

Sachs, à cause de la riposte de Bolan, se mit à l'abri derrière le comptoir de la réception.

Des morceaux de chair et d'os giclèrent de la poitrine du policier suisse, qui fut projeté en avant, rebondit contre un coin de mur et retomba sur le dos.

La balle qui avait tué le policier continua sa course, siffla à l'oreille de Bolan, pulvérisa le flacon d'une perf et fit exploser un tube au néon en se fichant dans le plafond, tout au bout du couloir.

Bolan se mit à l'abri dans une encoignure.

Dans le hall, ce fut le sauve-qui-peut. Les gens se mirent à courir en tout sens. Ça cria, ça gesticula. Par contre, le bébé se tut.

Dans la bousculade, les malades et les impotents se retrouvèrent à terre. Quelques valides allèrent s'entasser contre la porte de sortie, car elle s'ouvrait dans le mauvais sens. Les infirmières qui avaient cherché à fuir revinrent sur leurs pas pour relever ceux qui étaient tombés.

Le plus extraordinaire, ce fut la stupeur des sourdes-muettes lorsqu'elles se rendirent compte du chaos qui les environnait. Elles étaient bien les seules à ne rien y comprendre, ne sachant pas ce qui l'avait provoqué.

Alors, elles restèrent immobiles, les bras ballants, les yeux exorbités, la bouche grande ouverte.

Soudain, elles virent le policier par terre. Et tout ce sang ! La blessure acheva de les épouvanter. C'était un trou béant. Une énorme quantité de chair avait été emportée par la balle. Le bras gauche était presque arraché.

Bolan savait que le pourri était retranché derrière le comptoir de la réception. Il décida d'aller le déloger. Mais pas tout de suite. Quand le hall se serait un peu vidé. Il était là pour sauver la vie d'un gosse, pas pour provoquer un massacre.

Le tueur n'avait plus que quatre cartouches dans son obusier de poche mais il devait avoir un back-up. La réceptionniste était-elle auprès de lui ? Si c'était le cas, il n'aurait aucun scrupule à se servir d'elle comme bouclier humain.

Autour de Bolan, c'était toujours la débandade. Des infirmières s'étaient mises à deux pour secourir un vieil homme qui était tombé et qui s'empêtrait dans son déambulateur. Incapables de le soulever, elles le traînaient à l'écart.

Bolan rangea le Beretta et sortit son Desert Eagle. Pour le cas où il faudrait canarder à travers le comptoir, des balles de .44 seraient évidemment plus efficaces que des 9 mm Parabellum.

Soudain, il comprit que la véritable question n'était pas de savoir où se trouvait ce salaud mais d'où il sortait. Qu'est-ce que c'était que ce type qui avait éprouvé le besoin de lui tirer dans le dos aussitôt après l'avoir entendu prononcer le nom d'Antoine Strauss ? La réponse était évidente : quelqu'un qui faisait le guet.

Il n'aurait pas fait le guet s'il n'avait pas eu un complice dans les parages. Cela voulait dire qu'Antoine Strauss était en danger. Et pas dans une semaine ni demain. Pas même dans une heure ou deux. *Tout de suite*.

CHAPITRE XII

Sans hésiter, Bolan abandonna son projet d'aller débusquer le tueur et partit vers l'escalier. Dans son esprit, il n'y avait qu'une chose plus urgente que d'anéantir un criminel, et c'était de sauver la vie d'un innocent.

Il avait monté un demi-étage lorsqu'il entendit les coups de feu. Quatre en tout. Pendant qu'il escaladait les dernières marches, voici la scène qu'il découvrit : une infirmière, indemne mais à moitié morte de peur, plaquée contre un mur ; à ses pieds, un policier, assis par terre, se tenant la cuisse et, debout derrière le policier, un homme qui lui appuyait le canon d'un pistolet sur la nuque.

L'Exécuteur apparut sur le palier à la seconde où l'homme pressait la détente. Le policier tomba mort, plié en deux, le buste sur les cuisses, la tête entre les genoux. Sur les dalles du couloir gisaient déjà deux autres cadavres, chacun dans une mare de sang, celui d'une vieille femme et, non loin, celui d'un policier.

L'infirmière ouvrit la bouche mais ne trouva pas la force de crier.

Bolan leva son Desert Eagle. Le tueur le vit et réagit superbement. Surpris avec son flingue baissé, il n'aurait pas eu le temps de tirer le premier. En revanche, il eut le temps de s'abriter derrière l'infirmière survivante. C'était une fille grande et sculpturale : elle fournissait un excellent bouclier. Le tueur lui appuya son arme sur la tempe. Le bout du canon, après trois meurtres, était brûlant. Elle ravala son souffle et frémit. Bolan s'avança à grands pas, le Desert Eagle braqué. Un morceau de l'oreille du tueur dépassait derrière la coiffe de l'infirmière — pas assez pour faire un carton !

— Jette ton arme, dit Liatichinski.

De qui d'autre pouvait-il s'agir ?

Bolan ne broncha pas. Il pointait obstinément son Desert Eagle en attendant que sa proie se découvre.

— Jette ton arme, répéta Liatichinski. Ou je bute cette salope.

Bolan reconnut facilement l'imposant pistolet du tueur : un Heckler & Koch P8, chambré en 9 mm Parabellum. Son chargeur avait une capacité de quinze coups. Comme il n'avait tiré que cinq fois, il lui restait largement de quoi mettre sa menace à exécution.

— Je t'en prie ! repartit l'Exécuteur d'une voix tranquille. Ne te gêne pas.

A ces mots, Liatichinski comprit qu'il avait affaire à un adversaire coriace et qu'il allait devoir jouer serré.

— Dépêche-toi, insista Bolan. C'est la dernière fois que tu as l'occasion de tuer quelqu'un. Profites-en !

Liatichinski, toujours abrité derrière son otage, s'arrêta à côté d'une chambre.

— Ouvre la porte, toi ! ordonna-t-il à l'infirmière.

En tâtonnant, elle obéit. Liatichinski entra à reculons. D'après le numéro sur la porte, c'était la 82 !

Bolan suivit le mouvement. Mais, le temps qu'il se présente à son tour dans l'encadrement de la porte, il y eut une fraction de seconde pendant laquelle Liatichinski ne fut plus exactement dans l'axe du Desert Eagle. Liatichinski en profita pour jeter un coup d'œil par-dessus son épaule, à la recherche d'une issue. La chambre disposait d'une porte-fenêtre, qui donnait sur un balcon, et qui, pour le moment, était fermée, vu que dehors il gelait à pierre fendre.

Une porte-fenêtre fermée et rien d'autre : c'était à prendre ou à laisser !

Liatichinski reculait doucement. Bolan avançait au même rythme. L'infirmière avait fermé les yeux et se laissait entraîner passivement. Avant chaque nouveau pas en arrière, Liatichinski balayait le terrain avec son pied pour s'assurer qu'il n'y avait pas d'obstacle. Ce fumier connaissait tous les tours !

Le H & K P8 du pourri était solidement appuyé contre la tempe de la malheureuse infirmière. Le Desert Eagle de Bolan, au bout de son bras, ne tremblait pas. Les deux hommes se toisaient sans ciller.

Assis sur le lit, il y avait un gamin de treize ou quatorze ans, avec de longs cheveux noirs qui soulignaient la pâleur de son visage. Devant le spectacle hallucinant qui s'offrait à ses yeux, Antoine Strauss était trop surpris pour avoir vraiment peur.

De toute façon, dans l'immédiat, le jeune garçon ne

risquait pas grand-chose : Liatichinski n'était pas prêt à sacrifier sa vie pour le plaisir de le tuer. Comme, d'autre part, Bolan n'était pas prêt à sacrifier l'infirmière pour avoir le tueur, la situation semblait bloquée.

Soudain, Liatichinski tira deux balles par-dessus son épaule. Et puis, il appuya de nouveau son arme contre la tempe de l'infirmière. L'intermède n'avait duré qu'une fraction de seconde et Liatichinski ne s'était pas exposé. Cela fit un barouf de tous les diables — les deux détonations dans la petite chambre et puis la vitre qui vole en éclats !

Liatichinski, toujours caché derrière l'infirmière, recula jusqu'à la porte-fenêtre et se faufila dans l'espace vide.

Soudain, l'infirmière poussa un cri et tressaillit car, en passant à son tour dans l'encadrement de la fenêtre, elle s'était entaillé le bras sur un éclat de verre qui dépassait.

— Bouge pas, pétasse ! ordonna Liatichinski d'une voix rugissante.

L'infirmière cessa de bouger et se mit à sangloter. Bolan devina que le tueur gardait l'espoir de s'enfuir. Mauvaise pioche ! Lorsqu'il se retournerait pour sauter par-dessus la balustrade, il se découvrirait forcément. Peut-être pas beaucoup, peut-être pas longtemps. Mais ça suffirait. L'Exécuteur était confiant. Ce pourri était foutu.

Sur le balcon, Liatichinski recula encore, jusqu'à ce que ses fesses butent contre la balustrade.

Il s'assit sur le rebord.

Mais, au lieu de se retourner pour sauter, comme Bolan l'avait espéré, il se laissa tomber à la renverse.

En même temps, il poussa du pied l'infirmière, cria quelque chose et tira un coup de feu. Sans viser. Juste pour empêcher l'ennemi de réagir trop vite.

L'infirmière se retrouva dans les bras de Bolan.

La balle passa au-dessus des têtes.

Bolan écarta l'infirmière et courut jusqu'au balcon. Que s'attendait-il à trouver ? Le tueur étendu par terre, les quatre fers en l'air ? Ou bien en train de se relever péniblement après une mauvaise chute ?

Bernique ! Liatichinski, quatre mètres plus bas, était debout dans la neige fraîche, bien campé sur ses jambes. Il n'avait même pas lâché son pistolet. Lorsque Bolan se pencha par-dessus la balustrade, il fit feu. Bolan eut le réflexe de se reculer. La balle passa rasibus.

Ensuite, Liatichinski n'eut plus qu'à longer le mur, sous les balcons, pour se rendre invisible.

Bolan se retrouva devant le même dilemme que tout à l'heure dans le hall et il fit le même choix : plutôt que de poursuivre le tueur, il resta auprès du gamin.

Se retournant, il arriva juste à temps pour attraper au vol l'infirmière qui était en train de tomber dans les vapes. Après l'avoir délicatement déposée sur la moquette, il se tourna vers le gamin.

— Antoine, lève-toi, on s'en va.

Le gosse, pâle comme un cierge, ne bougea pas d'un iota.

— Magne-toi ! Qu'est-ce que tu attends ?

En attendant qu'il se décide à réagir, Bolan se mit dans l'encadrement de la porte et surveilla le couloir, pour le cas où l'homme aux Doc Martens arc-en-ciel aurait l'idée de venir prêter main-forte à son acolyte.

Antoine sortit enfin de sa stupeur et se décida à se lever. En posant son pied droit sur le sol, il grimaça.

— Tu es blessé ? demanda Bolan en voyant le bandage.

Manquait plus que ça !

— Une foulure.

— Tu peux marcher ?

— Clopin-clopant.

— On s'en contentera.

Antoine était en pyjama.

— T'as rien d'autre à te mettre ?

— Si, les fringues que je portais en arrivant. Elles sont là, dans le placard.

— Dépêche-toi de te changer.

Pendant que Bolan montait la garde, Antoine s'habilla d'un T-shirt noir orné de motifs sataniques, d'un pantalon de treillis et d'une paire de Rangers — qu'il négligea de lacer.

Sur ces entrefaites, l'infirmière reprit conscience. Elle posa sur Bolan un regard ahuri.

— N'ayez pas peur, lui dit-il. Il n'y a plus de danger.

Pour se relever, elle dut s'agripper au bord du lit car elle était encore un peu étourdie. Dans l'effort, sa blessure au bras s'ouvrit et la tache de sang sur sa manche blanche grandit à vue d'œil.

— Mademoiselle, lui dit Bolan, ce garçon et moi, nous voudrions sortir d'ici, mais pas par la porte principale. Vous connaissez un autre chemin ? Vous pouvez nous guider ?

— Par les cuisines, dit l'infirmière, un peu hébétée.

— C'est parti ! dit Bolan.

Ils se mirent en marche, l'infirmière montrant la voie, Bolan fermant la marche et Antoine boitillant entre les deux. Après avoir descendu un escalier dérobé, suivi quelques couloirs, traversé les cuisines et franchi une petite porte, ils se retrouvèrent dans le parc, sur un flanc du bâtiment. Bolan emmena le gamin dans la direction de la rue où il s'était garé. Il savait que les murs d'enceinte n'étaient ni hauts ni couronnés de tessons de bouteille. Et il avait le sens de l'orientation : lorsqu'ils eurent franchi le mur — Antoine avec l'aide de Bolan — ils se retrouvèrent comme par enchantement à deux pas du Porsche Cayenne.

Au même moment, Liatichinski et Sachs arrivaient à fond de train sur les redoutables brise-vitesse, avec le résultat qu'on imagine. Fracas de métal, gerbes d'étincelles. Leur berline bondit et retomba de tout son poids sur la roue avant droite. Le pneu éclata. Le bras de suspension cassa net. La roue se coucha. La voiture continua en semant des bouts de cardan comme une bête blessée semant ses os.

Sur trois roues, Sachs ne put pas faire grand-chose pour empêcher la voiture d'aller percuter un grand bac à fleurs en béton.

Les airbags se déclenchèrent. Liatichinski sortit un couteau à cran d'arrêt et les creva.

Redevenus libres de leurs mouvements, Liatichinski et Sachs descendirent de voiture. Avant de l'abandonner, ils prirent encore le temps de l'incendier.

Sachs sortit son .500 Magnum et tira dans le réservoir pour le percer.

— T'as un briquet ? demanda-t-il à Liatichinski.

— Tu sais bien que je ne fume plus depuis des années.

Parmi les badauds médusés qui contemplaient la scène, il y avait un homme avec une cigarette au bec. Sachs la lui prit et la jeta dans la mare d'essence qui commençait à se former sous la voiture. Au lieu que la cigarette enflamme l'essence, ce fut l'essence qui éteignit la cigarette, aussi sûrement que si ç'avait été de l'eau.

— Merde !

— Au lieu de lui piquer sa clope, t'aurais mieux fait de réquisitionner son briquet.

— Bonne idée ! dit Sachs.

Lorsqu'il se retourna, il vit que le fumeur était en train de détaler comme un lapin.

— Trop tard ! ajouta-t-il après un bref intervalle de silence.

— J'ai mieux, dit brusquement Liatichinski.

— Quoi ?

— Le temps que je te le dise, ce sera fait.

Liatichinski remonta en voiture et revint cinq ou dix secondes plus tard avec l'allume-cigare prêt à l'emploi.

Cette fois, au contact de la résistance chauffée au rouge, l'essence prit feu. Alors, les deux tueurs partirent en courant. Au bout d'une centaine de mètres, ils se retournèrent. Ils virent un panache de fumée noire au-dessus de l'endroit où leur berline flambait.

Et puis, ils entendirent l'explosion du réservoir. Se rendant compte que personne ne les suivait, ils se mirent à marcher.

Après avoir tourné au coin de la rue, ils s'autorisèrent à pousser un soupir de soulagement.

Ils avaient encore raté ce putain de môme mais ils avaient sauvé l'essentiel : leurs peaux !

CHAPITRE XIII

Bolan déverrouilla les portières du Porsche Cayenne avec la télécommande.

— En voiture ! dit-il. Toi, tu montes derrière.

— Pourquoi ? demanda Antoine Strauss.

— Ecoute, mon garçon, répliqua Bolan d'un ton sec, tu es en danger de mort, oui ou non ?

— Oui, monsieur.

— Alors, si tu veux rester en vie, quand je te donne un ordre, tu obéis. Par la suite, éventuellement, tu demanderas pourquoi. Mais tu commences par obéir. Nous sommes d'accord ?

Antoine acquiesça d'un mouvement de tête.

— Qui êtes-vous ? demanda-t-il une fois installés à bord du 4x4, Bolan au volant et lui sur la banquette arrière.

— Ton ange gardien, répondit Bolan.

— Et maintenant, qu'est-ce qu'on fait ?

Bolan mit le moteur en marche, passa la première vitesse et répondit :

— *That is the question.*

Avant toute chose, il fallait quitter Genève — sans confondre vitesse et précipitation. Bolan démarra tranquillement et partit droit devant lui. Au premier carrefour, il prit la direction de Carouge. C'était le plus court chemin vers la France. Pour l'instant, l'Exécuteur estimait qu'il n'avait pas grand-chose à craindre. Les flics suisses ne connaissaient pas sa voiture. Et, de toute façon, ce n'est pas lui qu'ils allaient rechercher en premier, mais les deux tueurs partis à pied.

Tout en roulant, il alluma l'autoradio, pour écouter les informations. L'appareil sélectionna automatiquement une radio suisse. Il était 13 heures tapantes. Le journal commençait. Il fut question du mauvais temps, des bons vœux qu'un maire avait présentés à ses administrés, d'une équipe de hockey qui avait repris l'entraînement dans une patinoire flambant neuve. En revanche, pas un mot à propos d'une fusillade dans une clinique. Encore trop tôt, sans doute.

« Tant mieux ! » se dit Bolan.

Bientôt, ils eurent franchi la frontière sans encombre, les postes de douanes étant déserts depuis les accords de Schengen, et ils se retrouvèrent en France. Antoine sortit de son mutisme pour demander d'une voix lasse :

— Qu'est-ce que vous allez faire de moi ?

— Je vais te conduire quelque part où tu seras en sécurité, répondit Bolan.

— Où ?

La conversation se déroulait par le truchement du rétroviseur, chacun parlant au reflet de l'autre.

— Je ne le sais pas encore. Mais, ne t'inquiète pas,

ajouta-t-il en voyant s'allonger la figure du môme. Improviser, c'est ce que je fais de mieux.

Antoine se tut et s'affala contre le dossier de la banquette, l'air résigné. Après avoir traversé un village, Bolan vit les panneaux qui indiquaient Chamonix, le tunnel du Mont-Blanc, Turin. Il connaissait déjà cette route, car c'était celle qu'il avait empruntée pour aller débusquer Kazatchenko.

Et c'est ainsi qu'il trouva l'idée dont il avait besoin.

Le chalet de cette crapule allait fournir la cachette idéale. Ses coordonnées se trouvaient toujours dans le GPS : 46°12'19" de latitude nord, 6°33'29" de longitude est.

Bolan les reprogramma ; ensuite, il n'eut qu'à se laisser guider. Au lieu de ranger sa voiture sur le bord de la route et de finir à pied comme l'autre fois, il s'engagea dans le chemin qui conduisait au hameau — un chemin en pente raide, sinueux et glissant — et ne s'arrêta que lorsqu'il vit au loin le premier chalet.

— Attends-moi ici, ordonna-t-il à Antoine.

Il descendit de voiture et s'approcha prudemment du hameau. Ne voyant pas de traces fraîches dans la neige, il en déduisit que personne n'était venu récemment. Les chalets avaient toujours l'air abandonné et celui de Kazatchenko plus encore que les autres, avec sa fenêtre cassée et sa porte enfoncée.

Bolan contourna le chalet. Le cadavre de Kazatchenko était figé dans une pose douloureuse, tout bleu, ridicule et pathétique avec sa chemise de smoking et son flottant orange fluo. Bolan le couvrit de neige et de branchages.

Le pauvre môme n'avait pas besoin de voir ça, en plus du reste !

Cela fait, Bolan alla chercher le Porsche Cayenne et l'amena devant le chalet.

— Descends ! ordonna-t-il à Antoine.

Antoine descendit.

— Entre ! dit Bolan.

Antoine entra.

— Assieds-toi si tu veux.

Antoine s'assit. Il obéissait à tout comme un automate. Bolan appuya sur l'interrupteur d'une lampe, qui s'alluma. *Bien !* Le groupe électrogène fonctionnait toujours. Puis, il vérifia le contenu du frigo. Comme c'était prévisible, Kazatchenko ne s'était pas claquemuré ici sans avoir fait des provisions. Le congélateur aussi était plein.

Bolan alla fermer la fenêtre de la chambre, restée ouverte depuis la course-poursuite avec Kazatchenko, et fit du feu dans la cheminée car l'atmosphère était glaciale et humide. Puis, il sortit vérifier le niveau dans la cuve de fuel qui alimentait le groupe électrogène. Il la trouva aux trois quarts pleine.

Rassuré de ce côté-là, il ferma le volet devant la fenêtre cassée et songea à réparer la porte. Pour bien faire, il lui aurait fallu des planches, un marteau et des clous, mais il n'avait rien de tout ça. Par chance, la porte de la chambre avait à peu de chose près les mêmes dimensions que la porte d'entrée. Il déposa la porte esquintée et l'appuya contre un mur. Après avoir consolidé les gonds avec le seul secours du tournevis de son couteau multifonction, il installa la nouvelle porte. Elle était un peu de guingois, mais elle fermait — même si elle laissait passer les courants d'air. Ainsi disparurent les anciennes traces de lutte. Le chalet retrouva un aspect aussi banal que ses voisins, de sorte qu'un promeneur pouvait s'égarer par ici sans rien lui trouver d'insolite : Bolan n'en demandait pas davantage.

Antoine s'était laissé choir dans le fauteuil de feu Merwin Vladimirovitch Kazatchenko. Il paraissait abattu.

— N'aie pas peur, lui dit Bolan. Il n'y a plus de danger.

Le môme sourit tristement.

— Maintenant que j'ai obéi, dit-il, je peux poser une question ?

Bolan acquiesça d'un battement de paupières.

— Pourquoi teniez-vous tant à ce que je monte à l'arrière du 4x4 ?

— Pour que tu puisses te cacher rapidement si jamais je te l'avais demandé, expliqua Bolan.

— Me cacher des assassins ? demanda Antoine avec une pointe de perplexité dans la voix.

— Non, répondit Bolan. Eux, on les avait semés.

— Alors, de qui ?

— De la police, mon grand.

— Je n'ai pas besoin de me cacher des flics, moi ! protesta Antoine.

— Toi, peut-être pas, dit Bolan. Mais, moi, si.

Antoine resta un instant pantois.

— Vous m'avez sauvé la vie et celle de l'infirmière, dit-il enfin. Vous êtes un héros, vous n'avez pas besoin de vous cacher.

— Tu crois ça ? Il y a une heure, j'ai tiré trois coups de feu dans le hall d'une clinique de Genève.

— Et alors ? Ce serait facile à expliquer.

— Tout le problème est là, mon garçon, dit Bolan. Je n'ai pas envie de donner d'explications. A personne. Jamais.

Les bûches commençaient à flamber dans l'âtre. Pour ne pas gaspiller la chaleur, Bolan calfeutra la porte avec des pulls trouvés dans l'armoire de la chambre.

— Où sommes-nous ?

— Chez un ami.

— Ça ne le dérange pas qu'on soit là ?

— Non, tranquillise-toi, ça le laisse froid.

Le fusil de Kazatchenko traînait par terre sous la table. Bolan le ramassa et l'appuya contre le mur, près de la porte trouée. C'était malvenu, car ainsi côte à côte le fusil et la porte racontaient une histoire.

— Qu'est-ce qui s'est passé ici ? demanda Antoine.

— Je nettoyais cette pétoire et le coup est parti tout seul, répondit Bolan sur un ton faussement penaud.

Antoine sourit avec un air de malice et de doute. Il l'avait vu à l'œuvre à la clinique et, franchement, il doutait qu'un tel homme puisse avoir un accident de tir avec un fusil à deux coups.

— Si c'est vrai, dit-il, moi, je suis le fils de Guillaume Tell !

Bolan ne répondit rien mais pensa que ce môme avait vraiment du cran.

— As-tu faim ? As-tu soif ? demanda-t-il pour changer de sujet de conversation.

— Faim, non, soif, oui.

Le frigo était bien pourvu en bières brunes et blondes mais, comme sodas, il n'y avait que du Schweppes — Kazatchenko était peut-être amateur de gin tonic.

— Un Schweppes, ça te dit ?

— Oui, merci.

Bolan choisit pour lui-même une boîte de bière blonde et s'assit sur la chaise en face d'Antoine.

— Pourquoi vous vous tracassez pour moi ? demanda l'adolescent après avoir bu une gorgée de Schweppes au goulot de la bouteille. Vous auriez pu vous contenter de me déposer devant un commissariat ?

— Il y avait trois flics pour te protéger à la clinique, rappela Bolan. Tu as vu ce que ça a donné. Non, si je te confiais à la police maintenant, dans trois heures, tout le monde saurait où tu te trouves et, dès que tu mettrais le nez dehors, tu serais mort.

Après avoir perdu sa famille, ce gosse aurait bien mérité un peu de paix et de tranquillité pour se consacrer à son chagrin. Au lieu de ça, il était traqué par des assassins. Une épreuve aussi dure altérait fatalement sa figure, qui était blême et crispée en permanence par une grimace de douleur.

Le môme sirota son Schweppes et puis, sans doute épuisé par les émotions du jour, il s'assoupit contre l'appui-tête du fauteuil. Bolan le laissa dormir. Il aurait eu des questions à lui poser, mais rien ne pressait.

Bolan prit des draps propres dans l'armoire et refit le lit. Dans la foulée, il mit des serviettes propres dans le cabinet de toilette. Il en profita pour échanger un sourire avec son reflet dans le miroir. « Me v'là nounou, se dit-il en hochant la tête. J'aurai tout fait ! »

Bientôt, Antoine s'agita et se réveilla en sursaut.

— Tu as fait un cauchemar, dit Bolan sur un ton qui n'était pas vraiment interrogatif.

Antoine acquiesça.

— Est-ce que les policiers t'ont interrogé ? enchaîna-t-il.

— Ils auraient bien voulu mais le médecin leur a demandé de me laisser tranquille.

— Et maintenant, tu te sentirais de taille à me raconter ce qui s'est passé hier soir ?

Antoine hocha la tête et, après avoir pris une profonde inspiration, se mit à raconter les événements tels qu'il les avait vécus.

— C'était juste après le repas du soir, dit-il d'une voix morne. J'étais remonté dans ma chambre, au premier étage. Au bout d'un moment, j'ai entendu la voix de mon père. J'ai cru qu'il m'appelait, alors, j'ai rouvert la porte. A présent, j'ai compris qu'il ne m'appelait pas, mais qu'il criait juste pour donner l'alerte.

Antoine se tut et devint songeur. Bolan ne put s'empêcher d'admirer le courage de ce père qui avait employé sa dernière seconde de vie à avertir son fils d'un danger. Il laissa passer un moment avant de demander :

— Et lorsque tu as rouvert la porte ?

— J'ai vu mon père qui tombait par-dessus la rampe et un homme au bas de l'escalier qui me visait avec un gros flingue.

— Cet homme, tu pourrais le décrire ?

Antoine secoua mollement la tête.

— Oui et non. Ça s'est passé très vite. Et puis, il était dans la pénombre. Mais j'ai quand même l'impression que c'était le même que celui qui a essayé de me tuer ce matin.

Logique ! pensa Bolan.

— Ensuite ? demanda-t-il.

— J'ai refermé la porte à clé et j'ai profité de ce que j'avais un peu d'avance pour sauter par la fenêtre.

Bolan, en silence, admira le sang-froid du fils après le courage du père.

— C'est tout ?

— C'est tout, confirma Antoine. Enfin, non, ajouta-t-il en se ravisant. Je l'ai revu. L'assassin. Vingt secondes plus tard. Dans la rue. Une voiture est arrivée, il est monté dedans et ils sont partis.

— Quel genre de voiture ?

— Une grosse berline. Peut-être une Audi.

— Quelle couleur ?

— Pas très foncée. Gris métallisé, peut-être.

Bolan imagina facilement la suite : ce pauvre môme était rentré dans la maison et il avait dû aller jusqu'au téléphone en pataugeant dans le sang des siens.

— Qu'est-ce que tu peux encore me dire d'intéressant ? demanda Bolan.

— Rien, monsieur. *Rien.*

En voyant l'accablement du garçon, Bolan hésita.

— Tu permets que je te pose encore quelques questions ?

— Vous croyez vraiment qu'on puisse avoir quelque chose à refuser à son ange gardien ? répondit Antoine.

Bolan salua d'un petit signe de tête cette repartie pleine d'à-propos.

— Voilà ce que je pense, reprit Bolan. Ta famille n'a pas été massacrée par un illuminé. C'est un professionnel qui a fait le coup. Les tueurs à gages ne vont pas chez les gens par hasard. Ils choisissent leurs victimes. C'est une corporation méthodique. Il leur faut généralement de bons motifs pour exterminer leurs semblables. C'est pourquoi je te demande si tu as remarqué des signes avant-coureurs.

— Quel genre de signes ?

— Je ne sais pas précisément. Par exemple, ton père a-t-il laissé échapper une remarque qui t'a semblé curieuse ? As-tu été témoin de quelque chose d'inhabituel ?

Antoine resta pensif un instant.

— Mon père paraissait soucieux ces temps derniers, dit-il enfin.

— Rien d'autre ?

— Si. Maintenant que vous m'y faites penser, mercredi dernier, mon père est allé à Paris.

— C'est bizarre, ça ?

— Plutôt ! Le mercredi, habituellement, il préside le tribunal correctionnel et là, il s'est fait remplacer et il est parti comme un pet sur une toile cirée. Et, quand il est rentré, il a jeté un billet de train dans le vide-ordures. Et puis, il l'a récupéré et il l'a jeté au feu. Il n'avait vraiment pas envie qu'on sache où il était allé !

— Tu as eu le temps de le voir, ce billet de train ?

— Non.

— Alors, comment sais-tu qu'il est allé à Paris ?

— Parce qu'il avait *Le Monde* daté de jeudi qui dépassait de la poche de son manteau. Et, il n'y a qu'à Paris qu'il soit disponible dès le mercredi après-midi.

Bolan accueillit cette pertinente remarque avec une moue approbative. Donc, le juge avait fait un aller-retour précipité à Paris la semaine dernière. A quelle fin ? Pour l'heure, il n'y avait aucun moyen de le savoir.

— Tu crois que ton père pourrait être mouillé dans une affaire louche ? demanda Bolan.

Antoine prit un air outragé.

— Impossible ! se récria-t-il. Papa était l'honnêteté faite homme ! Si vous l'aviez connu, vous ne poseriez pas cette question !

Bolan fit semblant de le croire, mais il était bien placé pour savoir que les plus grosses magouilles étaient généralement commises par des citoyens au-dessus de tout soupçon.

— Je vais rester longtemps ici ? demanda Antoine tout à trac.

— Aussi longtemps que les assassins de ta famille n'auront pas été mis hors d'état de nuire, répondit Bolan.

Les épaules d'Antoine s'affaissèrent sous le poids de cette nouvelle.

— Essaie de voir le bon côté des choses, lui suggéra Bolan. Tu es sain et sauf. Tu es au chaud. Tu as de quoi te nourrir et une grosse télé pour passer le temps...

— Vous allez me laisser seul ?

— Pas aujourd'hui, répondit l'Exécuteur.

Antoine n'était pas en état de rester tout seul — et lui-même n'avait rien de mieux à faire que de lui tenir compagnie, n'ayant pas la moindre idée de l'endroit où les tueurs se cachaient.

— Et demain ? s'inquiéta le môme.

— Demain, il fera jour, répondit Bolan.

CHAPITRE XIV

Chalet de Kazatchenko
Dimanche 31 décembre

Comme l'avait prédit Bolan, le lendemain, le soleil se leva.

Bolan avait dormi par terre dans le salon pendant qu'Antoine profitait du relatif confort de la chambre. Il ne faisait pas chaud, car le feu était éteint dans la cheminée. S'il voulait du café, le Guerrier allait devoir le faire lui-même. Pas de pancakes. Pas de sirop d'érable. Pas de jus de fruit fraîchement pressés. Pas de rose piquée dans un soliflore en cristal. Pas de jacuzzi. Rien. Entre la suite George V et cette bicoque, l'écart était grand !

Après avoir réveillé Antoine, Bolan descendit aux Gets. En ce matin de la Saint-Sylvestre, la station se préparait pour le réveillon. Bolan acheta des croissants et des journaux et prit le chemin du retour. Antoine profita de ce qu'il était seul pour fumer l'une des Marlboro de Kazatchenko. En entendant revenir le Porsche Cayenne, il réagit comme un enfant pris en faute : il jeta la cigarette dans la cheminée et essaya de dissiper la fumée avec la main. Mais Bolan avait un excellent odorat. Dès qu'il franchit le seuil, il sentit l'odeur du tabac et fit la grimace.

— Ce n'est pas la peine de prendre cet air penaud, dit-il à Antoine. Je me charge déjà de te protéger contre des tueurs. Je ne vais pas me charger de te protéger contre le cancer, en plus !

Le gosse sourit tristement.

Bolan fit du café et ils déjeunèrent. Puis, tandis qu'Antoine faisait sa toilette, Bolan lut les journaux. Il chercha en priorité les articles sur les événements de la veille. Il y en avait un à la première page de *Genève dimanche*.

FUSILLADE DANS UNE CLINIQUE : QUATRE MORTS

Hier, en fin de matinée, une fusillade a eu lieu à la clinique des Merlettes, celle-là même où avait été conduit Antoine Strauss, l'adolescent qui a échappé vendredi dernier au massacre de sa famille. Les échanges de coups de feu ont fait quatre morts : les trois policiers préposés à la protection du jeune garçon et une patiente de la clinique, Mme Monique Huss, 74 ans, domiciliée à Martigny.

A part ce terrible bilan, il est difficile de savoir ce qui s'est réellement passé. « On se serait cru à Beyrouth », a dit un témoin. « Une véritable scène d'apocalypse », a renchéri un autre. Une seule chose semble avérée : Antoine Strauss a été la cible d'assassins à gages.

Selon certains, un commando de trois hommes serait entré en force dans la clinique et ils auraient enlevé le jeune Strauss. Mais, selon d'autres, les assassins étaient deux et ils ont été mis en échec par un troisième homme, dont l'identité n'a pas été révélée. Une infirmière frontalière, Mlle Anne Mamère, 24 ans, domiciliée en Haute-Savoie, qui fut prise en otage par l'un des malfaiteurs, raconte : « Ça s'est passé comme dans une bande dessinée, quand le héros surgit alors qu'on se croit perdu. Il nous a sauvé la vie, au garçon et à moi. Et, pour le bandit, ç'a été pareil : il est parti sans que je comprenne comment. On aurait dit qu'il s'était volatilisé. » S'il faut en croire un monsieur qui se trouvait dans le parc et qui a tout vu, la fuite de ce bandit n'a cependant rien de surnaturel, même si elle est plutôt acrobatique : « Alors, le type s'est assis sur le rebord du balcon, décrit-il en joignant le geste à la parole. Il s'est laissé tomber à la renverse en criant : Geronimo ! E, alors là, hop ! saut périlleux arrière et il s'est reçu comme une fleur ! Aux J.O., ajoute-t-il en s'émerveillant, une réception pareille, ça vaut dix ! » Le témoignage de ce monsieur en a laissé perplexe plus d'un, mais il a été confirmé par son épouse et tous deux sont des personnes dignes de foi.

Au final, Antoine Strauss serait parti avec son mystérieux sauveur, sans que personne ne sache exactement par où. Quant aux deux criminels — des « pros », selon les policiers — ils ont pris la fuite à pied après avoir mis le feu à leur voiture accidentée et ils demeurent introuvables. Le commissaire Mühle est chargé de l'enquête. « Il y a des gens qui confondent le lac de Genève avec le lac Michigan et Genève avec Chicago, maugrée-t-il. Deux massacres en deux jours ! On n'a jamais vu ça ! » Il a promis que ses services mettraient tout en œuvre pour retrouver les assassins.

En attendant, gageons que nos compatriotes gene-

vois rêvaient d'un autre genre de feu d'artifice pour terminer l'année en beauté.

Dans le même journal, en page 3, on pouvait lire aussi :

MYSTÉRIEUSE DISPARITION D'UN AVOCAT GENEVOIS

Maître Johannes Ziegler, l'avocat bien connu, a disparu depuis vendredi soir. Il a dîné dans un restaurant gastronomique avec d'importants clients étrangers. Après le repas, il est monté dans sa voiture et il a pris la direction de Genève. Il n'a plus été revu depuis.

Bolan savait que la plupart des disparitions sont volontaires, que quelques-unes sont dues à des crises d'amnésie, la plupart feintes, et qu'un très petit nombre seulement s'expliquent par des enlèvements ou des meurtres. Il lut la suite avec curiosité.

Rappelons que Maître Ziegler est l'époux de Ruth Briet de Charrette, alias Ruth Bécé, émouvante sculptrice, disciple de Niki de Saint-Phalle, dont l'une des œuvres orne le square Félix-Vallotton — et qu'il est par conséquent le gendre de Mme Hélisenne Briet de Charrette, figure éminente du Tout-Genève et philanthrope bien connue, elle-même veuve de Louis Briet de Charrette, le célèbre homme d'affaires décédé l'an dernier paisiblement dans son sommeil.

Le nom de Louis Briet de Charrette n'était pas inconnu à Bolan. Charrette avait bâti son immense fortune en partie sur des affaires honnêtes, en partie sur des magouilles. Il s'était occupé de trafic d'armes, ce qui lui avait valu de figurer tantôt dans les petits papiers de Brognola, tantôt sur sa liste noire, selon qu'il vendait aux alliés des Etats-Unis ou à leurs ennemis. Quant à affirmer qu'il avait rendu son dernier soupir paisiblement dans son sommeil, c'était fort délicat. Les gens bien renseignés savaient que Louis de Charrette était mort d'épuisement entre les bras d'une jeune maîtresse. « Sacré vieux Louis ! avait dit Brognola. Il aurait dû se douter qu'à son âge le fourreau était plus redoutable que l'épée ! Quoi qu'il en soit, paix à son âme ! »

L'article se concluait ainsi :

Maître Ziegler et son épouse ont deux filles, Cymbelline et Hulda, respectivement âgées de quinze et douze ans.

Inutile de dire que la police s'emploie activement à retrouver le disparu. Tous ceux qui connaissent Maître Ziegler espèrent que l'enquête connaîtra une issue rapide et heureuse. En attendant, sa famille est dans l'angoisse.

Antoine émergea bientôt du cabinet de toilette. Bolan lui donna *Genève dimanche,* dans lequel il se plongea aussitôt.

En lisant l'article sur la fusillade aux Merlettes, il hocha fréquemment la tête, sourit d'un air de pitié et s'exclama : « Quel style impayable ! » Par contre, dès qu'il commença à lire l'article suivant, à propos de l'enlèvement de l'avocat, son sourire s'effaça et il devint pâle.

— Qu'est-ce qu'il y a ? demanda Bolan, qui avait remarqué le changement.

— Johannes Ziegler..., murmura le gosse d'une voix sans timbre.

— Eh bien ?

— Je le connais. C'est mon parrain et le meilleur ami de mon père.

Ça changeait beaucoup de choses !

Il ne s'agissait plus seulement d'un juge, peut-être honnête, peut-être pas, assassiné pour d'obscures raisons. L'affaire se compliquait encore.

Aux grands maux les grands remèdes : Bolan sortit du chalet pour être seul et appela le Ranch.

Après les amabilités d'usage avec Evangelista, il eut Brognola au bout du fil.

— Ôte-moi d'un doute, Striker, dit tout de suite le grand fédéral. L'homme mystère dans la fusillade d'hier matin aux Merlettes, c'était toi ?

— Oui, c'était moi, admit Bolan.

— Avec Gadgets, c'est aussi ce qu'on se disait. Il a reconnu ton style inimitable.

— Est-ce un compliment ?

— Sans doute, dit Brognola. Si j'ai bien compris, tu as sauvé le gosse et tu es parti avec lui ?

— Oui.

— Qu'est-ce que tu en as fait ?

— Il est ici, avec moi, dans le chalet de Kazatchenko.

Brognola eut un petit claquement de langue admiratif.

— Bravo, Striker ! C'est ce qui s'appelle avoir l'art

d'accommoder les restes. Mais, dis-moi ? Comment t'es-tu retrouvé dans cette galère ?

— Le hasard.

— Le hasard, répéta Brognola. Il a bon dos, le hasard ! Au fond, tu es un peu comme Hercule Poirot, poursuivit-il sur un ton ironique. Tu ne peux pas prendre des vacances quelque part sans qu'aussitôt les gens se fassent assassiner !... Et qu'est-ce que je peux faire pour toi ?

— Je suppose que tu es déjà au courant du massacre d'un juge et de sa famille, à Genève ?

— Bernard Strauss.

— Oui. Eh bien, figure-toi qu'à peu près au même moment un avocat d'affaires dénommé Johannes Ziegler se faisait enlever à la sortie d'un restaurant gastronomique. Or, Ziegler est le meilleur ami du juge Strauss et le parrain de son fils. C'est pourquoi je voudrais que tu enquêtes sur ces deux messieurs.

— O.K., je m'en occupe. Au revoir, Striker. Bonne chance !

— Attends, Hal, j'ai gardé le meilleur pour la fin : tu te souviens de Louis Briet de Charrette ?

— Je ne suis pas près d'oublier cette crapule.

— Eh bien, ce Johannes Ziegler... c'est son gendre !

— Le monde est petit, conclut Brognola sur un ton philosophique.

Il ne se passa plus rien de notable jusqu'au lendemain. Et, le lendemain étant un 1er janvier, il ne se passa pas grand-chose non plus. A la chasse aux criminels, quand on n'a pas de bonne idée, on espère que l'ennemi en aura une mauvaise. En attendant que ça arrive, Bolan s'ennuyait.

Pour passer le temps, Antoine regardait la télé.

Vers le soir, Bolan sortit son Smartphone, se connecta sur internet et regarda s'il avait un mail de Brognola. Il n'y en avait pas. Après avoir fermé la cession, il laissa ses yeux errer sur les titres de *Yahoo! Actualités*.

NOUVEL ATTENTAT SUICIDE À BAGDAD. *Hier, au centre de la capitale irakienne, un kamikaze…*

ACCIDENT MORTEL SUR L'A6. *Un gigantesque carambolage, provoqué par le verglas…*

35 000 FOYERS PRIVÉS D'ÉLECTRICITÉ DANS LA CREUSE. *Comme tous les hivers…*

IL TUE SA FEMME ET SES TROIS ENFANTS PUIS VA AU CINÉMA. *Un habitant d'Edimbourg, en Ecosse, a massacré sa famille avant de…*

LES PARENTS DU PETIT KÉVIN REÇUS CE MATIN À L'ÉLYSÉE. *Nicolas Sarkozy, président de la République, a reçu ce matin…*

DU NOUVEAU SUR LA DISPARITION DE M[E] ZIEGLER. *L'avocat genevois qui a disparu depuis vendredi…*

Très intéressé, Bolan cliqua sur le lien : LIRE LA SUITE.

… qui a disparu depuis vendredi, reste introuvable. Pendant que la police suisse enquête « avec diligence », les rumeurs vont bon train. Certains parlent de connexions peu recommandables, voire mafieuses. D'autres évoquent la possibilité d'une affaire de mœurs

car, au moment de sa disparition, l'influent avocat sortait du Cœur d'amour épris, un club échangiste situé à l'écart de la route cantonale, entre Denges et Denezy, et non d'un « restaurant gastronomique » comme il a d'abord été écrit. C'est sans doute par délicatesse envers Mme Ziegler et ses filles que les policiers ont tardé à révéler ce détail scabreux. « Cette affaire est un bâton merdeux », indique, sous couvert d'anonymat, une source proche de l'enquête.

Bolan finit sa lecture le sourire aux lèvres. Décidément, ce type-là était le digne gendre de son beau-père.

CHAPITRE XV

Chalet de Kazatchenko
Mardi 2 janvier

En début d'après-midi, Bolan annonça à Antoine qu'il allait le laisser seul quelques heures pour aller au Splendid Hôtel récupérer les quelques affaires qu'il y avait laissées et signer sa facture.

— Voici un téléphone portable que je tiens en réserve, lui dit-il. Mon numéro y est mémorisé.

— J'aurais pu me servir de celui-là, suggéra Antoine en montrant le téléphone satellite de Kazatchenko, qui reposait sur une étagère.

— Surtout pas ! dit Bolan. Celui-là, il est tabou. Une ligne directe avec les emmerdes !

Pour plus de sûreté, il l'empocha.

— Tiens ! insista-t-il. Tu appuies deux fois sur cette touche et tu m'as en ligne.

Antoine accepta le téléphone.

— Tu ne t'en sers que pour m'appeler, *moi,* recommanda

Bolan. Si tu appelles quelqu'un d'autre, tu signes peut-être ton arrêt de mort, c'est bien compris ?

— Oui, monsieur.

— Et, s'il sonne, tu décroches sans hésiter, ça ne peut être que moi.

Bolan s'apprêtait à partir, lorsque Antoine le rappela.

— Pendant que vous y serez, vous pourriez m'acheter du Coca ? Je commence à en avoir marre du Schweppes.

Comme il l'avait dit, Bolan commença par se rendre à l'hôtel pour rendre sa chambre. Puis, il descendit dans Evian. Il était à pied, cherchant à acheter un pack de Coca pour Antoine lorsque son Smartphone vibra dans sa poche.

— Allô !

C'était le grand fédéral.

— Striker, j'ai des nouvelles pour toi.

— Des bonnes, j'espère.

— Oui, c'est à propos du juge Strauss. Il a contacté un type de la C.I.A. à l'ambassade US à Paris. Un certain Carter. Celui-ci est prêt à te rencontrer. Il te dira de vive voix tout ce que tu as besoin de savoir. Je lui ai dit que tu t'appelais Monty Bridges.

Brognola lui donna le numéro à appeler.

— Prends contact avec lui. Mais pas avec ce téléphone.

Bolan ne demanda pas pourquoi. L'appareil dont il se servait pour appeler le Ranch était savamment bidouillé. Comme son coup de fil à l'ambassade serait intercepté, les experts de Langley pourraient en profiter pour se familiariser avec les géniales trouvailles de Gadgets. Il n'y avait pas de raison de leur faire ce cadeau.

— Tu as bien un portable ordinaire ? reprit le grand fédéral.

— J'en avais un, mais je l'ai prêté au fils Strauss.

— Alors, appelle d'une cabine. La C.I.A., ils sont bien gentils mais je m'en méfie quand même un peu.

— Ce ne sont pas nos amis ? demanda Bolan sur un ton faussement naïf.

— Nos amis, oui. Mais pas nos frères, comme tu sais…

Bolan rempocha son portable et se mit en quête d'un endroit où acheter une carte de téléphone. Après avoir marché cinq minutes, il décida de demander son chemin. Un homme arrivait en sens inverse, grand, mince, des cheveux blond roux, une belle gueule à la Harrison Ford, élégant avec sa cravate club et son long manteau en loden. Bolan le prit pour un Anglais. Il était plongé dans *Paris-Turf,* un stylo à la main, une paire de lunettes demi-lune perchées sur le bout du nez.

Bolan se mit en travers de son chemin. L'homme s'arrêta net, sans tressaillir, et posa sur Bolan ce regard impavide qui, sous toutes les latitudes, signifie : « Ami ou ennemi ? »

— Pardon, monsieur, dit Bolan, je cherche un débit de tabac.

L'homme hocha lentement la tête.

— Il y en a un par là, répondit-il en pivotant pour montrer derrière lui la rue principale. Mais le plus proche est par ici, ajouta-t-il en pointant le doigt dans la direction opposée. Juste à côté de *La Frégate*.

Bolan exprima son incompréhension par une petite moue.

— *La Frégate*, c'est le bar P.M.U. en face de l'embarcadère, précisa l'homme. J'y vais justement pour faire un Quinté, vous n'avez qu'à me suivre.

Le bureau de tabac faisait le coin. On le repérait de loin grâce à la carotte rouge et à la cocarde tricolore du Loto. Pour accéder à la porte d'entrée, il fallait se faufiler entre des trépieds à affiches et des tourniquets chargés de cartes postales. A l'intérieur, la boutique était semblable à la plupart de celles que Bolan avait déjà vues dans Evian : pleine comme un œuf. Bâtie entre un lac et une montagne, la ville était nouée. Les magasins et les boutiques cherchaient à croître mais on ne pouvait pas pousser les murs. Alors, les marchandises débordaient des présentoirs et contraignaient les clients à se faire petits.

L'Exécuteur prit sa place dans la file et attendit que son tour vienne. Derrière le comptoir, il y avait deux femmes. Celle devant laquelle il se retrouva avait un visage rond, frais et lisse, étrangement juvénile. Un vrai visage de poupée. Elle portait un gros chandail rose pâle assorti à son teint.

— Monsieur ?

— Je voudrais une carte de téléphone, s'il vous plaît ?

— Combien d'unités ?

Bolan haussa mollement les épaules.

— Cinquante ou cent vingt ? précisa-t-elle.

— Cent vingt, dit Bolan.

Elle lui donna sa carte et demanda s'il voulait autre chose.

— Vous avez des magazines américains, mademoiselle ? *Time* ou *Newsweek* ?

Elle se tourna vers l'autre femme, plus petite, plus gracile, dont le minois était perdu au milieu d'une abondante chevelure châtaine zébrée de mèches blondes et rousses.

— Catherine, nous avons des magazines américains ?

— Je ne sais pas.

Se retournant vers Bolan, la première jeune femme reprit :

— Patientez une seconde, monsieur, je vais voir.

— Non, laisse, Sylvie, j'y vais.

Catherine sortit de derrière le comptoir, contourna le présentoir central, fureta un instant au milieu des magazines étrangers et revint d'un pas léger, la mine souriante, l'air gai, mais bredouille.

— Non, dit-elle. J'ai peut-être mal cherché mais il me semble que, comme magazine étranger, il ne nous reste que *Die Welt*.

— Ça ne fait rien, dit Bolan.

Au même moment, un homme émergea de la réserve, les bras chargés de cartouches de cigarettes. Il fut accueilli comme le Messie.

— Ah ! Michel, tu arrives bien ! s'exclama Catherine. Est-ce que nous avons encore des magazines américains ? *Time* ou *Newsweek ?* C'est pour ce monsieur-là.

L'homme se tourna vers Bolan. En le voyant de face,

Bolan lui trouva un air de famille avec la jeune femme au chandail rose : même visage plein, même teint frais, même air serein.

— Non, monsieur, dit-il. Je n'en ai plus. Mais, si vous voulez, je peux téléphoner à la *Maison de la Presse* de Thonon.

Bolan commençait à apprécier ces gens qui se mettaient en quatre pour le satisfaire.

— Et, poursuivit l'homme, s'ils en ont encore, je les aurai demain.

— Demain ? répéta Bolan avec un sourire pensif. Non, ne vous donnez pas cette peine.

Le mot *demain,* pour les gens qui menaient une vie paisible et routinière, avait peut-être un sens. Mais, pour Bolan, il désignait un univers lointain, inconnu, hostile et dangereux. Lorsqu'il était sur le sentier de la guerre, il ne savait jamais où il serait le lendemain. Ni même s'il serait encore en vie.

— C'est tout ce qu'il vous fallait ? demanda Sylvie.

Bolan acquiesça d'un signe de tête.

— Cela vous fera quinze euros.

— Où vais-je trouver une cabine téléphonique ?

— Juste en face.

L'Exécuteur paya et sortit. De l'autre côté de la rue, il y avait effectivement une cabine. Bolan s'y rendit et composa le numéro du gars de la C.I.A. En attendant que ça décroche, il regarda machinalement les affiches placardées sur le mur le plus proche. Son attention fut attirée par celle d'*Inglourious Basterds,* de Quentin Tarantino, qui était au programme de l'unique cinéma de la ville. Il trouva que Brad Pitt et ses deux acolytes avaient décidément beaucoup d'allure. Et, malgré lui, il redevint songeur. « *Inglourious Basterds* ! En un sens, je ressemble à ces types-là, se dit-il. Comme eux, j'ai une morale bien à moi et mon propre sens de la justice. Comme eux, je suis d'avis que tous les coups sont permis lorsqu'on a affaire à des pourris qui se sont mis eux-mêmes au ban de l'humanité. Et le nom d'*infâmes salopards* nous va plutôt bien, car la gloire n'est pas faite pour les gens comme nous. Ni les éloges. Ni même la simple courtoisie. »

A l'autre bout du fil, quelqu'un décrocha enfin.

— Carter !

— Hello, je suis Monty Bridges…

Carter ne perdit pas de temps en préliminaires.

— J'attendais votre appel, Mr. Bridges. Voulez-vous que nous nous retrouvions demain vers midi, chez Angélina ? proposa-t-il.

— D'accord, dit Bolan.

— Vous savez où c'est ?

— Non, mais je trouverai.

— Rue de Rivoli, côté place de la Concorde. C'est l'un des meilleurs salons de thé de Paris. On le repère de loin, à cause des grappes de Japonaises en collants blancs qui poireautent devant à toute heure… A propos, vous ne faites pas la queue, Mr. Bridges. Dites que vous avez rendez-vous avec Mr. Carter. Je suis connu comme le loup blanc. Il faut dire que j'y suis toujours fourré. J'adore leur chocolat chaud et c'est près de l'Ambassade…

— O.K., Mr. Carter, dit Bolan en l'interrompant. A demain.

— A demain, Mr Bridges.

Dès qu'il eut raccroché, Bolan appela Antoine Strauss pour lui dire qu'il ne rentrerait pas avant demain soir et lui recommander de ne pas s'impatienter.

Puis, il prit la route.

CHAPITRE XVI

Rue de Rivoli, Paris
Mercredi 3 janvier

Il planait sur Paris cette sorte de tristesse particulière aux lendemains de fête. Les guirlandes se morfondaient dans le froid, les sapins décorés qui subsistaient dans les vitrines avaient l'air incongru.

Le ciel était bas. A travers les nuages filtrait une lumière lugubre dans laquelle toutes les couleurs devenaient grises.

Bolan laissa sa voiture au parking de l'Hôtel de Ville et remonta tranquillement la rue de Rivoli. Il passa devant la Samaritaine, fermée depuis longtemps pour travaux, et puis des boutiques, des bureaux de changes, des galeries d'art, des hôtels de luxe. Les trottoirs étaient colonisés par des présentoirs chargés de cartes postales, de porte-clés et de gadgets horribles. Dans les vitrines des magasins de souvenirs se pavanaient des tours Eiffel de toutes tailles et des Arcs de triomphe fabriqués en Chine.

Bolan comprit qu'il approchait de sa destination lorsqu'il vit une forêt de jambes plus ou moins torses et gainées de blanc. Comme il était très élégant avec sa chemise blanche, sa cravate de cachemire, son costume anthracite et son trois-quarts en Gore-Tex, il fut bien accueilli et le nom de Carter fonctionna comme un coupe-file. Dans le salon de thé, le décor était « Belle Epoque ». La lumière extérieure, qui se déversait par une verrière, se mélangeait à la clarté des lampes en pâte de verre. Les tables étaient petites et rondes, avec un plateau de marbre, dans le plus pur style bistro.

Edward Carter était assis dans un coin, un peu à l'écart. Reconnaissant Bolan d'après la description qu'en avait faite Brognola, il se leva et lui fit signe de le rejoindre. C'était un petit homme grassouillet, au teint rose, bien rasé et qui sentait le vétiver. Il portait un nœud papillon à pois sur une chemise à rayures et une énorme pochette multicolore débordait de sa poche de poitrine. Il se croyait sans doute élégant et n'était que coquet. Il tendit une petite main potelée, ornée de bagues, que Bolan serra prudemment.

— Mr. Carter…

— Appelez-moi Neddy.

— Dans ce cas, appelez-moi Monty.

Ils s'assirent et Bolan se dépêcha de regarder la carte car une serveuse approchait déjà, son bloc-notes dans une main, son crayon dans l'autre.

— Monty, si vous permettez, je vous recommande le suprême de volaille fermière avec un écrasé de pommes de terre à l'huile d'olive, dit Carter. Ou bien le dos de cabillaud rôti avec la petite poêlée de courgettes au cresson.

— Y a rien de plus simple ? demanda Bolan.

— Si, le filet de bœuf grillé.

Bolan commanda le filet de bœuf, Carter le suprême de volaille et la conversation put enfin commencer.

— Voici, dit Carter. Bernard Strauss m'a téléphoné au début de la semaine dernière. Il voulait me parler d'un de ses amis qui avait fait une grosse boulette. J'ai dit oui et nous avons déjeuné ensemble ici même mercredi dernier. Entre parenthèses, il n'a pas snobé le suprême de volaille, *lui*. Bref, il m'a dit que l'ami en question était un avocat d'affaires du nom de Johannes Ziegler qui s'inquiétait depuis qu'il avait appris l'assassinat du mafieux dont il gérait l'argent en Suisse.

— Il avait peur que l'onde de choc ne se propage jusqu'aux rives du Léman et il cherchait une protection en échange de quelques informations de première bourre ? suggéra Bolan.

— C'est exactement ça.

— Ce cher maître avait mille fois raison de se faire de la bile, dit Bolan. Il a été enlevé vendredi dernier.

— Oui, j'ai lu ça dans le journal. Par la même occasion, j'ai appris qu'il était marié avec la fille de l'infâme Louis de Charrette. Artiste à ses heures. Sculptrice, c'est ça ?

Bolan confirma l'information d'un hochement de tête.

— Et Ziegler a disparu à la sortie d'un grand restaurant ?

— Ça, c'est la version expurgée, dit Bolan. En fait, il s'est fait enlever dans un club échangiste.

Carter prit un air gourmand.

— Une boîte à partouzes ! traduisit-il crûment. Ce genre de potins, j'adore ! C'est comme le pain français, plus c'est croustillant, meilleur c'est.

Bolan le regarda curieusement.

— Eh oui, j'ai un côté commère, concéda Carter. C'est un peu pour ça que je fais ce métier. Pour voir le monde par le trou de la serrure. Le trou de la serrure est très sous-estimé, vous savez, Monty ? Je trouve que c'est un excellent point de vue sur le monde… Tout de même, ce pauvre Ziegler, je le plains ! poursuivit-il sur un ton réjoui qui démentait ses paroles. Cette mésaventure, ça ne va pas être bon pour son image de gendre idéal !

— Pour l'instant, il a d'autres soucis, dit Bolan.

— Très juste.

Tout en parlant, ils avaient vidé leurs assiettes. La serveuse revint débarrasser la table.

— Mon cher Monty, comme dessert, dit Carter, je vous recommande la spécialité de la maison, le célèbre mont-blanc : meringue, crème chantilly, vermicelles de crème de marron… Un régal !

— J'ai eu ma dose de mont Blanc ces derniers temps, répondit Bolan. Y a quoi d'autre ?

— Les célébrissimes, excellentissimes et nobilissimes macarons.

— Va pour les macarons, dit Bolan.

Lorsqu'ils furent servis, la conversation reprit son cours.

— Et le mafieux avec qui Ziegler était en cheville ?

— Un certain Orgosolo.

— Ah ! fit Bolan.

Il ne pouvait pas ignorer l'attentat qui avait eu lieu dans Little Italy le soir de Noël. Tous les médias en avaient parlé.

— Par-dessus le marché, enchaîna Carter, un certain Wurlitzer s'est fait enlever à New York le jour de Noël. Or, ce Wurlitzer était l'homme d'affaires d'Orgosolo ! Je suis flic, je ne crois pas aux coïncidences.

Bolan n'était pas flic mais il n'y croyait pas non plus.

— D'après vous, ce sont les mêmes qui ont fait le coup ?

— Les mêmes, je n'en sais rien. Mais, dans les deux cas, ce sont des pros. La fille qui était avec Wurlitzer au moment de l'enlèvement, ils l'ont exécutée dans les règles de l'art : deux balles en pleine poitrine et le coup de grâce dans la tête.

Bolan en convint. L'attentat contre le clan Orgosolo et le meurtre de cette pauvre fille n'étaient pas l'œuvre du premier sagouin venu.

— Et votre ami le juge, il est mouillé, lui aussi, dans cette affaire de blanchiment d'argent ? demanda-t-il.

A ces mots, Carter avala de travers et devint tout rouge, moitié asphyxie, moitié indignation. Il toussa si bien que Bolan faillit se lever pour lui taper dans le dos.

— Bernard ? Tremper dans une affaire louche ? Vous n'y pensez pas ! s'exclama-t-il lorsqu'il eut recouvré l'usage de la parole. C'était l'honnêteté personnifiée !

L'Exécuteur hocha pensivement la tête. A la même

question, le fils du juge avait fait la même réponse, avec la même ferveur et la même conviction. Ça devait être vrai.

— Pourquoi Strauss s'est-il adressé à vous ? demanda Bolan.

— Nous nous connaissons depuis l'affaire yougoslave, expliqua Carter. J'étais en poste au Kosovo et lui, il servait dans la Swisscoy.

— Le contingent suisse au sein de la KFOR ?

— Oui. Il était dans la police militaire, avec le grade de major. A force de travailler ensemble, nous sommes devenus amis.

Ils se turent car la serveuse arrivait avec les cafés. Dès qu'elle eut tourné les talons, la conversation reprit.

— Voilà comment je vois les choses, dit Carter. Quelqu'un a exterminé les Orgosolo dans l'intention de récupérer l'argent qu'ils avaient planqué en Suisse. Une centaine de millions de dollars, d'après nos estimations. Ça peut faire envie, n'est-ce pas ? C'est pourquoi il a enlevé Wurlitzer et puis maintenant Ziegler. Si j'étais Dufresny, je me ferais du mouron.

— Qui est Dufresny ? demanda Bolan.

— L'associé de Ziegler.

Bolan fit juste *Ah!* mais il envisagea tout de suite l'étape suivante : rendre une petite visite à ce Dufresny.

CHAPITRE XVII

En sortant du salon de thé, Carter partit vers la place de la Concorde et Bolan dans l'autre sens.

Pendant qu'ils déjeunaient, les rayons du soleil avaient réussi à percer les nuages et à présent ils badigeonnaient d'or tout ce qu'ils touchaient : les façades des immeubles, les grilles du jardin des Tuileries, les carrosseries de voitures, la statue équestre de Jeanne d'Arc, place des Pyramides…

Sous les arcades, les piétons étaient nombreux, certains qui s'en retournaient à leur travail après la pause déjeuner, d'autres qui flânaient, les premiers bousculant les seconds. L'esprit de Bolan enregistrait tous les détails. Les jeunes couples qui ne peuvent pas faire un pas sans se tenir par la main. Les hommes qui se donnent des airs de brasseurs d'affaires, ce que contredisent leurs costumes bon marché et leurs serviettes en carton bouilli. De temps à autre, une belle fille : celle-ci, brune, grande, avec un visage de madone et, entre les bottes et la minijupe, des cuisses de mannequin anorexique ; ou bien celle-là : longue silhouette, une casquette de

Poulbot perchée sur une étincelante chevelure blonde, un manteau couleur de muraille, des lunettes à monture d'écaille siglées Chanel, pas de maquillage, même pas de rouge à lèvres, un sac kaki en bandoulière — sans doute une étudiante. Et puis, d'autres personnages plus ou moins pittoresques : les clochards, épouvantails ambulants ; les vieilles avec d'impayables bonnets tricotés au crochet ; des adolescentes habillées comme des veuves siciliennes ; les promeneurs faussement innocents, qui sont sans doute des pickpockets. Dans la rue, les voitures, à touche-touche. Un embouteillage aux guichets du Louvre : un flic, son carnet de contredanses à la main, et un automobiliste, rouge de colère, qui l'engueule. Une antique 2 CV Madison. Une bétonnière et, juste derrière, un semi-remorque avec une benne rouge orangé : Bolan ne fut pas surpris ; il avait aperçu de loin des travaux place de la Concorde. A côté de la bétonnière, une Rolls noire. Et puis, les boutiques de luxe, les antiquaires, les marchands de barbes à papa. Et les pigeons, la plupart estropiés…

Chemin faisant, Bolan arrivait en vue de l'Hôtel de Ville. Son regard continuait de traîner partout. Parmi les passants qui venaient vers lui, il vit trois hommes aux silhouettes imposantes, en costume sombre et chemise blanche, avec des cravates aux couleurs criardes. Soupçonneux, il ouvrit son trois-quarts, pour le cas où il aurait besoin de son fidèle Beretta. Mais les trois hommes passèrent leur chemin sans prendre garde à lui.

Bolan jeta un coup d'œil par-dessus son épaule pour s'assurer que le trio ne faisait pas demi-tour et ne s'apprêtait pas à lui tomber sur le râble mais, non, ils s'en allaient paisiblement, comme quoi l'on peut avoir des dégaines de mafieux ou d'anciens K.G.Bistes et n'être que d'inoffensifs quidams.

Du même coup, Bolan vit, qui arrivait d'un pas alerte, une autre belle blonde. Elle était aussi grande que celle qu'il venait de croiser, avec un manteau grisâtre, une bâche à la Gavroche, des lunettes à monture d'écaille siglées Chanel et un sac kaki. Le temps de comprendre que ce n'était pas une autre mais *la même,* elle l'avait bousculé et elle partait en courant.

Bolan l'aurait poursuivie et rattrapée mais son sixième sens l'avertit qu'il avait un problème plus urgent. Son trois-quarts pesait soudain un peu plus lourd. La blonde lui avait glissé un truc dans la poche. Bolan palpa. Il sentit un objet dur, gros comme une mangue. En même temps, quelque chose le piqua à travers l'étoffe.

La supériorité du cerveau humain sur l'ordinateur, c'est que l'ordinateur examine toutes les possibilités avant de trouver la bonne solution alors que le cerveau humain va droit à la bonne solution et élimine toutes les autres possibilités sans examen.

Bolan n'eut besoin que d'une nanoseconde pour comprendre que la situation était la suivante : il se trouvait au milieu d'une foule, sur un trottoir de la rue de Rivoli, avec une grenade dégoupillée au fond de la poche de son trois-quarts et il ne pouvait pas la ressortir car elle était garnie d'hameçons qui s'étaient accrochés à la doublure.

Lorsque la grenade exploserait, il pâtirait — et il ne

serait pas le seul. Dans le cas d'une grenade offensive, il serait éventré et les gens subiraient l'onde de choc dans un rayon de huit à dix mètres. Dans le cas d'une grenade défensive, il serait carrément pulvérisé et il y aurait des morts dans un rayon de vingt-cinq mètres.

Tout en réfléchissant, Bolan ôta son trois-quarts — quel que soit le problème, ôter son trois-quarts faisait partie de la solution. Il y avait des chances que l'engin soit de fabrication soviétique. D'après la forme ronde et la taille, c'était sans doute une *Ruchnaya Granata*. Mais de quel modèle ? Une RGO à fragmentation ou la RGN à surpression ? Lorsqu'il avait palpé la grenade, elle lui avait semblé lisse — indice d'une grenade offensive — mais, à travers le tissu, ça ne prouvait pas grand-chose. La RGO pesait presque 600 grammes, la RGN, moitié moins. Au pifomètre, Bolan avait senti un surpoids de moins d'une livre — indice supplémentaire qu'il s'agissait d'une offensive. La blonde s'était arrêtée devant la *Samaritaine*. Au lieu de prendre la poudre d'escampette, elle était restée là, pour jouir du spectacle. Elle n'avait pas éprouvé le besoin de prendre beaucoup de champ, quelques dizaines de mètres tout au plus. Cela acheva de persuader Bolan qu'il avait bel et bien affaire à une grenade offensive.

C'était un moindre mal.

Il fit tournoyer son trois-quarts au-dessus de sa tête. Que ce soit une RGO ou une RGN, elles avaient la même mèche UDZS, qui armait après un délai pyrotechnique de 1,2 à 1,8 seconde et qui faisait détonner à l'impact ou après un délai de 3,2 à 4,2 secondes. Dans le meilleur des cas, Bolan avait encore deux secondes devant lui, peut-être trois. En temps normal, ce n'est rien. Mais, dans certaines circonstances, on peut faire beaucoup de choses en aussi peu de temps.

Bolan récapitula les données qu'il avait engrangées — dans son secteur d'activité, pour survivre, il faut avoir le sens de l'observation. Nous avons donc dit : des pigeons unijambistes, des vieilles, une bétonnière, une Rolls, des petites tours Eiffel en fer blanc, un semi-remorque, le Louvre des antiquaires, une 2 CV…

La bétonnière ! Oui, ce serait idéal ! La grenade exploserait au fond de cette énorme cuve de métal sans dommage pour personne.

La bétonnière était en train de redémarrer. Bolan faisait toujours tournoyer son trois-quarts au-dessus de sa tête comme un lanceur de marteau. Mais la trémie de chargement de la cuve paraissait petite à cette distance. Il aurait fallu au moins Michael Jordan pour réussir un tel coup ! Inutile d'essayer !

Certes, la survie d'un homme d'action dépend de son sens de l'observation. Mais, à l'occasion, il lui faut de la chance. Et Bolan en eut.

La bétonnière était peut-être trop loin mais le semi-remorque était toujours là. La benne était solide — une benne de travaux publics, en acier. Avec une grenade à fragmentation, des éclats seraient sans doute passés au travers, mais elle devait être capable d'encaisser le souffle d'une grenade à surpression.

Lorsqu'il estima que son trois-quarts avait pris suffisamment de vitesse, Bolan le lâcha. Après avoir décrit une courbe dans l'air, le trois-quarts retomba dans la benne.

Bingo !

La grenade explosa à l'impact. La déflagration fit un bruit d'enfer, qui s'entendit de l'obélisque à la tour Saint-Jacques et du Châtelet à la Porte d'Italie. Les flancs de la benne gonflèrent comme les joues d'un trompettiste. Une vieille femme s'évanouit de saisissement. Le chauffeur du camion descendit de sa cabine en titubant, sonné mais indemne. Les gens portèrent les mains à leurs oreilles. Il allait y avoir des acouphènes — et peut-être quelques tympans percés. Mais pas de morts.

La blonde resta pantoise un instant. Elle ne s'était pas attendue à ça. Bolan ne perdit pas une seconde pour se lancer à sa poursuite. Se ressaisissant enfin, la fille prit les jambes à son cou. Tout courant, elle sortit de sa gibecière un pistolet. Bolan eut l'impression que c'était un Sig-Sauer P 220. Neuf coups par chargeur s'il était chambré en 7,65 ou en 9 mm, sept seulement s'il était chambré en .45 ACP. Il fut tenté d'abandonner la poursuite plutôt que d'inciter la fille à ouvrir le feu en pleine rue. Il y aurait forcément des balles perdues.

D'ailleurs, il y avait tellement de monde sur les trottoirs que Bolan avait du mal à la suivre. Elle pouvait se permettre de bousculer tout le monde, vieillards comme femmes enceintes, et de renverser les infirmes dans leurs fauteuils et les bébés dans leurs berceaux — et pas lui.

Bientôt, il se rendit compte qu'il l'avait perdue de vue. Et puis, il eut une idée. Il monta sur une voiture en stationnant.

Elle se retourna et le chercha des yeux mais ne le vit pas. Lui, par contre, il la vit fort bien. En courant, elle avait perdu sa casquette et, avec sa chevelure blonde, lumineuse comme une auréole, elle était devenue facile à repérer.

Elle était presque au coin de la rue de Sévigné. Bolan sortit son Beretta, mit le sélecteur de tir en mode coup par coup, visa et, profitant d'une seconde où il n'y avait personne d'autre qu'elle dans sa ligne de mire, tira. La fille fut touchée au mollet gauche. Elle tomba, se releva aussitôt, le visage tordu par la colère et la douleur, et traversa le carrefour en titubant. Un motard la poussa par le dos dans le couloir de bus et le bus la projeta en l'air. Elle retomba dix mètres plus loin. Il y eut des coups de freins, des crissements de pneus, un carambolage, de la tôle froissée, des exclamations horrifiées.

Bolan rangea son pistolet et descendit de son perchoir. Le temps qu'il arrive près de la fille, des badauds se pressaient déjà autour d'elle. Il se fraya un passage en disant qu'il était médecin.

En voyant cette superbe créature toute disloquée, au milieu d'une mare de sang, il eut un goût de fiel au fond de la gorge. Il s'agenouilla près d'elle, sans perdre de vue qu'il n'était pas dans un terrain vague mais au milieu de Paris, une ville où il y a autant de flics que dans toute l'Angleterre. Il ne disposait que de quelques secondes avant que la maréchaussée rapplique. Ç'aurait été suicidaire de perdre du temps à la fouiller. Suicidaire, et sans doute vain.

Après l'avoir délestée de sa sacoche, il lui trempa

les doigts dans son propre sang et les appliqua sur les manchettes de sa chemise blanche. Puis, il se redressa, écarta les badauds et profita de la confusion pour s'éloigner.

Lorsqu'il eut regagné sa voiture, il photographia en gros plan les empreintes sur ses manchettes et les envoya en MMS au Ranch pour identification. Ensuite, il fouilla la sacoche de la fille et n'y trouva que des Kleenex, une pomme golden, un étui à lunettes, le *New York Times* et un chargeur de rechange pour le Sig-Sauer, garni de cartouches de 7,65.

Cela fait, il récupéra sa voiture et prit le chemin du retour, ne s'arrêtant qu'une fois, pour faire le plein — et acheter un pack de Coca pour son petit protégé.

CHAPITRE XVIII

Genève,
Jeudi 4 janvier

La rue du Rhône déployait ses fastes. La ville de Genève est la plus chère d'Europe et la rue du Rhône la plus chère de Genève. Toutes les marques qui ont fait la légende de l'horlogerie suisse et tous les grands noms de la mode y ont leur enseigne. On pourrait y dépenser une fortune en la parcourant d'un bout à l'autre. Il n'y a guère que les minuscules boutiques des chocolatiers dans lesquelles on peut se risquer à entrer sans être millionnaire.

Ziegler et Dufresny étaient suffisamment riches et fameux pour avoir leur cabinet dans l'un des immeubles qui longent cette rue exceptionnelle. Après avoir jeté un coup d'œil à la rutilante plaque sur laquelle on lisait : « Ferdinand Dufresny & Johannes Ziegler, *Avocats,* 3e étage », Bolan entra. A cause de l'enlèvement de son associé, il y avait des chances que Dufresny soit là — s'il avait été parti en vacances, il serait rentré et, s'il n'avait pas déjà été parti, il serait resté.

Au troisième étage, deux portes aussi imposantes l'une que l'autre donnaient sur le palier. Celle du cabinet d'avocats était indiquée par une petite plaque au-dessus de la sonnette. Bolan entra et se retrouva dans un vestibule bourgeoisement décoré. Un épais tapis aux couleurs chatoyantes couvrait le parquet. Les meubles étaient d'époque. Les boiseries étaient encaustiquées. Dans un coin, une plante verte s'épanouissait dans un vase de grès. Le mur du fond était percé de deux portes identiques.

Une secrétaire était assise derrière un bureau. Elle n'était ni particulièrement jeune ni particulièrement jolie et ses cheveux noirs étaient manifestement teints. Bolan en conclut qu'elle avait été choisie pour ses compétences.

Elle leva vers le nouveau venu de grands yeux verts, qui devaient faire tout son charme lorsqu'elle s'en donnait la peine mais qui, pour l'heure, étaient pleins de surprise et de mécontentement.

Bolan s'approcha. Pour la circonstance, il avait mis un costume, une cravate et son imper réversible, avec le côté mastic à l'extérieur.

— Monsieur ? dit la secrétaire d'un ton pincé.

— Je viens voir Maître Dufresny, dit Bolan.

— Vous êtes ?

— Madoc Burton.

— Vous avez rendez-vous, monsieur Burton ?

Bolan esquissa un sourire de victoire car la réponse de la secrétaire voulait dire que Dufresny était là.

— Ma foi, non, dit-il.

— Je ne sais pas s'il va vous recevoir, monsieur.

— Demandez-le-lui, suggéra Bolan.

La secrétaire se leva, alla frapper à l'une des deux portes et entra sans attendre de réponse.

— Je suis désolée, dit-elle en revenant quelques secondes plus tard. Maître Dufresny est très occupé. Vous n'ignorez peut-être pas que nous avons beaucoup de tracas ces temps-ci ?

Bolan haussa les épaules.

— Quoi qu'il en soit, reprit la secrétaire, aujourd'hui, c'est tout à fait impossible. Revenez plus tard. En ayant téléphoné auparavant pour prendre rendez-vous, ajouta-t-elle d'un ton doucereux.

C'était le moment que Bolan attendait pour placer sa botte secrète.

— Mademoiselle, dit-il, auriez-vous l'obligeance de retourner voir Maître Dufresny et de lui dire que je suis le fondé de pouvoir du *signore* Angelo Orgosolo ?

Sans discuter, la secrétaire se rendit de nouveau dans la pièce voisine, mais, cette fois, lorsque la porte se rouvrit, c'est Maître Dufresny en personne qui fit son apparition. Ainsi que Bolan l'avait espéré, le nom d'Orgosolo avait fonctionné comme une formule magique. Dufresny marchait à grands pas, le sourire aux lèvres, la main droite en avant. Bolan n'avait jamais vu personne de plus empressé, de plus chaleureux que cet homme-là !

— Cher monsieur Burton ! s'exclama Dufresny. Quelle joie de faire votre connaissance !

Bolan serra la main que l'avocat lui tendait.

— Je vais vous recevoir immédiatement, dit Dufresny. Nicole, continua-t-il en se tournant vers sa secrétaire, qu'on ne nous dérange pas, je n'y suis pour personne. Monsieur Burton, si vous voulez bien me suivre…

Ferdinand Dufresny était courtaud et rondouillard, avec de bonnes joues roses et des bésicles à fine monture d'acier perchées sur le bout de son nez. Il portait un costume croisé qui achevait de tasser sa silhouette. Incompréhensiblement, malgré la petitesse de ses jambes, son pantalon était trop court.

Une fois la porte refermée, Dufresny désigna un fauteuil à Bolan et s'assit derrière le bureau. La pièce était vaste, dans le même style que le vestibule. La lumière s'y déversait abondamment par deux grandes fenêtres qui donnaient sur la rue.

— Eh bien, monsieur Burton, quel bon vent vous amène ? demanda Dufresny pour amorcer la conversation.

Il essayait de paraître détendu, mais ses joues n'étaient déjà plus aussi fraîches et roses que tout à l'heure. Elles avaient commencé à pâlir.

Bolan choisit de lui aggraver son malaise.

— Je ne suis pas sûr que ce soit un bon vent, dit-il.

Dufresny blêmit un peu plus.

— Que voulez-vous dire ?

— Que je viens vous parler d'un monsieur qui a trébuché sur une mine antichar le 24 décembre dernier et que ça m'étonnerait que notre entretien soit très souriant.

Cela mit le comble au trouble de Dufresny. Quelques

gouttes de sueur perlèrent sur son front et il y eut de la buée sur ses lunettes.

— Vous savez, dit-il d'une voix étranglée, je ne connais guère M. Orgosolo…

— C'est pour ça que votre porte s'est ouverte comme par miracle dès que j'ai prononcé son nom, rappela Bolan.

Dufresny ravala des flots de salive.

— Euh, non, bredouilla-t-il. Ce n'est pas ça ! Ma secrétaire est venue me dire que vous insistiez, alors moi, par politesse…

— *Tss-tss !* fit Bolan pour l'interrompre.

Il se leva lentement.

— Dans l'intérêt de tout le monde, continua-t-il en sortant son Desert Eagle, ne faites aucun bruit qui risquerait d'alerter votre secrétaire. Car, si elle venait à franchir cette porte dans les minutes qui vont suivre, je serais obligé de la tuer, voyez-vous ?

A l'aspect du pistolet, Dufresny ouvrit des yeux horrifiés et, lorsque Bolan contourna le bureau, il se tassa sur son fauteuil.

— Mon cher Maître, dit Bolan en lui appliquant le canon du Desert Eagle contre le genou, pour votre malheur, vous savez quelque chose que je tiens absolument à savoir aussi. Alors, vous allez me le dire ou bien, dans cinq secondes, je vous transforme en unijambiste.

Bolan commença le compte à rebours.

— Cinq… quatre… trois…

— Attendez ! murmura Dufresny d'une voix blanche.

— Deux ! annonça Bolan d'un ton implacable.

— Si je parle, ils me tueront ! s'écria alors l'avocat.

Bolan sourit. Si Dufresny avait soutenu mordicus qu'il ne savait rien, Bolan aurait été obligé de lâcher prise. Mais, la peur aidant, Dufresny venait d'avouer qu'il savait quelque chose.

Il ne restait plus qu'à lui faire dire quoi.

— Et si tu ne parles pas, dit Bolan, je t'explose un genou.

Il octroya à l'avocat deux ou trois secondes de réflexion et, ne voyant rien venir, il se remit à compter.

— Deux... un...

— Vous voulez parler des deux types qui sont venus me voir au début de la semaine dernière ? couina Dufresny.

— Oui, dit Bolan à tout hasard.

— Ils ne m'ont pas laissé le choix, poursuivit Dufresny d'une voix geignarde. Comme on dit dans *Le Parrain*, ils m'ont fait une offre *que je ne pouvais pas refuser.*

— Quel genre d'offre ? Carotte ou bâton ?

— Un peu des deux. Ils m'ont offert de l'argent et, en même temps, ils ont dit qu'ils se vengeraient sur ma fille si je refusais. Elle est étudiante en médecine à Lyon. Ils savaient tout sur elle : son adresse, son numéro de portable, l'immatriculation de sa Twingo, l'endroit où elle la garait, *tout* ! Ils m'ont dit qu'ils ne la tueraient pas, mais qu'ils mettraient juste assez de plastic sous le plancher de sa voiture pour qu'elle reste cul-de-jatte.

« Décidément, c'est tendance ! » pensa Bolan.

— Qu'est-ce qu'ils voulaient ?

— Que je surveille Johannes... enfin, maître Ziegler.

Que je les avertisse si jamais Johannes faisait des choses qui sortaient de l'ordinaire.

— Et qu'est-ce que tu leur as dit ?

— Rien. Je n'avais rien remarqué de spécial. A part que Johannes était de plus en plus nerveux.

— C'est tout ?

— Non. Ils m'ont aussi donné un micro à placer dans le téléphone de Johannes.

Maintenant que Dufresny s'était mis à parler et qu'il répondait sans réticence à toutes ses questions, Bolan ne ressentit pas le besoin de le menacer plus longtemps. Il se redressa et fit le tour du bureau.

— Tu l'as fait ?

— Si ma fille a encore ses deux jambes, c'est que je l'ai fait, répondit Dufresny sur un ton vaguement honteux.

« C'est comme ça qu'ils ont su que Ziegler avait demandé l'aide du juge Strauss, pensa Bolan. C'est comme ça qu'ils ont su que Strauss était allé à Paris pour y rencontrer Carter. C'est comme ça qu'ils ont su que Carter avait l'habitude de donner ses rendez-vous chez Angélina. C'est comme ça que Natalia a su où me trouver… Cet aigrefin a peut-être sauvé les gambettes de sa fille, mais il a indirectement condamné à mort le juge et sa famille… et il a bien failli me faire transformer en viande hachée ! »

— C'était qui, ces types ? demanda-t-il.

— Un ancien malfrat américain et son garde du corps.

— Pas si ancien que ça, apparemment, dit Bolan. Et il s'appelle comment, cet Américain ?

— John Smith.

Bolan, en entendant ce nom, eut la même réaction que Liatichinski. « John Smith », en Amérique, c'était le faux nom par excellence, celui qui ne cherche même pas à passer pour authentique !

— Tu te fous de moi ?

— Non ! persista l'avocat. Il s'appelle vraiment *John Christopher Smith.*

Bolan haussa les épaules. Bah, des *vrais* John Smith, ça existe aussi !

— Il ressemble à quoi ?

— C'est le sosie de Clint Eastwood… enfin, Clint Eastwood à cinquante ans.

— Et son garde du corps ? demanda Bolan. C'est le sosie de Hulk ?

— Vous ne croyez pas si bien dire ! Deux mètres de haut, un cou de taureau, des biceps comme mes cuisses…

— Tu sais où ils habitent ?

— Oui, dit Dufresny.

Et puis, il resta muet.

— Eh bien, je t'écoute, s'impatienta Bolan.

— Il a un manoir sur le bord du lac, dit Dufresny. En venant de Genève, c'est après le golf du Domaine impérial, entre Le Rancho et Les Tattes. Vous ne pouvez pas le rater : ça ressemble au château de Versailles.

Après une courte pause, il ajouta :

— En plus prétentieux.

Ce mot d'esprit fut mal récompensé car, à peine l'eut-il dit que l'une des fenêtres explosa et, une fraction de seconde plus tard, un trou apparut au milieu de son front — un trou rond, aux contours bien nets, guère plus gros qu'un bouton de chemise.

CHAPITRE XIX

La tête de Dufresny fut projetée en arrière, rebondit contre le dossier de son fauteuil et revint s'abattre sur le bureau avec la brutalité d'un marteau-pilon. Aussitôt, le sous-main commença à se gorger de sang.

A cet instant-là, Bolan avait déjà plongé sur le tapis. Il rampa jusqu'à la fenêtre intacte, se redressa et jeta un coup d'œil entre le double rideau et le mur, à la recherche du tireur, s'attendant à le trouver embusqué derrière une fenêtre, de l'autre côté de la rue, au même niveau. Il n'y était pas.

Bolan scruta dans tous les azimuts et finit par le découvrir, perché sur un immeuble — pas celui d'en face mais son voisin. Le sniper l'avait sans doute préféré à cause de son toit en terrasse. Le support de son fusil était posé sur la balustrade. Pour tirer ainsi, de haut en bas, il était obligé de beaucoup se redresser. Son buste tout entier dépassait de la tablette d'appui.

Dans sa lunette, il dut voir bouger le rideau car la fenêtre explosa soudain. Bolan sentit le vent de la balle. Elle lui frôla le sommet du crâne. A un millimètre près, il aurait été scalpé. A un centimètre près, il serait mort. Et si le rideau n'avait pas été là pour arrêter les éclats de verre, il aurait eu les yeux crevés. Le Guerrier fit bien de se baisser car, une nanoseconde plus tard, une deuxième balle suivit la première, aussi judicieusement appliquée. Le sniper avait un excellent semi-auto. D'après le bruit des détonations et la taille du trou dans le front de Dufresny, il tirait du 7,62.

« Sans doute un PSG-1 », se dit Bolan.

Quelle que soit son arme, ce salaud savait s'en servir et Bolan imaginait facilement ce qui se passerait s'il dégainait son Desert Eagle et cherchait à riposter : à peine se montrerait-il à la fenêtre que l'autre lui collerait une balle entre les deux yeux.

Il faisait froid dehors. Les villes frigorifiées sont plus silencieuses que les autres, si bien que les coups de feu ne passèrent pas inaperçus. Plusieurs piétons levèrent la tête juste à temps pour entrevoir le tireur avant qu'il ne disparaisse derrière la balustrade. Parmi eux, il se trouva par hasard deux agents de police, qui se ruèrent.

A peu près au même moment, la secrétaire fit son entrée dans le bureau. Elle, ce n'était pas les coups de feu mais le bruit de verre brisé qui l'avait alertée. En voyant l'état de Dufresny, elle se figea et poussa un cri strident. Lorsque Bolan lui plongea dans les jambes, elle crut sa dernière heure arrivée.

— Ne vous redressez surtout pas ! lui ordonna-t-il en la plaquant contre le sol. Restez comme ça !

Elle lui lança un regard dans lequel la surprise le disputait à la frayeur.

— Il y a un tireur sur le toit de l'immeuble de l'autre côté de la rue, expliqua le Guerrier.

— Ce… ce n'est pas vous qui…, balbutia la secrétaire.

— Non, dit Bolan. C'est lui.

La secrétaire se mit à sangloter. De chagrin, après la mort son patron ? De soulagement, après avoir eu la peur de sa vie ? Bolan aurait eu du mal à trancher.

— Nous allons sortir de là à quatre pattes, dit Bolan en montrant l'exemple. Suivez-moi !

La secrétaire obéit sans rien trouver à redire.

— Appelez la police, reprit Bolan lorsqu'ils furent revenus dans le vestibule. Vous leur direz ce que vous avez vu.

— Vous ne restez pas ? demanda la secrétaire avec beaucoup d'étonnement dans la voix… et une pointe de réprobation. Ils vont avoir besoin de votre témoignage.

— Hélas, j'ai bien peur qu'ils ne doivent s'en passer, murmura Bolan d'un ton navré. Vous m'excuserez auprès d'eux, mais j'ai une urgence.

Sans un mot de plus, il sortit et dévala l'escalier quatre à quatre, avec l'espoir d'intercepter le sniper avant qu'il ne sorte de l'immeuble. C'était jouable. L'autre avait quelques étages de plus que lui à redescendre. Et puis, il faudrait qu'il range son fusil dans sa valise et ça lui ferait perdre quelques secondes supplémentaires — car c'était peu probable qu'il abandonne là-haut un fusil à plusieurs milliers de dollars !

Bolan avait vu juste : lorsqu'il entra dans l'immeuble, le tueur s'y trouvait encore, au bout d'un couloir, devant l'ascenseur, dont les portes étaient en train de se refermer.

Comme prévu, il portait une mallette — dans sa main gauche : une belle mallette noire en résine. Il n'était pas seul et ça, en revanche, Bolan ne l'avait pas prévu. En face de lui, il y avait deux agents de police qui le tenaient en respect avec leurs pistolets.

Alors que personne ne s'était encore avisé de sa présence, Bolan se cacha derrière un mur, avec l'intention d'assister en spectateur à la suite des événements.

— Posez cette valise, ordonna l'un des flics.

Le tueur ploya lentement les genoux jusqu'à ce que la mallette frôle le sol et la laissa aller.

— Maintenant, les mains en l'air.

Le tueur écarta les mains de son corps et les leva progressivement. Toute son attitude signifiait : *Plus docile que moi, tu meurs.* A deux contre un, désarmé, sa retraite coupée, il était fait comme un rat. Surpris en flagrant délit d'assassinat, il était bon pour vingt ans de taule. Pourtant, il n'avait pas l'air vaincu. Loin de là. Il regardait les deux flics narquoisement. A voir son sourire, il mijotait un sale tour. Sans attendre de savoir précisément quoi, Bolan dégaina son Desert Eagle.

L'un des flics fit passer son pistolet dans sa main gauche pour sortir ses menottes. L'autre, estimant la partie gagnée, se déconcentra et le canon du sien piqua du nez.

Alors, le tueur claqua son coude droit contre son flanc et, magiquement, un Glock 26 se matérialisa dans sa main. Les deux flics se pétrifièrent. Ils n'avaient jamais vu ça nulle part. Pas même à la télé. Un malfrat qui fait apparaître des flingues comme un prestidigitateur des colombes ? Y a pas un scénariste qui oserait !

Le tueur visa la tête de celui des deux flics qui avait encore son pistolet dans sa main droite.

Bolan ne resta pas sans réaction, car il s'était attendu à quelque chose dans ce goût-là.

— Par ici ! cria-t-il.

Et il sortit brusquement de sa cachette. Désorienté, le pourri en oublia de tuer le flic. Il se tourna vers Bolan et le regarda avec des yeux ronds. La stupeur avait changé de camp.

Sans prendre le temps de viser, Bolan lui tira dessus. Il fallait faire vite, avant qu'il ne se ressaisisse. La balle passa entre les têtes des deux flics. Elle emporta un morceau de joue et l'oreille droite du tueur. Il aurait sans doute poussé un cri atroce si une deuxième balle n'était venue le frapper en plein front, un quart de seconde plus tard, mettant sèchement un terme à son existence terrestre.

Toute la portion de crâne qui était au-dessus du point d'impact fut emportée. Du sang, des bouts d'os, des bouts de cervelles giclèrent sur les deux flics. A ce contact ignoble, ils se ranimèrent. Tournant la tête, ils virent Bolan, qu'ils confondirent avec un complice du criminel, et ils lui tirèrent dessus. Une fois encore, Bolan s'y était attendu. Il détala. Mafia et police : Bolan passait sa vie à combattre la première en se cachant de la seconde et il savait mieux que quiconque ce que signifiait l'expression *Etre pris entre le marteau et l'enclume.*

En sortant de l'immeuble, il partit à gauche — mais il aurait aussi bien pu partir à droite. Il tourna dans la première rue qui se présenta et se cacha sous le premier porche. Il y resta le temps de voir passer ses deux poursuivants. Après quoi, il s'autorisa à pousser un soupir.

Il envisageait de retourner à sa voiture, lorsqu'il eut une idée qui lui parut meilleure. Alors, il ôta son imper, le retourna pour que le côté prince-de-galles se retrouve à l'extérieur et l'enfila de nouveau. Puis, marchant d'un bon pas… il repartit vers l'immeuble d'où il venait de s'échapper !

Trois ou quatre personnes, la main sur la bouche, les yeux écarquillés d'horreur, contemplaient le cadavre défiguré, sans oser s'approcher.

— Police ! leur dit Bolan d'un ton impérieux. Ne restez pas là, m'sieurs dames !

Et il leur fit signe de s'éloigner. Tandis que les badauds obéissaient en traînant les pieds, Bolan s'accroupit à côté du mort et le fouilla. Dans ses poches, il ne trouva rien. Palpant la manche droite, il sentit à travers les épaisseurs d'étoffe le ressort qui avait propulsé le Glock dans la main du tueur et le rail le long duquel il avait glissé.

C'est alors que les deux flics reparurent, le pistolet à la main et la casquette de travers. Ils étaient essoufflés et de fort mauvais poil. Les curieux se firent rabrouer. *Circulez! Circulez!* Quant au personnage accroupi près du mort, ils ne le reconnurent pas tout de suite. Un badaud de plus ? Un médecin ? Un collègue ?

Profitant de leur indécision, Bolan se redressa en pointant sur eux son Desert Eagle.

— A genoux ! ordonna-t-il.

En voyant leur mine atterrée, Bolan comprit qu'ils l'avaient enfin reconnu.

— Vos armes par terre et les mains sur la tête, ajouta-t-il.

Les deux flics pâlirent. Ils ne savaient rien de ce type, sinon qu'il avait la gâchette facile et que son pistolet faisait des plaies horribles. C'était amplement suffisant pour les inciter à lui obéir en tout point.

Bolan passa derrière eux, les délesta de leurs menottes et s'en servit pour les attacher ensemble, dos à dos. Ils avaient les clés dans leurs poches : au prix de quelques acrobaties, ils ne seraient pas longs à se libérer.

— Vous savez que ce n'est pas gentil de tirer sur quelqu'un qui vient de vous sauver la vie ? leur dit-il. C'est seulement vous ou c'est une coutume locale ?

Les deux flics, complètement ahuris, ne trouvèrent rien à répondre. Avant de s'en aller, Bolan ramassa la mallette, qui était le véritable motif de son retour ici. Il avait des projets pour ce soir — et un bon fusil pourrait lui être utile.

CHAPITRE XX

L'Exécuteur rejoignit sa voiture, franchit la frontière en bénissant une fois de plus les accords de Schengen et retourna au chalet, qui lui semblait l'endroit idéal pour une veillée d'armes.

Tandis qu'il roulait, son téléphone sonna. C'était Brognola. Il appelait à propos des empreintes que Bolan leur avait envoyées la veille.

— Figure-toi qu'elles occupent une place de choix dans nos archives depuis qu'on les a retrouvées sur une scène de crime en 1999, annonça-t-il. La victime était un photographe de mode. Du genre à avoir la main baladeuse. On l'avait retrouvé pendu par les pieds, dépecé, mutilé. Une vraie boucherie. *Predator,* à côté, c'était de la gnognote ! La meurtrière avait fini par être identifiée : une apprentie mannequin d'une petite vingtaine d'années répondant au doux nom de Natalie Théron. Depuis ce fait d'armes, elle avait disparu sans laisser de trace. Grâce à toi, la voilà retrouvée et le F.B.I. va pouvoir classer le dossier. Merci, Striker.

— Y a pas de quoi. J'adore rendre service.

— J'ai enquêté pour savoir comment elle avait pu se retrouver là. Voici ce que j'ai découvert. Elle est arrivée à l'aéroport de Genève le mardi 26, avec un faux passeport au nom de Julia Griffith. Comme par hasard, sur le même vol, se trouvaient quatre crapules de la plus belle eau. Tous avec des faux passeports. On a pu les identifier grâce aux caméras de surveillance. Le premier, c'est Taras Rodtchenko, alias Mazepa. C'est lui le chef.

— Mazepa ? répéta Bolan. Je le connais de réputation.

— Ça ne m'étonne pas, c'est un cador dans son genre. Les trois autres scélérats sont : Vladimir Liatichinski, Rolf Sachs et Jack O'Donovan. Liatichinski est d'origine ukrainienne, comme Mazepa. La trentaine. Belle gueule. Cheveux blond foncé, en brosse. Yeux bleus. Nez busqué. Une fossette au menton.

« C'est à lui que j'ai eu affaire à la clinique », pensa Bolan.

— A vingt ans, il a été champion universitaire de barre fixe, ajouta Brognola.

« Maintenant, je comprends mieux comment il a pu m'échapper », pensa encore Bolan.

— Comme par hasard, poursuivit Brognola, la veille du championnat, le seul gars qui aurait pu le battre s'est fait casser une jambe par une bande de voyous. Liatichinski a été soupçonné d'avoir tout organisé mais on n'a rien pu prouver. En revanche, quelques mois plus tard, il s'est fait prendre en train de tricher à un examen. Flagrant délit. Ils avaient enfin une bonne raison de le foutre à la porte et ils ne s'en sont pas privés. A partir de là, il s'est consacré à sa vraie vocation : la truanderie. Le deuxième, Sachs, est d'origine allemande. Petit-fils d'un officier SS dont il chérit la mémoire. Genre loubard, toujours chaussé de Doc Martens…

« Le deuxième larron à la clinique », se dit Bolan.

— Ce Sachs est un ancien Marine. Parfaitement capable de tenir un second rôle dans n'importe quelle mission, mais il ne faut pas lui en demander davantage. Pour finir, O'Donovan. Celui-là, c'est un sacré numéro. Un ancien flic. Il s'est fait virer de la police comme un malpropre alors qu'il était le seul type honnête dans sa brigade. C'est dire s'il a des raisons d'être aigri. Avant la police, il était dans les forces spéciales. Tireur d'élite.

Il y eut un instant de silence au bout duquel Brognola dit :

— Pas facile de savoir lequel de ces trois-là a assassiné le juge et sa famille,

— Je pencherais pour Liatichinski, suggéra Bolan.

— C'est aussi mon idée. Pour l'enlèvement de Ziegler, par contre, on sait à peu près à quoi s'en tenir. Figure-toi que le cher homme ne s'est pas fait enlever à la sortie d'un restaurant gastronomique, comme on l'a dit, mais d'un club échangiste !

— Je sais. J'ai lu ça sur internet.

— D'après les descriptions, la fille avec qui Ziegler est reparti était une brune. Mais ça pouvait être Natalie Théron avec une perruque. Et le type qui l'accompagnait, d'après les descriptions, il ressemble beaucoup à Jack O'Donovan. Je te le redis, Striker : ce type est presque aussi fort que toi… et pervers comme un serpent à sonnette… Si jamais tu le rencontres…

— C'est justement ce qui vient d'arriver, dit Bolan.

— Et alors ?

— Je l'ai eu.

Brognola poussa un gros *ouf!*

— Mais je te confirme que c'était un crack, reprit Bolan. Je l'ai vu réussir un tir invraisemblable. Et, oui, il était rusé. Il avait un flingue dans la manche, monté sur une glissière.

— Le même truc que dans *Les Mystères de l'Ouest* ou *Taxi Driver* ?

— A peu près. Lorsqu'il en a eu besoin, le flingue s'est retrouvé dans sa main comme par enchantement. Sans un heureux concours de circonstances, il aurait peut-être réussi à me baiser.

Brognola ne demanda pas d'explication.

— Avec Carter, enchaîna Bolan, nous étions arrivés à la conclusion que quelqu'un cherchait à s'emparer des petites éconocroques d'Orgosolo.

— Et maintenant, nous savons que ce quelqu'un est Mazepa, ajouta Brognola.

— Dans ce cas-là, dit Bolan, il y a quelque chose que je ne comprends pas.

— Quoi ?

— D'après Carter, dans le bas de laine d'Orgosolo, il y a une centaine de millions de dollars.

— Oui, c'est ce que nous croyons aussi.

— Cent briques, c'est beaucoup d'argent, je ne dis

pas, reprit Bolan. Mais, pour un type comme Mazepa, c'est des cacahouètes. Il doit être richissime.

— Il *l'était,* rectifia Brognola. D'après la rumeur, il a perdu plus de cinq cents millions avec Madoff et environ deux cents dans la faillite des *subprimes*.

— On confie ses petites économies à des gens bien, qui ont pignon sur rue, et voilà ce qui arrive ! s'exclama narquoisement Bolan. Il n'a plus rien ? demanda-t-il en poursuivant.

— Il doit bien lui rester deux ou trois millions quelque part.

— Une misère, en effet !

— Du point de vue de Mazepa, ce n'est plus assez pour jouer dans la cour des grands, dit Brognola. Mais, selon moi, c'est toujours trop pour un malfaisant comme lui. Si encore il était réduit à la mendicité ! Mais, avec une petite poignée de millions, il reste dangereux. A présent qu'il a sa fortune à refaire, il va être plus nuisible que jamais. Et nous ne savons même pas où il est.

— Là-dessus, je crois que j'ai ma petite idée, dit Bolan.

— Ah ?

— Oui, confirma gravement l'Exécuteur. Et j'ai l'intention d'aller lui pourrir la vie. Pas plus tard que ce soir.

— Alors, tous mes vœux t'accompagnent, conclut Brognola sobrement.

***

De retour au chalet, Bolan trouva Antoine qui sirotait un Coca en regardant LCI. Une jolie speakerine parlait justement de « l'audacieux attentat » que « deux malfrats » venaient de commettre en plein cœur de Genève. « Le premier a été abattu, disait-elle. Mais l'autre a réussi à prendre la fuite après avoir ligoté deux policiers avec leurs propres menottes. »

— Ce n'était pas la peine de me laisser un téléphone, dit le môme. J'ai constamment des nouvelles de vous par la télé.

En souriant, Bolan ouvrit la mallette et y trouva, non pas un PSG-1 mais un MSG-90. Il ne s'était pas trompé de beaucoup, celui-ci étant la version militaire de celui-là. En plus du MSG-90, il y avait deux chargeurs de 5 coups, garnis de cartouches à balle blindée — l'un plein, l'autre dans lequel il n'en restait que deux. Et aussi un bipied.

L'Exécuteur ôta son costume et enfila des vêtements robustes. Puis, il installa ses holsters et y glissa ses pistolets, le Desert Eagle au creux des reins, le Beretta 93-R sous l'aisselle gauche.

Antoine observait ces préparatifs avec intérêt.

— Je crois savoir où se cachent ceux qui ont tué tes parents et ta sœur, expliqua Bolan.

— Et mon chien, ajouta gravement le garçon.

— Et ton chien, répéta Bolan. Tu as raison, ils doivent payer pour ça aussi. J'ai l'intention de leur rendre visite ce soir. Si tout se passe bien, demain, tu seras libre de tes mouvements.

Bolan sortit son Smartphone et se connecta avec

Google map pour situer la maison de Smith. Dufresny n'avait pas exagéré : le manoir était vraiment m'as-tu-vu. Mais il n'avait pas l'air d'une place forte. Alors, Bolan établit une stratégie — plutôt sommaire : dégrossir le travail de loin au fusil et puis entrer en force et résoudre les problèmes à mesure qu'ils se poseraient.

Le manoir n'abritait sûrement pas une garnison. Mais Bolan ne savait pas précisément sur combien d'ennemis il pouvait compter. En plus de Clint Eastwood, Hulk, Mazepa, Liatichinski et Sachs, il y aurait peut-être une demi-douzaine de porte-flingues. Bolan était en train de se dire que son maigre arsenal ne suffirait peut-être pas. C'est alors qu'il eut une idée.

— Dis-moi, Antoine. Je crois savoir que les militaires suisses gardent leurs armes chez eux. Ton père était officier de réserve. Tu sais où il range les siennes ?

— Oui, dit le garçon. Dans une cantine en fer, au grenier. Pour entrer dans la maison, passez par la porte de derrière. Il y a une clé scotchée sous l'écuelle du chien, près de la niche. Bonne chance.

Bolan remercia et se mit en route. Il trouva la niche, l'écuelle, la clé, la porte, le grenier, la cantine — sur laquelle était écrit au pochoir, en lettres blanches : A N'OUVRIR QU'EN CAS DE GUERRE.

« En cas de guerre ? se dit Bolan. Nous y sommes. »

Il ouvrit la cantine et y trouva son bonheur sous la forme d'un Sig SG-552, version ultra compacte du fusil d'assaut de l'armée suisse, idéal pour le combat rapproché, avec son canon court de 226 mm. L'arme nue aurait suffi mais, par surcroît, elle était équipée d'une poignée antérieure, d'une torche surfire M962 et surtout d'un viseur point rouge Eotech 553. C'était une aide à la visée, précieuse pour le combat en milieu clos, qui permettait de tirer les deux yeux ouverts, d'instinct, avec un maximum de précision. Chaque doublette ferait mouche. Quant à la torche, avec son faisceau de 225 lumens, elle pouvait faire office de véritable grenade flash.

Une heure plus tard, Bolan couché derrière un if, dans le parc du manoir de Smith, observait les lieux dans la lunette de son fusil.

Au même moment, Mazepa était en train de téléphoner à Mead pour lui ordonner de liquider Wurlitzer. Mead dit O.K. sans chercher à comprendre.

— Tu fais ça proprement, précisa Mazepa. Une balle en plein cœur et c'est tout. Que ce soit net et sans bavure !

— Pour ça, tu peux compter sur moi.

— Le corps, tu ne le fais pas disparaître, ajouta Mazepa sur un ton insistant.

— Et qu'est-ce que j'en fais ? Je l'embaume ?

— Tu le déposes dans un endroit où il sera retrouvé rapidement.

Cette fois, Mead chercha à comprendre.

— Pourquoi, chef ?

— Par égard pour une petite vieille de Sun City, expliqua Mazepa. C'est de la mère de Wurlitzer que je veux parler. Tu ne t'es peut-être jamais posé la question mais les gens qu'on bute ont tous des mères, comme toi et moi.

— Bah, la mienne est une vieille pute et une ivrognesse, dit Mead.

— Il faut de tout pour faire un monde !

Après une courte pause, Mazepa reprit :

— Je ne peux pas me permettre de laisser la vie sauve à Wurlitzer, mais sa mère est une brave femme qui n'a pas mérité de passer le restant de ses jours dans l'ignorance de ce qui est arrivé à son fils unique. Alors, le cadavre, on le lui rend, et, autant que possible, en bon état. Pour elle, c'est le mieux du pire.

— Putain, chef, tu es vraiment trop bon, des fois ! dit Mead en rigolant.

— Oui, je sais, ça me perdra, conclut Mazepa avant de raccrocher.

Le fusil était équipé d'une lunette Hendsoldt 6 x 42 dont le réticule lumineux était idéal pour une attaque comme celle-ci, à la tombée de la nuit. Par une fenêtre éclairée, au premier étage, Bolan vit Clint Eastwood et Hulk qui discutaient. Trois hommes, qui avaient l'air de porte-flingues, fumaient sur le perron. C'était plus que Bolan n'en espérait.

Il tira dans la tête de Hulk comme dans une pipe à la foire. En voyant le crâne de son vis-à-vis exploser, Clint Eastwood eut un bref instant de sidération, dont Bolan profita pour lui faire subir le même sort. Les trois hommes sur le perron ne réagirent pas assez vite. Bolan eut encore le temps d'en abattre un avant que les deux autres ne se replient précipitamment dans le manoir.

Bolan tira les deux balles qui lui restaient dans une fenêtre du rez-de-chaussée et posa le fusil qui ne pouvait plus lui servir à rien. Puis, il empoigna le SG-552 et partit à l'assaut. Il n'entra pas par la porte, derrière laquelle il devait être attendu, mais par la fenêtre qu'il avait brisée exprès. Il surgit dans le dos des deux pourris, qu'il tua — chacun deux balles dans les reins pour commencer puis une dans la nuque en guise de coup de grâce.

Il entendit quelqu'un qui courait dans un couloir parqueté en faisant beaucoup de boucan. Il se cacha dans un coin et lorsque le type fut assez près, il se montra et lui balança une doublette en pleine poitrine. Le type tomba raide mort. C'était Sachs — Bolan le reconnut à sa paire de croquenots écossais. Pas étonnant qu'il ait fait tant de bruit !

Le Guerrier continua son inspection du manoir, prudemment, sachant que le danger pouvait l'attendre derrière chaque porte ou dans chaque encoignure. Après avoir traversé plusieurs salons vides, il se trouva tout à coup pratiquement nez à nez avec Liatichinski. Les deux hommes rétrogradèrent et chacun s'abrita derrière un mur.

— Comme on se retrouve ! cria Bolan.

Liatichinski, furieux, s'oublia au point de vider un chargeur de son Heckler & Koch P8 en pure perte et d'en laisser tomber un autre sur le carrelage au moment du rechargement. Lorsqu'il voulut chambrer la première cartouche, le pistolet s'enraya. Bolan l'entendit donner une claque vigoureuse sur le talon du chargeur. Il comprit ce que ça voulait dire.

— T'as des ennuis, Vladimir ? cria-t-il.

Et il sortit de sa cachette. Liatichinski battit en retraite dans une longue enfilade de pièces. Bolan le poursuivit. Tout courant, Liatichinski chercha à manœuvrer la glissière du P8. Peine perdue. De nouveau, l'arme s'enraya. Liatichinski se rendit à l'évidence : son chargeur avait été endommagé dans sa chute. Les lèvres métalliques devaient être écartées. C'était son dernier chargeur. Du coup, il sortit son back-up : un Smith & Wesson 340 DP AirLite, le plus léger du monde, .357 Magnum, avec un marteau caréné, carcasse en scandium, barillet en titane, 5 coups — un bijou !

Par malheur pour Liatichinski, à force de battre en retraite, il se retrouva acculé dans une pièce sans issue. Bolan tira quelques cartouches par la porte, au jugé, sans se montrer. Liatichinski répliqua en tirant les cinq coups dont il disposait. Lorsqu'il voulut recharger, un étui resta coincé dans la chambre, pour avoir trop gonflé au départ du coup. Il manipula vigoureusement la tige de l'extracteur collectif sans arriver à rien.

Il l'avait toujours dit : le talent sans la chance n'est rien.

Il en était là, son revolver hors d'usage dans une main et son inutile speed loader dans l'autre, quand Bolan, toujours sans se montrer, lui balança le rayon de sa surfire M962 dans les yeux — et, quelques secondes plus tard, deux balles dans le ventre.

Liatichinski se retrouva par terre, à plat dos, les mains

sur le ventre pour tenir ses tripes en place. Bolan entra et, le voyant encore en vie, en profita pour lui poser quelques questions. Liatichinski se savait au seuil de la mort et il se foutait du jugement de la postérité ; la vérité ne lui coûtait plus rien. Il avoua avoir tué la « pute black, le juge, sa femme, sa fille et le clebs. » Il dit aussi où se trouvait Wurlitzer : un cottage à Hamilton Park, dans Prospect Avenue, entre l'avenue Clinton et l'avenue York. Bolan téléphona aussitôt à Brognola pour lui transmettre l'information. Liatichinski profita de l'intermède pour pousser son dernier soupir.

A présent, Mazepa. Bolan le dénicha dans la bibliothèque, au premier étage. Assis dans un fauteuil, il semblait l'attendre. Il avait un pistolet à la main. Mais il le braquait sur sa propre tempe. Bolan s'approcha. Mazepa le regarda curieusement.

— Hé, oui ! lui dit Bolan, je suis toujours vivant.

— Vivant ? Le mot est faible ! Je t'ai envoyé Natalie et puis O'Donovan et t'es toujours là à m'emmerder ! T'es pas naturel, toi !

Comme il aimait les belles formules, avant d'appuyer sur la détente, il dit encore :

— L'argent m'a facilité la vie. Je suis ruiné, ça me facilite la mort.

La détonation fut assourdissante.

*
* *

New York
Jeudi 4 janvier

Lorsqu'il vit que son gardien ne portait plus sa cagoule, Wurlitzer s'étonna ; puis, il aperçut le pistolet et il comprit.

— Hé ! J'ai… j'ai joué franc-jeu ! J'ai… j'ai fait ma part du marché, bredouilla-t-il en reculant jusqu'au mur du fond.

Mead braqua son arme vers lui et, sans hâte, le visa au cœur.

— Tu n'as jamais promis monts et merveilles à une belle nana pour la baiser ? demanda-t-il.

Wurlitzer fut bien obligé de reconnaître que oui.

— Eh bien, poursuivit Mead, maintenant, tu sais ce qu'elle a ressenti quand tu l'as larguée.

Il allait presser la détente lorsqu'il entendit une cavalcade dans l'escalier qui menait à la cave. Il tourna la tête juste à temps pour voir apparaître au bout du couloir un binôme des SWAT. L'homme de tête était armé d'un Heckler & Koch MP-5 A5, son équipier d'une carabine Colt M4 A15.

— Putain ! fit Mead. D'où qu'ils sortent, ceux-là ? C'est *Minority Report* ou quoi ?

Les deux policiers prirent position. Le premier mit le genou en terre, l'autre resta debout. Ils visèrent.

— Police ! Jetez votre arme !

Les points rouges des désignateurs laser dansèrent joyeusement sur la poitrine de Mead. Il y a beaucoup de gens que ça refroidit. Mais, pour lui, pas question de se rendre ! Finir sa vie en tôle ? Non, merci !

— Tirez où vous voulez, soldats ! cria-t-il aux flics. Moi, ma mère, elle s'en branle.

Les flics furent imperturbables. Il tourna son arme vers eux en sachant très bien ce que ça allait déclencher. Les flics ouvrirent le feu tous les deux ensemble. Ils firent comme on leur avait appris : chacun tira sa doublette en « zone létale poitrine ». Comme le colosse tardait à tomber, ils remirent ça. C'était de bons tireurs. Mead reçut sept balles dans la région du cœur. La huitième, un peu haute, lui emporta un gros morceau de mâchoire. Le fait est qu'après ce traitement il n'était plus très présentable.

La fumée se dissipa lentement dans le couloir.

Wurlitzer était sauvé. Assourdi, évanoui de peur, mais sauvé.

Quant aux flics, ils n'avaient pas fini de se demander ce que cette brute avait voulu dire avec sa mère.

EPILOGUE

Lorsqu'il fut sûr que tous ses ennemis étaient morts, Bolan se mit à la recherche de Johannes Ziegler. Il le trouva bientôt, enfermé dans une chambre, sous les combles.

La clé était sur la porte. Bolan ouvrit. Ziegler, qui avait entendu la fusillade, était prostré dans un coin de la pièce. En considération de ses magouilles et de sa lâcheté, Bolan le toisa avec dédain.

— Tranquillisez-vous, lui dit-il. Tous les méchants sont morts. J'y ai veillé personnellement.

S'accroupissant près de Ziegler, Bolan vérifia qu'il n'était pas blessé puis l'aida à se relever. Ziegler respirait laborieusement et il flageolait sur ses jambes.

— D'où sortez-vous ? demanda l'avocat. Comment m'avez-vous retrouvé ?

— C'est une longue histoire, dit Bolan. Que je n'ai pas le temps de vous raconter.

Il partit vers la porte. L'avocat fit mine de le suivre. Mais Bolan l'arrêta en lui posant la main sur la poitrine.

— Non ! dit-il à un Ziegler sidéré. Vous restez là !

Je suis venu vous sauver, pas vous libérer. Pour une ordure comme vous, c'est déjà beaucoup.

— Mais, mais…, bredouilla Ziegler.

— Y a pas de mais ! dit Bolan en l'interrompant sèchement. Demain, j'appellerai la police pour leur dire où vous êtes. D'ici là, profitez-en pour préparer votre défense, car vous allez avoir des comptes à rendre à la justice de votre pays… et, accessoirement, à votre femme.

Sur ce, il referma la porte à clé et s'en alla. Dans l'escalier, il téléphona à Antoine, pour lui annoncer qu'il n'avait plus rien à craindre.

— Les assassins de ta famille sont morts, dit-il. Tu peux rentrer chez toi. Appelle la gendarmerie la plus proche, ils te raccompagneront. Adieu, mon garçon.

— Merci pour tout, monsieur l'ange gardien, dit Antoine.

Bolan n'était pas l'homme des grandes effusions. Il répondit juste : « Y a pas de quoi », raccrocha et rejoignit tranquillement sa voiture. Assis derrière le volant, il raisonna de la façon suivante : personne n'avait entendu la fusillade et Ziegler ne pouvait pas donner l'alerte. Il avait toute la nuit devant lui. En conséquence, il prit la route de l'Autriche.

« Ah ! Grimaldi, vieux chenapan ! songea-t-il en souriant. Si tu ne vas pas à Mack Bolan, Mack Bolan ira à toi ! »

Mais le combat de Mack Bolan continue…

Sur le tableau de bord du Ford Transit en train de traverser Gramercy, le téléphone portable de Greg Salkowiack fit entendre la mélodie enjouée qui lui servait de sonnerie, mais ne risquait plus de le mettre de bonne humeur. Un message s'afficha sur l'écran, laconique : « Rive sud Wallace. Embarcadère. Paulina. »

Wallace était situé sur l'autre rive du Mississippi, qu'un pont franchissait à la sortie de Gramercy, le dernier avant La Nouvelle-Orléans, distante d'une trentaine de miles.

L'Exécuteur éteignit le portable.

Un coup d'œil dans le rétroviseur lui apprit que la Ford Taurus qu'il avait repérée dans son sillage dès la sortie de Duplessis avait disparu. Il ne pensait pas l'avoir semée, il n'avait d'ailleurs pas fait tout le nécessaire pour cela ; seulement fait semblant d'essayer… Si elle s'était arrêtée dans le bourg, c'est qu'une autre voiture avait pris le relais. Au rond-point qui offrait la possibilité de rejoindre la Highway 61, pour rallier La Nouvelle-Orléans en une vingtaine de minutes, Bolan se faufila dans le trafic, accéléra et coupa la route d'un camion pour bifurquer vers le pont. Un concert d'avertisseurs derrière lui le renseigna. Le conducteur d'une Mercury Grand Marquis, en l'imitant, se faisait agonir d'injures par les automobilistes.

Bolan accéléra, puis temporisa, et la Mercury ne mit pas longtemps à revenir sur ses talons. Ses occupants étaient un couple, comme tout à l'heure dans la Taurus… La D.E.A., s'il s'agissait d'elle, plutôt que du F.B.I., était soucieuse de parité…

Il y avait quatre agents à ses trousses, au moins, car le dispositif qui avait permis de suivre le camion de Biotech Farma jusqu'à l'aéroport de Duplessis était probablement plus important. Ce n'était pas Salkowiack, en tout cas, qui avait mené les Fédéraux à l'entrepôt n°5.

Lorsqu'il lui était tombé dessus à la sortie de chez lui, sur le coup de 6 heures du matin, l'Exécuteur s'était assuré qu'aucune souricière policière n'était en place dans le quartier. Ensuite, durant tout le trajet jusqu'à l'aire de repos de l'Interstate 10, à hauteur de l'aéroport international, il n'avait pas détecté de filature. Salkowiack conduisait bien gentiment le Transit, avec le canon du Beretta 93-R pointé dans le flanc droit, enfoncé juste assez sous les côtes pour qu'il n'oublie pas une seconde que sa vie ne tenait qu'à un fil…

Greg Salkowiack était un voyou minable des faubourgs nord avide de grimper dans la hiérarchie criminelle. De petit dealer, il était devenu agent de recouvrement auprès de ses collègues, puis agent de liaison entre grossistes, et enfin, depuis peu, chargé de la logistique des approvisionnements… Dans n'importe quel secteur d'activité, on aurait pu le féliciter d'un tel parcours d'employé modèle, qui sous-entendait, de la part d'un Polonais d'origine, grandi dans un quartier déshérité très majoritairement noir d'une ville aussi violente que La Nouvelle-Orléans, une bonne dose d'ambition, de ténacité et d'ardeur au travail. Mais comme ces qualités avaient été mises au service du trafic de drogue, on ne pouvait que constater, au moment de dresser le bilan de sa brève existence, le grand nombre de crapuleries diverses qu'elles lui avaient permis de commettre…

Ce matin là, il ne donnait pas cher de sa peau et il avait parfaitement raison.

Lisez

Raid sur le bayou

en vente partout

le 13 août 2013